KB121709

한국 제임스 조이스 학회
창립 40주년 기념

제임스 조이스
불법不法의 경야

불법이라 할Illicitable, 몽계획夢計劃dream-scheme인
〈경야〉의 언어유희 해설

김종건(고려대 명예교수)

어문학사

차례

프롤로그

조이스는 그의 걸작 〈율리시스〉(Ulysses)에 대하여 초기에 당당히 말했다.

"나는 너무나 많은 수수께끼와 퀴즈를 그 속에 담았기에 수 세기 동안 대학교수들은 내가 뜻하는 바를 논하기 위해 바쁠 것이요, 그것이 그의 불멸을 보증하는 유일한 길이다." 또한 그의 만년의 마(魔)의 걸작 〈경야〉(Finnegans Wake)와 함께.

조이스는 한때 말하기를,

소설을 쓴다는 것은 "마치 산(山)을 양쪽으로부터 동시에 터 널을 뚫는 것과 같은 것이요, 또 다른 때는 창조의 꿈을 성취 하는 것"이라 했다.

조이스의 〈율리시스〉는 더블린 하루의 주된 등장인물들 을 서술하거니와, 그들은 리오폴드 블룸(Leopold Bloom)을 위 시하여, 그의 아내 몰리 블룸(Molly Bloom) 및 〈율리시스〉의 정신적 자식(consubstantial son)인 스티븐 데덜러스(Stephen Dedalus)로 구성된다. 이 소설은 1904년 6월 16일의 아침 8 시에 시작하여, 다음날 새벽 2시에 끝남으로서, "블룸즈데

이"(Bloomsday)라 불린다. 이날은 세계의 조이스 애독자들에게 널리 알려져 있다. 조이스의 40번째 생일(1922년 2월 2일)에 출판된, 이 책은 20세기 문학의 이정표요, 세계 소설사의 분수령을 기록하거니와, 작가의 가장 혁신적 노력을 대표한다.

〈율리시스〉는 호머의 〈오딧세이(Odyssey)〉가 그의 모델(신화적 구조)이 된지라, 더블린 생활의 하루를 기록하는바, 겸허한 주인공 리오폴드 블룸과 그의 감성의 아내 몰리에 초점을 맞춘다. 한 가지 범속한 이야기로서, 특유의 기법적 표현(의식의 흐름) 그리고 문학적 혁명이 총체적으로 하나로 굴러감으로써 작품은 모더니즘의 대표적 책으로, 모든 이들이 읽어야할 중요한 책이다.

필자가 출간한 〈율리시스〉는 10여 개국의 세계 언어들로, 그리고 근 3만자의 어휘(정확히는 29,899자)로 쓰인 "언어유희"로서, 본문 뒤에 해설을 넣어 원문과 페이지를 같도록 번역하여 출간하였다. 이의 이해를 위해 참고한 손턴(Thornton) 교수의 〈율리시스 인유〉(Allusions in Ulysses)와 또 다른 노작인, 돈 기포드(Don Gifford)의 〈주석 단 율리시스〉(Ulysses Annotated)가 그들의 주된 해설서이다.

국립 더블린 대학의 저명한 〈경야〉 학자인, 시머스 딘(S. Deane) 교수는 〈경야〉는 64,000자의 어휘와 65개국의 세계 언어들과 신조어로 혼합되어 있어 얽히고설킨 "누에고치의 면사 풀기"와 같다. 라고 했다.

　오랜 역사의 뿌리를 뻗어 온 중국의 표의문자(表意文字)인 한자(漢字)는 글자 하나하나가 제각기 나름대로의 뜻을 가지고 있음으로 그 구조를 가지고 〈경야〉의 어휘를 풀어 한글과 한자와 혼성되어야 번역이 가능하다는 사실을 터득한다. 조이스의 〈경야〉 언어는 한자와 마찬가지로 그 짜임을 문자의 구조로서 이용해야 한다. 예를 들면, 〈경야〉의 중요한 단어 중의 하나는 "corpose"인데 이를 번역하기 위해서는 한글과 한자가 동시에 한 덩어리로 다져져야한다. "곡물(穀物)(crop)과 시체(屍體)(corpose)"의 합의체로 그 구성이 한자의 구성과 유사하다. 그러나 한글은 〈경야〉어와는 달리 풀어씀으로서 총체적 뭉치를 만들기 위해 노력해야 하는데, 이는 1920년대에 미국의 시인인 E. 파운드(Pound)가 주창한 사상파(Imagism)의 원리를 따라야 한다. 파운드가 시도하는 이미지즘의 원칙은 한자의 구성 원리로서 〈경야〉어의 구성에 합당하다. 또 다른 예는 "남짝이"(southdenly)(F 011.01)로서 "south" + "suddenly"의 합성체요(제비가 남쪽으로 급히 날아간다)라는 "南"(south)과 "짜기"(suddenly)의 합성에서 찾을 수 있다. "prumptly"(신속愼速히)는 "promptly"(속速히) + "prudently"(신중愼重히)의 조어적(造語的) 합성어(合成語)(portmanteau, polyglot, polysemetic)가 있고, 또한 조이스가 만들어낸 신조어(coinage) 중에는 다의어(多意語)적 신조어가 많은데, 예를 들면, 인간의 출생과 죽음을 동시에 생각한 구절에서 "가자

궁묘"라는 "homb"라는 단어를 보면, Homb = home(집) + womb(자궁) + tomb(묘)이다. 이와 유사한 "Chaosmos"와 같은, 영어가 중첩된 단어가 1/3이나 된다.

　이렇듯 〈경야〉는 영어가 30%, 조이스가 만들어낸 신조어, 합성어와 함축어 그리고 65개국의 외래어들이 중첩되고 혼성된 "언어유희"(linguistic punning)로서, 주된 기법은 "동음어의"(同音語義)(homonym)이다. 그것은 지금까지 한국어 번역을 위해 우리의 한글을 한자와 혼용하는 것이 최선의 해결 방법이었다. 그것의 어역(語譯)은 양 글자들의 응축으로 가능한지라, 한자 없는 한글만의 〈경야〉 번역은 내용의 문맹(文盲)이요. 맹탕일 수밖에 없다. 〈경야〉는 628페이지에 달하는 방대한 장편으로, 그것은 신화 및 역사의 언어유희의 층층을 쌓은 백과사전 격이다. 조이스는 〈경야〉를 인간의 마음이 작동하는 방식으로 썼다. 즉, 모든 지식의 전후 참조(cross reference)이다.

　이어, 필자가 출간한 "복원된 〈피네간의 경야〉"는 본문에 평설을 뒤에 해설을 넣어 원문과 페이지가 같도록 번역한, 혼용으로 편집된 세계 최초의 기서(奇書)다. 1939년 초판 후 9,000여 개의 오류들을 30여 년 동안, 수정 보안해온 경야의 서지학자들인 로스(Rose)와 오한런(O'Hanlon)이 초판 출간이후 75년 만인 2014년에 복원된 신판 〈경야〉(A New Version of the Restored Finnegans Wake)가 드디어 재차 출간되었다. 필

자는 이를 수정하여 2018년 4월에 "복원된 피네간의 경야"로
재출간하였다.

〈경야〉는 21세기의 최고 포스트모던 걸작으로 많은 독자들
에 의해 찬사와 멋진 평가받았다. 〈경야〉는, 1938년 3월 21일
의 한밤의 기록으로, 이어위크나이트(Earwicknight)의 어둠이
깃든 몽마(夢魔)를 묘사한 전재(轉載)의 작품이다. 이 작품은
현대문학의 백미요, 산문시의 극치라 할 인유적(引喩的) 자료
의 걸작으로서. 참신한 비평판에 의한 안내서요, 인간의 탄생
과 죽음, 죄와 구제를 품은 대 알레고리이다.

〈경야〉는 일종의 "불법이라 할"(Illicitable), "몽계획(夢計劃)
(dream-scheme)"으로서, 그것 자체가 비범한 수행(遂行)이요,
전(全) 서구 문학 전통의 축소된 전사(傳寫)로서, 이 지고의 언
어적 예술 기교(artistic virtuosity)는 인간의 성성(性性)(sexual-
ity)과 꿈의 어두운 지하 세계를 총괄한다. 아일랜드의 저명한
학자요, 〈경야〉의 편찬자인, 시머스 딘(Seamus Deane) 교수는
"〈경야〉야 말로 21세기 포스트모던의 가장 탁월한 작품들 중
의 하나로 남으리라" 기록한다.

따라서, 필자가 〈복원된 피네간의 경야〉의 본문 뒤에 실은
해설적 연구서는 셰익스피어를 비롯하여, 비코, 단테, 파우스
트, 괴테, 그리고 그 밖에 다른 서구의 고전 작가들의 축약본
(縮約本)인, "피수자"(彼鬚者)(Shakhisbeard)(F 177.32)의 무거운

중량을 저울질한다. 여기 필자는 독자나 연구자가 이를 지식의 총괄본(總括本)으로 삼아, 편리하게 이용함으로써, 조이스 문학의 전파(傳播)를 용이하게 수행하기를, 그리고 초보자들에게 파종하기를, 애절히 바라마지 않는다. 이것이야말로 평생을 헌납한 노력의 탐닉이요, 머리 속에 쌓인 만상(萬象)의 부담을 푸는 방도임을 독자에게 겸허히 고백하는 바이다.

조이스와 그의 동료 학자들은 〈율리시스〉와 〈경야〉의 제목과 내용을 추측하고, 연구를 매진해왔다. 조이스가 해리엇 쇼 위버 여사(Harriet Shaw Weaver)에게 행한 코멘트에서 털어 놓았거니와, "책은 과연 시작도 그리고 끝도 없다." 텍스트에서 "강은 달리나니"(river-run)는 리피 강의 흐름으로, 더블린의 중심을 관류하거니와, 작품의 1부 8장에서 여주인공 아나 리비아 플루라벨(Anna Livia Plurabelle)이 토로하다시피, "리피 강 자체"(very-river)이다. 또한, 생명(Life)은 리피(Liffey)의 옛 형태요, 〈경야〉에서 life, live, alive, living은 아나 리비아의 명칭을 나타낸다. 그리하여 이는 river. water, 또는 whiskey가 된다. 여기 작용한, 이 지고의 언어적 "예술 기교"(artistic virtuosity)는 인간의 꿈의 어두운 "지하 세계"(dream-schemes)를 총괄한다.

필자가 출간한 해설서에서는 조이스에 관한 많은 참고서나 다수의 학자들과 비평가들의 지식에 빚지고 있다. 특히, 그는 자신이 모교 털사(Tulsa) 대학의 석 박사 학위 과정에서 배운

모더니즘과 포스트모더니즘에 대한 지식과 함께, 이 두 비평 조류가 포용한 관념들이 작품들을 새로운 바탕으로 진지하게 분석하기 위해 노력하리라.

〈경야〉가 우리에게 주목하게 하는 것은, 조이스 자신의 의도가 밤의 인생을 재건하는 것을 요구할지라도, 저 명철한 중견 학자 존 비숍(John Bishop)이야말로 이 개념에서 필자의 황막(荒漠)하도록 〈어둠의 책〉(The Book of Dark)에 고귀한 열쇠를 제공하는 최고의 학자임을 지적하려 한다. 밤의 책으로서, 그가 읽는 〈경야〉의 해독은 작품의 형태, 모양, 그리고 구조의 참신한 감각의 생산품이다. 이는, 그의 해독에 있어서, 프로이트, 비코, 아인슈타인, 이집트의 사자(死者)의 책의 혜택인즉, 새로운 의미를 가지며, 작품의 지지(地誌) 및 성(性)의 참신한 설명은 극히 효력적일 것이다.

그간 필자는 본 연구에서 브루스 마놀드(Bruce Arnold), 휴 케너(Hugh Kenner), 로버트 스콜(Robert Scholes)의 〈문학의 구조주의〉(Literary Structuralism), 그리고 템플 대학의 모리스(Marice) B. B 교수의 교시(敎示)에 크게 빚지고 있음을 여기 밝힌다. 또한 거기에는 스위스의 프리츠 젠(Fritz Seen) 교수를 비롯하여, 네덜란드의 리오 크누스(Leo Knuth), 오스트리아의 소설가 카프카(Franz Kafka), 프랑스의 프루스트(Marcel Proust) 등, 별별 탁월한 학자들과 작가들도 손꼽는다. 우리 모두는 〈경야〉 공부를 위하여 분골쇄신해야 할 처지이고,

이들 학자들과 작가들의 값진 지식의 도움에 진심으로 감사해야 하리라.

장차 전개될 본 책에서, 작품들의 해독에 앞서, 우선적으로 〈한국 제임스 조이스 학회 창립 40주년의 기념〉을, 〈경야〉의 각장의 개요를, 글라신 교수의 〈경야〉: 센서스, 신화, 전설, 우화(偶話)의 대강을, 〈경야〉와 현대 양자 물리학을, 독자들을 위해 조이스의 홍미와 이해를 심오하게 그리고 광범위하게 도울 것이다. 끝으로, 독자들의 협력을 구할지니. 현두자고(懸頭刺股)를 감내할지라. 아래 탁월한 〈경야〉학자인, 빈센트 존 쳉(Vincent John Cheng) 교수의 격려의 글을 차용한다.

〈피네간의 경야〉는 조이스의 생애에서 감수를 발견하지 못했다. 그러나 햄릿처럼, 조이스는 그의 〈경야〉가 참된 잠자는 자가 되도록 믿으면서, 기다리기를 배웠다. "험 릿까지 그들로부터 봉기하게 할지라". (From tham Let Rise till Hum Lit) (F 114. 19) 조이스는 〈웨이크〉로 하여금 잠자도록 자기 자신에게 자주 말했음에 틀림없다. "잠잘지라"(Let sleepth)(F 555.01). 마침내, 재생(recorsing)의 피닉스처럼, 그것은 그것의 잿더미로부터 일어나리니, 그리하여 그는 새 비코의 환에서 새 〈햄릿〉으로서 감수되고, 인정받고. 그 땐 그것은, 마침내, "험 릿"(Hum Lit)이 되리라. 그것은 인간성의 그리고 문학의 애인들에 의하여 읽히고, 향락되고, 감상되리라.

V . J Cheng

필자는 지난 근 반세기(1973-2020) 이상을 조이스 전집(전2권))을 비롯하여, 〈율리시스〉와 〈경야〉의 연구 및 번역을 위해 노력해 왔다. 필자는 1934년 7월 6일 경남 창원의 뒷산봉우리 아래에서 태어났다. 따라서 그것은 앞서 율리시스의 스티븐처럼 하나님 아들의 의인화(擬人化)(personification)로 간주될 수 있다. 여기 필자는 1977년에 미국의 유학에서 귀국하여, 1979년 12월 14일 〈한국 제임스 조이스 학회〉(The James Joyce Society of Korea)(JJSK)를 설립하고, 1987년 11월에 〈제임스 조이스 저널〉(The James Joyce Journal)(JJJ)을 창간했다.

또한, 필자는 1967년 제임스 조이스의 〈율리시스〉를 한국 최초로 번역했고, 동년 〈한국 번역 문학상〉(제9회)을 "국제 펜클럽 한국 본부"로부터 수령했다. 2002년에 〈경야〉를 번역했고, 2012년에 〈경야 및 주해〉를, 2013년에 〈제임스 조이스 전집〉을 서울의 〈어문학사〉에서 각각 출간했다. 그는 〈경야〉 연구로 동년 제58회 〈대한민국 학술원상〉을 수령했는바, 이러한 수상의 기록들은 그의 포스트모더니즘의 노고의 산물이다.

필자는 중국 당나라의 불후의 고전인, 〈서유기(西遊記)〉의 주인공, 손오공의 탄생이 얼마나 풍부한 상상력으로 이루어졌는지 알고 있다. 〈서유기〉에는, 산꼭대기에 신기한 거암(巨巖)이 하나 있었으니, 이 바위는 하늘이 처음 열린 이래, 천상천하의 정기를 끊임없이 받으며 오랜 세월 지내오는 동안, 차즘 신령(神鈴)한 기운이 소략(疏略)하여, 그가 그 위에 엉덩이를 깔고 앉았던 바위는 갈라지고 둥근 돌알(石魂)들로 잘게 부수어 산 아래로 굴러 내렸다. 그들은 거기 무더기로 쌓이고 쌓였다. 돌이켜 살피건대, 필자의 "의식의 고향" 〈수리봉〉 아래에도 산해숭심(山海崇深)인양, 바다의 굴 껍질의 패각(貝殼)들이 사방에 흩어져 있다. 마치 샌디마운트 해안을 거닐며 갖는 오늘날 포스트모던의 스티븐처럼. 그가 상상컨대, 손오공의 경우인양, 태고에 여기도 바다였던 모양이다.

이 거암(巨巖) 덩어리는 오늘의 포스트모던 시대에도 저 농율목(弄栗木) 사이의 캑캑 턱을 한 원숭이로 변하고, 그 빛 뻔쩍이는 두 눈 알, 쫑긋한 두 귀, 팔다리가 생겨 낳는지라, 그리하여 자아 반가설(半假設)의 손오공이 구름을 타고 날수 있듯, 변신(變身)의 가능성, 판타지 및 그가 물리치는 요괴, 부패한 자의 상징이여라, 이 불변불구의 고전은 삼장법사(三藏法師)와 3제자가 불가능을 해결하기 위해 서역으로 향하며 겪는 고난의 과정을 담은 것처럼, 이 모든 것이 포스트모던의 불멸의 허구이여라. 인생 또한 북쪽을 향한 영원한 새 도전이요, 그러나 신이 아니기에 이따금 허망하고 공허하다. 이제 과거를 회고하건데, 명징(明澄)한 봄날 밤 추억의 별들이 머리 위로 깨알처럼 흩뿌려져 있다.

세대를 초원하여 오늘의 포스트모던 세계에서도, 필자는, 옛 성인들인, 공자, 그리스도, 성(聖) 아우구스티누스, 몽테뉴,

장 자크 루소 등의 고백록처럼, 자기에 대해 소개를 이 연구서를 읽는 분들에게 쏟으려면, 자신이 누구인지 알아야 하는 법, 나는 나를 과연 다 알고 있는가? 내가 나를 잘 모르고, 비정(非情)의 자아를 구체적으로 객관화하는 것이 가능할까, 이 연구서도, 여러 번 거듭 써야 하지 않을까. 그리고 실패의 강렬한 경험을 통해 자기 자신을 성찰하는 오늘날 포스트모던 글쓰기의 일터로서, 이제 남들만을 연구하지 말고 내 자신에게 돌아 갈 차례이다. 인생을 정리해야 할 시점에 있는 이 순간, 자신의 지나간 길을 재탐색할 필요가 있는 것이 아닐까 한다. 거기에는 시가(詩歌)와 찬가(讚歌)가 많이 서려있다. 이 시대의 인생과 자연의 곡률(曲律)을 풍요롭게 탄주하기 위해서이다.

그 동안 필자는 일생을 통해 난해 문학의 연구와 번역을 일관되게 작업하며 살아왔다. 난해성의 모방, 주제, 언어, 문체, 자국의 학자가 외국 작품을 해부하고 번역하고 그러나 그것의 난해성을 파악하기 위한 정력과 시간의 부족으로, 그는 오랜 동안 오늘의 포스트모던 시대까지 밟아온 편력의 발자취와 그의 사고(思考)를 기록하는데 많은 정력을 쏟은 셈이다. 이 순간 여든 인생길도 모자란다. 한 쪽 귀가 불가청(不可聽)이라. 가청도구(可聽道具)가 필요하고, 양 다리를 지팡이(stick)로 지탱하고 힘겹게 절름절름 걷는다. 필자 나이 87세이다.

외국문학의 연구와 번역은 비단 모던 시대뿐만 아니라, 포스트모던 시대에도, 모국어의 잠재력을 일깨우는 관숙(慣熟)된 작업이다. 일생동안 조이스를 번역하고 연구하여 포스트모던 다음으로, 훗날 내 인생을 전갈(傳喝)하고, 앞으로 머릿속에 그 동안 쌓인 만상(萬象)을 속 시원히 비우련다. 비록 모더니즘의 시대 또는 부조리시대를 지나 포스트모더니즘 시류에서 작품의 내용에 있어서 순열과 순서가 아주 조리에 맞지 않다거나, 초라할지라도, 모든 것을 세상에 다 쏟은 뒤, 프랑스의 철학자 데카르트(Descartes)가 말했듯이, "육체의 감옥을 떠나, 영혼의 해방을 위해" 세상을 뜨고 싶다. 누군가 훗날 포스트모더니즘이 지난 뒤, 여기 쏟은 인터뷰 자구들을 호사롭게 귀담아 들어 주기를 바란다. 그리하여 새로 태어나는 포스트모던 시대에도 피닉스 불사조가 되련다. 영국의 시인 테니슨(Tennyson)은 읊기를,

　　황혼의 저녁 종,
　　그리고 그 뒤로 어두움!
　　그리고 작별의 슬픔 없기를,
　　내가 출항할 때-

테니슨(Tennyson)

　오래 산 자 인생의 실재(實才)를 발견하기 위해 충분히 감지한 누구이든, 우리의 최초의 위대한 누구이든, 왜 죽음을 두려워하는고? 〈경야〉의 고된 번역 작업을 감행하다니! 우리의

힘든 노동이야말로 포스트모던 시대에 살아 결실을 얻도다.

   필자는 오늘날 포스트모던 시대에도 자신의 회고를 찬찬히 그리고 곰곰이 생각하기를 사랑하리라. 그는 노령에서, 자신의 젊은 우행(愚行)일지라도, 후세인들이 그것을 읽어 유익하게 하고 싶을지니. 그간 오늘날 포스트 모던시대까지 그가 한 일이란 모래알을 헤아리고, 햇빛을 물 퍼서 대지를 적시는 일이었으리라. 비에 적지 않도록 유지(油脂)로 새로 인쇄된 〈정선된 피네간의 경야〉(Selected Finnegans Wake)를, 포스트모던의 새 책을 포장하여 운동장 울타리 단생목(斷生木)에 두 번 세 번 감추지만 비는 여전히 비닐 포장을 뚫고 〈경야〉를 적신다.

   오늘날 필자가 상상 속에 일생을 밟아 온 아일랜드 수도 더블린의 박물관 정원에는 20세기 최대의 극작가요, 노벨상 수상자인, 버나드 쇼(Shaw)의 묘비가 포스트모던의 세월을 뚫고 세워져 있다. 거기 다음 글귀가 새겨져 있으니, 우리의 삶이야말로 우물쭈물하다가 끝나고 마나니 짧고도 짧은 인생이여라.

   성화! 성화! 성화! 옛 인도의 철학서인, 〈우파니샤드〉의 신의 소명이여! 내 나라, 외국 손님 맞는. 큰 강(江)을 위해 후광 있을 지니, 비록 그것이 평탄치 않을지라도, 무변(無邊)한 채! 수리봉(峰) 아래 그가 사멸하여 회신(灰燼)으로 뿌려지는 날,

오라, 그 날이여, 서슴치 말자.

오늘날 산업화와 민주화를 딛고 자란 우리들, 이제는 인문학과 조이스 연구로 정신적 풍요를! 필자가 산봉우리 아래서 자란 어릴 때부터 그곳 농민들의 삶을 지켜보면서 산과 산골짜기에 흐르는 물, 그 곳의 흙 및 나무, 산천초목과 밀착된 인생을 살았는지라, 여기 이 인터뷰로 그들을 새삼 재촉하려 한다. 그가 어릴 적, 산에서 농우(農牛)를 방목하며, 남의 묏등 위에 사지를 십자로 뻗고 반듯이 누워, 하늘의 먹구름이 흐르는 것을 바라보자, 용(龍)의 꼬리가 구름을 타고 그를 안은 산봉우리에 천둥 번개를 치면서 장대비가 쏟아진다. "우르르쾅쾅그르르쾅광서둘라개남들집으로급급히-." 이는 하나님의 첫 노성(怒聲)인가, 아니면 그를 위한 환성(喚聲)인가, 그 뜻을 가름하기 어렵다. 이를 그대의 맹인 밀턴에게 물어보라! 인류 최초의 언어이여라, 그(필자)가 남의 유택(幽宅) 위에 누운 망동(妄動)을 책망하기나 하듯, 아니면 영감의 소식이라도 전하듯. 그러자 목동은 혼비백산하여 급히 소를 몰고 집으로 향한다. 무다언(毋多言)! 무격노(毋激怒)!

〈한국 제임스 조이스 학회〉의 동아리 여러분에게 그간 함께 한 무궁한 학문의 발전과 인생의 축복을 빈다.

마지막이 될 필자의 저서를 다듬고 편집해준 도서출판 어문학사에게도 또한 감사의 말씀을 전한다.

이제 문화적 혹은 문학적 사상의 추의(芻議)와 문학 본질을 서술한 뒤, 필자는 앞으로, 지금은 사멸한, 조이스의 포스트모더니즘의 문학 배경을 동시에 논하고자 한다.

　공헌(貢獻)으로 작용하라.

James
Joyce
The Illicit
FINNEGANS
WAKE

＊

1

〈경야〉

: 각 장의 개요Synopsis

I부 1장
피네간의 추락

〈경야〉의 첫 장은 작품의 서곡 격으로, 작품의 주요 주제들과 관심들, 이를테면, 피네간의 추락, 그의 부활의 약속, 시간과 역사의 환상 구조, 트리스탄과 이솔트 속에 구체화된 비극적 사랑, 두 형제의 갈등, 풍경의 의인화 및 주인공 이어위커(HCE)의 공원에서의 범죄, 언제나 해결의 여지를 남기는 작품의 불확실 등을 소개한다. 암탉이 퇴비더미에서 파헤쳐 낸 불가사이한 한통의 편지 같은, 작품 전반을 통하여 계속 거듭되는 다른 주제들이 또한 이 장에 소개된다. 주인공 이어위커를 비롯하여, 그 밖에 다른 주요한 인물들도 소개된다.

〈경야〉는 그 시작이 작품의 마지막 행인 한 문장의 중간과 이어짐으로써, 이는 부활과 재생을 암시한다. 조이스는 H. S 위버(Weaver) 여사에게 보낸 한 서간에서 "이 작품은 시작도 끝도 없다"라고 말한 바 있는데, 이는 작품의 구조를 이루는 비코(Vico)의 인류 역사의 순환을 뒷받침한다. 이 작품의 첫 페이지에서 100개의 철자로 된 다어음절(多語音節)의 천둥소리가 들리는데(작품 중 모두 10개의 천둥소리가 들리고, 각 100개의 철자로 되지만, 최후의 것은 101개이다) 이는 완성과 환원을 암시한다. 이 천둥소리는 하느님의 소리요, 여기 피네간의 존재와 추락을 선언하는 격이다.

이야기는 신화의 벽돌 운반공인 피네간의 인생, 추락과 경야로서 시작된다. 그의 경야 자체의 서술에 이어, HCE(피네간의 현대적 변신)의 잠자는 육체가 더블린 및 그 주원(周圓)의 풍경과 일치한다. 그곳에는 피닉스 공원에 위치한 윌링돈(웰링턴의 이름은 수시로 바뀌거니와) 뮤즈의 방(그의 박물관)이 있다. 한 여성 안내원이 일단의 관광객들을 이 뮤즈의 방으로 안내하고 그것을 소개한다.

이어 뮤트와 쥬트가 등장하는데, 이들은 솀과 숀의 변신이요, 그들의 대화가 더블린의 단편적 침입사 및 아일랜드의 크론타프 전투에 관한 의견 교환과 함께 시작된다. 알파벳 철자의 형성에 대한 별도의 서술이 뒤따르고, 이어 반 후터 백작과 처녀 프랜퀸의 이야기가 서술되는데, 그 내용인즉, 프랜퀸이 영국에서 귀국 도중 호우드 언덕에 있는 백작의 성을 방문하지만, 백작이 저녁 식사 중이란 이유로 그녀에게 성문을 열어주기를 거부한다. 이에 골이 난 프랜퀸은 백작에게 한 가지 수수께끼를 내는데, 그가 답을 못하자, 그의 쌍둥이 아들 중의 하나를 납치한다. 이러한 납치 사건은 3번이나 계속되지만, 결국 그들은 서로 화해에 도달한다. 이때 다시 천둥소리가 울린다.

이제 이야기는 잠에서 깨어나고 있는 신화의 거인 피네간으로 되돌아간다. 화자는 피네간이 자리에서 일어나지 말고 그대로 누워 있도록 일러준다. 왜냐하면 그는 에덴버러 성시(城市)의 신세계에 순응해야하기 때문이요, 그곳에는 그의 교체자인 HCE가 에덴버러 성시에 야기된 애함성(愛喊聲)에 대하여 궁시적(窮時的)으로 책무할 것이기 때문이다.

I부 2장

HCE-그의 별명과 평판

이제 HCE가 현장에 도착하고, 서술은 독자에게 그의 배경을 설명한다. 아주 대담하게도, 이 장은 처음에 그의 이름의 기원 "하롤드 또는 험프리 침던의 직업적 별명의 창세기"를 보여준다. 그리고 이는 독자로 하여금 그가 어떤 두드러진 가족과 잘못 연관되어 있다는 소문을 불식시키기를 요구한다. 사람들은 그의 두문자 HCE를 미루어, "매인도래(Here Comes Everybody)"라는 별명을 부여하고 있는데, "어떤 경구가들"은 그 속에 "보다 야비한" 뜻이 함축되어 있음을 경고해 왔다. 그들은 그가 지금까지 "한 가지 사악한 병에 신음해 왔음"을 지적한다.

여기 HCE는 "언젠가 민중의 공원에서 웰저 척탄병을 괴롭혔다는 웃지 못할 오명"으로 비난을 받고 있으며, 그의 추정상의 범죄(무례한 노출)가 표출되고 지적된다. 그는 피닉스 공원에서 "파이프를 문 한 부랑아"를 만났을 때, 그에게 자신의 이러한 비난을 강력히 부인한다. 그런데도 이 부랑아는 소문을 여러 사람들에게 퍼뜨리고, 그 결과 이는 걷잡을 수 없을 정도로 사방에 유포된다. 소문은 트리클 톰, 피터 클로란, 밀듀 리사 그리고 호스티 도그 등, 여러 사람들의 입을 통해 퍼져 나간다. 그중 호스티는 이의 내용에 영감을 받아, "퍼스 오레일리의 민요"라는 민요를 짓기도 한다. 이 민요의 내용은 HCE를 대중의 범죄자로 비난하고, 그를 조롱조로 험티 덤티

(땅딸보)와 동일한 인물로 간주한다. HCE에게 자신의 명성을 회복하는 것은 사실상 불가능하다. 3번째 천둥소리가 속요 직전에 들린다.

I부 3장
HCE-그의 재판과 투옥

공원에서의 HCE에 대한 근거 없는 범죄의 이야기가 탐사 되지만, 거기 포함된 개인들이나 그 사건을 둘러싼 사건들이 분명하게 확인되지 않기 때문에, 탐사는 사실상 무용하다. 가 시성이 "야릇한 안개 속에" 가려져 있고, 통신이 불확실하며, 분명한 사실 또한 그러한지라, 그러나 여전히 HCE의 추정상 의 범죄에 관한 스캔들은 난무하다. 이때 텔레비전 화면이 등 장하는데, HCE가 자신의 공원에서의 만남의 현장을 스크린 을 통해 제시한다. 이는 "장면이 재선(再鮮)되고, 재기(再起)되 고, 결코 망각되지 않을 것"이기 때문이다. (텔레비전은 통신의 수단으로 1926년에 영국에서 바드(Jhon L. Bard)에 의하여 소개되었 는데, 조이스는 이에 정통해 있었다)

HCE의 범죄에 관하여 몇몇 회견이 거리의 사람들을 통하 여 이루어지고 의견이 수렴되지만, 모두 근거 없는 소문일 뿐, 아무것도 결론에 도달하지 못한다. 공원의 에피소드의 번 안이라 할, 막간의 한 짧은 영화 필름이 비친 뒤, 아내 아나 리 비아 플루라벨(ALP)이 남편 이어위커(HCE)에게 보낸 편지와 도난당한 한 관(棺)의 신비성에 관해 다양한 심문이 이어진다. 그리고 HCE에 대한 비난이 계속된다. 이때 주점에서 쫓겨난 한 "불청객"이 주점 주인 HCE에게 비난을 퍼붓자, 후자가 받아야 할 모든 비난의 긴 일람표가 나열된다. 장의 말에서, HCE는 잠에 떨어지는데, 그는 핀(Finn) 마냥 다시 "대지가 잠에서 깨어 날 것이다."

I부 4장
HCE - 그의 서거와 부활

HCE가 잠이 든 채, 자신의 죽음과 장지를 꿈꾼다. 여기 잊혀진 관(棺)이, "유리 고정 판별 널의 티크 나무 관"으로 서술되어 나타난다. 이 4장의 초두에서, 미국의 혁명과 시민전쟁을 포함하여, 다양한 전투들에 대한 암시가, 묵시록적 파멸과 새로운 시작의 기대들을 암기한다. 부수적인 혼돈은 비코(Vico) 역사의 "회귀(recorso)"에 해당함으로써, 새로운 시대를 예시한다. 그러나 새로운 시대는 아직 발달 중에 있다. 왜냐하면 과부 캐이트 스트롱(1장에서 공원의 박물관 안내자)이 독자의 주의를 "피닉스 공원의 사문석 근처의 오물더미"로 되돌려 놓으며, 사실을 있는 그대로 자세히 설명하기 때문이다. HCE가 불한당 캐드와 만나는 사건의 각본이 뒤따른다.

비난 받는 페스티 킹(Pesty King-HCE의 분신) 및 그의 공원의 불륜 사건에 대한 심판을 비롯하여, 그에 대한 혼란스럽고

모순된 증거를 지닌 4명의 심판관들의 관찰이 잇따른 여러 페이지들을 점령한다. 목격자들은, 변장한 페스티 자신을 포함하여, 그에게 불리한 증언을 행한다. 그의 재판 도중 4번째 천둥소리가 울리며, 앞서 "편지"가 다시 표면에 떠오르고, 증인들은 서로 엉키며, 신원을 불확실하게 만든다. 4명의 심판관들은 사건에 대하여 논쟁하지만, 아무도 이를 해결하지 못하고 결론에 도달하지 못한다. 그에 대한 불확정한 재판이 끝난 뒤에, HCE는 개들에 의하여 추적당하는 여우처럼 도망치지만, 그에 대한 검증은 계속 보고된다. 이어 우리는 ALP와 그녀의 도착에 주의를 집중하게 되나니. "고로 지(地)여신이여, 그녀에 관한 모든 걸 우리에게 말하구려" 마침내 그녀의 남편에 대한 헌신과 함께 그들 내외의 결혼에 대한 찬가로 이 장은 종결된다.

I부 5장
ALP의 선언서

이 장은 "총미자, 영생자, 복수가능자의 초래자인 아나모의 이름으로"라는 ALP에 대한 주문으로 그 막이 열린다. 이어 "지상지고자를 기술 기념하는 그녀의 무제 모언서" 즉 그녀의 유명한 편지에 대한 다양한 이름들이 서술된다.

편지는 보스턴에서 우송되고, 한 마리 암탉이 피닉스 공원의 퇴비 더미에서 파낸 것이란 내용의 이야기에 집중되는데,

이는 앞서 1장과 4장의 페스티 킹의 재판 장면 직후의 구절에 이미 암시되었다. 이 장은 또한 5번째 천둥소리를 포함하고 있다.

이 편지의 본래의 필자, 내용, 봉투, 기원과 회수인(回收人)에 대한 조사가 이야기의 기본적 주제를 구성한다. "도대체 누가 저 사악한 편지"를 썼는지 그리고 그 내용을 해석하기 위해 독자들은 상당한 인내가 필요하다. 이 편지의 해석에 대한 다양한 접근과 이론 및 모호성은 〈경야〉 그 자체와 유추를 이룬다. 편지의 복잡성에 대한 토론에 이어, 한 교수의 그에 대한 본문의, 역사적 및 프로이트적 분석이 뒤따른다. 이 편지의 "복잡 다양한 정교성을 유사심각성으로" 설명하기 위하여, 조이스는 아일랜드의 유명한 초기 신앙 해설서인 켈즈의 책〉(Book of Kells - 현재 더블린의 트리니티 대학 도서관 소장)에 에드워드 살리번(Edward Sullivan)의 비평문(진필판)을 모방하고, 특히 이 작품의 "퉁크(Tunc)" 페이지를 고문서적으로 강조한다. 이 장은 편지, 그의 언어 배열 및 그의 의미의 판독에 관한 것이지만, 또한 "재통(再痛)하며 음의(音義)와 의음(義音)을 다시 예총(銳通)하기를" 바라는 작품으로서, 이는 〈경야〉의 해독과 이해에 관한 것이기도 하다.

I부 6장
수수께끼 - 선언서의 인물들

이 장은 12개의 문답으로 이루어지는데, 그들 중 처음 11개는 셈(교수)의 질문에 대한 숀의 대답이요, 그리고 마지막 12번째는 숀의 질문에 대한 셈의 대답이다. 질문들과 대답들은 이어위커의 가족, 다른 등장인물들, 아일랜드, 그의 중요한 도시들 및 〈경야〉의 꿈의 주제와 일관되고 있다. 이 6장의 구조는 작품의 주된 주제들 중의 하나인 형제의 갈등, 즉 셈과 숀의 계속되는 상극성을 강조한다.

첫 번째 질문은 기다란 것으로, 신화의 뛰어난 건축가인 이어위커를 다루고 있다. 여기 셈은 이어위커의 속성인 인간, 산, 신화, 괴물, 나무, 도시, 계란, 험티 덤티, 러시아 장군, 외형질, 배우, 카드놀이 사기꾼, 환영(幻影), 영웅, 성인, 예언자, 연대기적 단위, 과일, 식물, 다리(橋), 천체, 여관, 사냥개, 여우, 벌레, 왕, 연어 등, 다양하게 묘사되는데, 숀은 이를 들어 아주 쉽게 그의 신원을 확인하고, 그를 "핀 맥쿨"로서 결론짓는다.

셈의 2번째 질문은 가장 짧은 것들 중의 하나로서, 그들의 어머니 아나 리비아와 연관된다. "그대의 세언모(細言母)는 그대의 태외출(怠外出)을 알고 있는고?" 숀의 대답은 그녀에 대한 자신의 무한한 자랑을 드러낸다.

3번째 질문에서 셈은 숀에게 이어위커의 주점을 위한 한 가지 모토를 제안 할 것을 요구한다. 숀은 더블린의 모토이기도

한, "시민의 복종은 도시의 행복이니라"를 제시한다.

4번째 질문은 "두 개의 음절과 여섯 개의 철자"를 가지고, D로 시작하여 n으로 끝나는, 또한 세계에서 가장 큰 공원, 가장 값비싼 양조장, 가장 넓은 거리 및 "가장 애마적 신여(神輿)의 음주 빈민구"를 지닌 아일랜드 수도의 이름을 요구한다. 여기 대답은 물론 더블린이지만, 숀의 대답은 아일랜드의 4개의 주요 주를 비롯하여, 4개의 주요 도시를 포함한다. 이들 4개의 도시들은 "마마누요"(4복음자들의 합일 명)처럼 abcd로 합체된다.

5번째 질문은 이어위커의 주점의 천업에 종사하는자(者)(시거드센)의 신분을 다룬다. 주어진 대답은 "세빈노(細貧老)의 죠"이다.

6번째 질문은 이어위커 가족의 가정부와 관계하며, 대답은 캐이트라는 노파이다.

7번째 질문은 이어위커 주점의 12명의 소님들에 초점을 맞추며, 대답은 잠자는 몽상가들인, 어느 "애란수인"(愛蘭睡人)들이다.

8번째 질문은 이시의 복수 개성들이라 할 29명의 소녀들에 관해 묻는데, 이에 대한 대답으로 숀은 그들의 특성을 일람한다.

9번째 질문은 한 지친 몽상가의 견해로서, "그런 다음 무엇을 저 원시자는 자기 자신을 보는 척하려고 하는 척할 것이고?" 대답은 "한 가지 충돌만화경"이다.

10번째 질문은 사랑을 다루는데, 여기 두 번째로 가장 길고도, 상세한 대답이 알기 쉽게 서술된다.

11번째 질문은 존즈(숀)에게 그가 극단적 필요의 순간에 그의 형제(솀)를 도울 것인지를 묻는다. 즉각적인 반응은 "천만에"이다. 여기 이 장의 가장 긴 대답은 세 부분으로 나누어지는데, 1)잔돈-현금 문제에 대한 존즈 교수의 토론 2)묵스(여우)와 그라이프스(포도)의 우화로서, 두 무리들 사이의 해결되지 않는 갈등의 이야기 3)줄리어스 시저(카이사르)를 암살한 두 로마인들인, 브루터스와 케이시어스를 암시하는, 궁극적으로 숀(브루터스)과 솀(케이시어스)에 관한 이야기이다.

최후의 가장 짧은 12번째 질문은 숀에 의하여 솀의 목소리로 이루어지는데, 여기서 그는 솀을 저주받는 형제로서 특징 짓는다.

I부 7장
문사

HCE의 쌍둥이 아들인 솀의 저속한 성격, 그의 자의적 망명, 불결한 주거, 인생의 부침(浮沈), 그의 부식성의 글 등이 이 7장의 주된 소재를 형성한다. 이는 그의 쌍둥이 형제인 숀에 의하여 서술되는데, 한 예술가로서 조이스 자신의 인생을 빗댄 아련한 풍자이기도 하다. 숀의 서술은 신랄한 편견을 내포하고 있다. 그는 첫 부분에서 솀에 관하여 말하고, 둘째 부분에서 그의 전기적 접근을 포기하고 그를 비난하기 위하여 직접적으로 이야기에 참가한다. 이 장의 종말에서 셈은 자신의 예술을 통하여 자기 자신을 변호하려고 시도한다.

이 장은 전체 작품 가운데 비교적 짧으며, 아주 흥미롭고, 읽기 쉬운 부분이다. 초 중간에 나타나는 "퍼스 오레일리의 민요 풍"의 경기가(競技歌)는 셈의 비겁하고 저속한 성질을 나타내는 악장곡(樂章曲)이다. 셈은 야외전(戰)보다 "그의 잉크 병전(戰)의 집 속에 콜크 마개처럼 틀어박힌 채" 지낸다. 그의 예술가적 노력은 중간의 라틴어의 구절에서 조롱당하는데, 잉크를 제조하는 이 분변학적 과정에서 셈은 "그의 비참한 창자를 통하여 철두철미한 연금술사"가 된다. 그리고 그는 자신의 예술로 "우연변이"된다. 〈자비〉로서의 셈은 〈정의〉로서의 숀에 의하여 그가 저지른 수많은 죄과에 대하여 비난 받는다. 셈은 철저한 정신적 정화가 필요하다. 이 장의 말에서 이들 형제들의 갈등을 해소하기 위해 그들의 어머니 ALP가 리피 강을 타고 도래하며, 〈자비〉는 자신의 예술을 통해서 스스로를 변명하려고 시도한다.

결국, 여기 이들 쌍둥이 형제간의 갈등은 그들의 어머니 아나 리비아 플루라벨(ALP)의 도래로서 해결되는 셈이다.

I부 8장
여울목의 빨래하는 아낙네들

이 장은 두 개의 상징으로 열리는데, 그중 첫째 것은 대문자

"O"로서 이는 순환성 및 여성을, 그리고 첫 3행의 삼각형으로 나열된 글귀는 이 장의 지속적 존재인 ALP의 기호(siglum)이다.

두 빨래하는 아낙네들이 리피 강의 맞은편 강둑에서 HCE와 ALP의 옷가지를 헹구며 그들의 생에 대하여 잡담하고 있다. ALP의 옛 애인들, 그녀의 남편, 아이들, 간계, 번뇌, 복수 등, 그 밖에 것들에 대한 그들의 속삭임이 마치 강 그 자체의 흐름과 물소리처럼 진행된다. 옷가지마다 그들에게 한 가지씩 이야기를 상기시키는데, 이를 그들은 연민, 애정 및 아이러니한 야만성을 가지고 자세히 서술한다. 주된 이야기는 ALP가 아이들 무도회에서 각자에게 선물을 나누어 줌으로써 그녀의 남편(HCE)의 스캔들을 다른 곳으로 돌리려는 것이다. 이어 그녀의 마음은 자신의 과거에 대한 회상에서부터 그녀의 아들들과 딸의 떠오르는 세대로 나아간다. 강의 물결이 넓어지고 땅거미가 내리자, 이들 아낙네들은 솀과 숀에 관해서 듣기를 원한다. 마침내 그들은 서로가 볼 수도 들을 수도 없게 되고, 한 그루의 느릅나무와 한 톨의 돌로 변신한다. 이들은 그녀의 두 아들 솀과 숀 쌍둥이를 상징하는데, 잇따른 장들은 그들에 관한 이야기이다. 강은 보다 크게 속삭이며 계속 흐르고, 다시 새로운 기원이 시작할 찰나이다.

이 장은, 마치 음률과 소리의 교향악이듯, 산문시의 극치를 이룬다. 700여 개에 달하는 세계의 강 이름이 이들 언어들 속에 위장되어 있으며, 장말의 몇 개의 구절은 작가의 육성 녹음으로 유명하다.

II부 1장
아이들의 시간

선술집 주인(HCE)의 아이들이 해거름에 주점 앞에서 경기를 하며 놀고 있다. 솀과 숀이, 글루그와 추프의 이름으로 소녀들의 환심을 사기위해 싸운다. 경기는 "믹, 닉 및 매기의 익살극"이란 제목 아래 아이들에 의하여 번갈아 극화된다. 이 경기에서 글루그(솀)는 애석하게도 패배하는데, 그는 장 말에서 추프(숀)에게 복수의 비탄시를 쓰겠다는 원한과 위협을 지니며 후퇴한다. 아이들은 저녁 식사를 하고 이어 잠자도록 집 안으로 호출된다. 잠자기 전에 다시 그들의 한 바탕 놀이가 이어지고, 이내 아버지의 문 닫는 소리(6번째 천둥)에 모두 침묵한다.

이 장은 환상 속의 환상의 이야기로서, 전 작품 가운데 가장 어려운 것들 중의 하나이다. 아이들의 놀이는 글루그(솀-악마-믹)와 추프(숀-천사-매기) 간의 전쟁의 형태를 띤다. 그러나 그들의 싸움의 직접적인 목적은 그들의 누이동생 이시(이찌)의 환심을 사는 데 있다. 그 밖에 프로라(28명의 무지개 소녀들, 이시의 친구 및 변형)를 비롯하여, HCE와 ALP, 주점의 단골 손님(12명의 시민들), 손더슨(바텐더) 및 캐이트(가정부) 등이 등장한다. 글루그는 3번의 수수께끼(이시의 속옷 색깔을 맞추는 것으로, 답은 '헬리오트로프', 굴광성 식물의 꽃빛 또는 연보라 색)를 맞추는데 모두 실패하자, 그때마다 무지개 소녀들이 추프의 편을 들며, 춤과 노래를 부르고 그를 환영한다. 이처럼 이 익살극은 글루그와 추프의 형제 갈등을 일관되게 다루고 있지만, 그러나 장말에서 그들은 서로 화해의 기도를 함으로써 종결된다.

II부 2장
학습 시간 - 삼학(三學)과 사분면(四分面)

돌프(셈), 케브(손) 및 그들의 자매인 이시가 자신들의 저녁 학습에 종사한다. 그들은 모두 2층에 있으며, 이시는 소파에 앉아 노래와 바느질을 하고 있다. 아래층 주장에서는 HCE가 12손님들을 대접하고 있다.

그들의 학습은 전 세계의 인류 및 학문에 관한 것으로, 유태교 신학, 비코의 철학, 중세 대학의 삼학(문법학, 논리학 및 수학) 과 사분면(산수, 기하, 천문학, 음악)의 7교양과목 등이, 편지쓰기와 순문학(벨레트레)과 함께 진행된다. 그들의 마음은 우주와 암울한 신비에서부터 채프리조드와 HCE의 주점에까지 점차적인 단계로 안내된다.

이어, 꼬마 소녀 이시가 소파에서 그녀의 사랑을 명상하는 동안, 돌프는 기하 문제를 가지고 케브를 돕는데, 그는 ALP의 성의 비밀을 원과 삼각형의 기하학을 통하여 설명한다. 나중에 케브는 돌프의 설명에 어려움을 느끼고, 홧김에 그를 때려눕히지만, 돌프는 이내 회복하고 그를 용서하며 양자는 결국 화해한다. 수필의 제목들이 아이들의 학습의 마지막 부분을 점령하지만, 그들은 이들을 피하고 그 대신 양친에게 한 통의 "밤 편지"를 쓴다.

본문의 양 옆에는 두 종류의 가장자리 노트와, 이후 쪽에 각주가 각각 붙어 있다. 절반 부분의 왼쪽 노트는 셈의 것이요, 오른쪽 것은 숀의 것이다. 그러나 후반에서 이는 위치가 서로 바뀐다. 이들 중간 부분(F 288-292)은 셈(교수)에 의한 아일랜드의 정치, 종교 및 역사에 관한 서술로서, 양쪽 가장자리에는 노트가 없다. 각주는 이시의 것으로, 모두 229개에 달한다. 돌프가 케브에게 수학을 교수하는 대목에는 다양한 수학적 용어들이 담겨있다.

II부 3장
축제의 여인숙

이 장은 전체 작품 가운데 1/6에 해당하는 거대한 양으로, 가장 긴 부분이다. 그의 배경은 HCE의 주막이요, 그 내용은 두 가지 큰 사건들, 1)노르웨이 선장과 양복상 커스에 관한 이야기 2)바트(셈) 와 타프(숀)에 의하여 익살스럽게 진행되는 러시아 장군과 그를 사살하는 버클리 병사의 이야기로 이루어진다. 첫 번째 장면에서 우리는 노르웨이 선장과 연관하여 유령선(희망봉 주변에 출몰하는)과 그의 해적에 관한 전설적 이야기를 엿듣게 되는데, 그 내용인즉, 한 등 굽은 노르웨이 선장이 더블린의 양복상 커스에게 자신의 양복을 맞추었으나, 그것이 몸에 잘 맞지 않는다. 이에 그는 커스에게 항의 하자, 후자는 선장의 몸의 불균형(그의 커다란 등 혹) 때문이라고 해명한다. 이에 서로 시비가 벌어진다. 그러나 결국 양복상은 선장과 자신의 딸과의 결혼을 주선함으로써, 서로의 화해가 이루어진다. HCE의 존재 및 공원에서의 그의 불륜의 행위에 관한 전체 이야기는 이 유령선의 이야기의 저변에 깔려 있다.

두 번째 장면에서, 우리는 텔레비전의 익살극인 바트와 타프의 연재물을 읽게 되는데, 등장인물들인 바트(솀)와 타프(숀)는 크리미아 전쟁(러시아 대 영국, 프랑스, 오스트리아, 터키, 프로이센 등 연합국의 전쟁, 1853-1856)의 세바스토풀 전투에서 아일랜드 출신 버클리 병사가 러시아의 장군을 어떻게 사살했는지를 자세히 열거한다. 병사 버클리는 이 전투에서 러시아 장군을 사살할 기회를 갖게 되나, 그때 마침 장군이 배변 도중이라, 인정상 그를 향해 총을 쏘지 못하다가, 그가 멧장(turf: 아일랜드의 상징)으로 밑을 훔치는 것을 보는 순간 그를 사살한다는 내용이다. 이 장면에서 "경 기병대의 공격"의 노래의 여운 속에 장군이 텔레비전 스크린에 나타난다. 그는 HCE의 살아 있는 이미지이기도 하다. 텔레비전이 닫히자, 주점의 모든 손님들은 버클리의 편을 든다. 그리고 앞서 타프와 바트는 동일체로 이어 이우러진다. 그러나 주점 주인은 러시아의 장군을 지지하기 위해 일어선다. 무리들은 그들의 주인에 대한 강력한 저주를 쏟는데, 그는 공직에 출마하고 있는 듯이 보인다.

이제 주점은 거의 마감시간이다. 멀리서부터 HCE의 범죄와 그의 타도를 외치는 민요와 함께, 접근하는 군중들의 소리가 들린다. HCE는 자신이 다스릴 민중에 의하여 거절당하고 있음을 느끼면서, 주점을 청소하고 마침내 홀로 남는다. 자포자기 속에서 그는 손님들이 마시다 남긴 모든 술병과 잔들의 술 찌꺼기를 핥아 마시고, 취한 뒤 마루 위에 맥없이 쓰러진다. 여기서 그는 1198년에 죽은 아일랜드 최후의 비운의 왕 루어리 오 콘코바르(그는 영국에 자신의 나라를 양도했다)와 스스로를 동일시한다. 마침내 그는 꿈속에서 배를 타고, 리피 강을 흘러가는데, 결국 이 장면(주점)은 항구를 떠나는 배로 변용된다. 7번째 천둥이 이 이야기의 초두에 그리고 8번째 것이 그 장말에 각각 울리는데, 이는 HCE(피네간, 퍼스 오레일리)의 추락의 주제를 각각 상징한다.

II부 4장
신부선(新婦船)과 갈매기

앞서 장과는 대조적으로, 이 장은 전체 작품 가운데 가장 짧은 것이다. 조이스는 이 장의 내용을 두 이야기들, "트리스탄과 이솔트" 및 "마마누요(마태, 마가, 누가, 요한의 함축어)"에 근거하고 있다. 이 장의 초두의 시는 갈매기들에 의하여 노래되며, 무방비의 마크 왕에 대한 트리스탄의 임박한 승리를 조롱조로 하나하나 열거한다. 이때 HCE는 마루 위에서 꿈을 꾸고 있다.

이 장면에서 HCE는 이솔트와 함께 배를 타고 떠난 젊은 트리스탄에 의하여 오쟁이 당한 마크 왕으로 자기 자신을 몽상한다. 이들 여인들은 신부선의 갈매기들 격인 4노인들 "마마누요"에 의하여 에워싸여 지는데, 그들은 네 방향에서(각자 침대의 4기둥의 모습으로) 그들의 사랑의 현장을 염탐한다. 장말에서 이들은 이솔트를 위하여 4행시를 짓는다. 여기 상심하고 지친 HCE는 자신이 이들 노령의 4노인들과 별반 다를 것이 없음을 꿈속에서 느낀다. 이 장에서 1132의 숫자가 다시 소개되는데(처음은 제1장에서), 여기 가장 빈번히 나타난다. 이는 1132년(그 절반은 566)의 대홍수의 해를 가리키는 바, 〈성서〉의 원형에서처럼, 소멸과 부활의 주제를 이룬다. 32는 추락(〈율리시스〉에서 블룸이 셈하는 낙체의 낙하 속도이기도), 그리고 11은 아나리비아의 숫자인 111의 경우처럼 재생의 상징적 증표이다.

III부 1장
대중 앞의 숀

이 장은 제III부의 첫 째 장에 해당한다. 이는 한밤중의 벨소리의 울림으로 시작된다. "정적 너머로 잠의 고동"이 들려오는 가운데, "어디선가 무향(無鄕)의 혹역(或域)에 침몰하고 있는" 화자(숀)는 잇따른 두 장들의 중심인물인, 우체부 숀에 의하여, 자신이 성취한 대중의 갈채를 묘사하기 시작한다.

화자는 한 마리 당나귀의 목소리로, 자신의 꿈을 토로한다. CHE(작품에서 어순이 수시로 바뀌거니와)가 ALP와 함께 한 밤중 그들의 침실에 있다. 또한 이야기는 숀의 먹는 습성에 대한 생생한 서술을 포함한다. 그는 자신을 투표하려는 대중 앞에 서 있다.

그러나 이 장의 대부분은 대중에 의하여 행해진, 모두 14개의 질문으로, 숀에 대한 광범위한 인터뷰로서 구성된다. 이들 중 8번째 질문에서 숀은 그의 대답으로 "개미와 베짱이"의 이솝 이야기(우화)를 자세히 설명하는데, 이는 실질적인 개미(숀)와 비 실질적인 탕아인 베짱이(솀)에 관한 상반된 우화이다. 이 장을 통하여, 솀과 숀의 형제 갈등의 주제가 많은 다른 수준에서 다시 표면화되는데, 그의 대부분은 질문들에 대한 숀의 대답으로 분명해진다. 여기 9번째 천둥소리가 우화가 시작되기 직전에, 숀의 헛기침과 동시에 울린다.

이들 대중들의 질문들에 대한 숀의 대답은 이따금 회피적이다. 그 가운데는 숀이 지닌 한 통의 편지에 관한 질문이 있는데, 이에 관해 그는 아나 리비아와 솀이 그것을 썼으며, 자신은 그것을 배달했을 뿐이라고 대답한다. 또한 그는 편지의 표절된 내용을 극렬히 비난한다. 숀의 최후의 대답이 있은 뒤에, 그는 졸린 채, 한 개의 통 속에 추락하는데, 그러자 통은 리피 강 속으로 뒹굴며 흘러간다. 이시가 그에게 작별을 고하고, 모든 아일랜드가 그의 소멸을 애도하며 그의 귀환을 희구한다. 최후로 그의 부활이 확약된다.

III부 2장
성 브라이드 학원 앞의 숀

숀이 존(Jaun)이란 이름으로 여기 재등장한다. "한갓 숨을 자아내기 위하여-그리고 야보의 후(厚) 밑창 화(靴)의 제일 각(脚)을 잡아당기기 위하여" 멈추어 선 뒤에, 숀은 "성 브라이드 국립 야간학원 출신의 29만큼이나 많은 산울타리 딸들"을 만나, 그들에게 설교한다. 그는 이시에게 그리고 다른 소녀들에게 성심을 다하여 연설하기 시작한다. 화제가 섹스로 바뀌자, 숀은 자신의 관심을 그의 누이에게만 쏟는다. 그는 셈에 관해 그녀를 경고하는데, 그녀에게 그를 경멸하고, 자제하도록 충고 한다. "사랑의 기쁨은 단지 한 순간이지만, 인생의 서약은 일엽생시를 초욕(超欲)하나니."

그의 설교를 종결짓기 전에, 숀은 공덕심을 위한 사회적 책임을 격려한다. "원조합에 가입하고 가간구를 자유로이 할지라! 우리는 더블린 전역을 문명할례 할지니." 그런 다음 그는 자신이 좋아하는 주제들 중의 하나인, 음식에 대하여 초점을 맞춘다. (음식에 대한 관심은 앞서 숀의 특징이요, 장의 시작에서 음식과 음료에 대한 그의 태도가 당나귀에 의하여 생생하게 묘사된 바 있다) 장말에 가까워지자, 이시는 처음으로 이야기를 시작하며, 떠나가는 숀을 불성실하게 위로하는데, 여기서 후자는 낭만적 방랑탕아인 주앙(Juan)으로 변신한다.

숀은 그의 "사랑하는 대리자를 뒤에 남겨둔 채" 마치 떠나가는 오시리스 신처럼, 하늘로 승천을 시도한다. 이때 소녀들은 그와의 작별을 통곡한다. 그러나 그는 성공을 거두지 못하고, 떠나기 전에 연도가 암송되면서, 그의 정령이 "전원의 혼"으로서 머문다. 앞서 장에서 숀은 정치가 격이었으나, 이 장에서 한 음탕한 성직자의 색깔을 띤 돈 주앙(영국 시인 셸리의 영웅이기도)이 된다. 그의 설교는 몹시도 신중하고 실질적이며, 냉소적, 감상적 및 음란하기까지 하다. 그는 자신이 떠난 사이에 그의 신부(新婦)(이시)를 돌볼 셈을 소개하며, 그녀에게 그를 경계하도록 충고한다. 그는 커다란 사명을 띠고 떠나갈 참이다. 그의 미래의 귀환은 불사조처럼 새 희망과 새 아침을 동반할 것이요, 침묵의 수탉이 마침내 울 것이다.

III부 3장
심문 받는 숀

여기 숀은 욘(Yawn)이 되고, 그는 아일랜드 중심에 있는 어느 산마루 꼭대기에 배를 깔고 지친 채, 울부짖으며, 맥없이 쓰러져 있다. 4명의 노인 복음자들과 그들의 당나귀가 그를 심문하기 위해 현장에 도착한다. 그들은 엎드린 거한(巨漢)에게 반(半) 강신술로 그리고 반(半) 심리(審理)로 질문하자, 그의 목소리가 그로부터 한층 깊은 성층에서 터져 나온다. 그리하여 여기 욘은 HCE의 최후의 그리고 최대의 함축을 대표하는 거인으로 변신하여 노정된다. 그들은 욘에게 광범위한 반대 심문을 행하는데, 이때 성이 난 그는 자기 방어적 수단으로, 한순간 프랑스어로 대답하기도 한다.

4명의 심문자들은 욘의 기원, 그의 언어, 편지 그리고 그의 형제 셈과 그의 부친 HCE와의 관계를 포함하는 가족에 관하여 심문한다. 추락의 다른 설명이 트리클 톰과 다른 사람들에 의하여 제시되지만, 이제 욘에서 변신한 이어위커는 자기 자신을 옹호할 기회를 갖는다. 한 무리의 두뇌 고문단이 심문을 종결짓기 위하여 4심문자들을 대신 점거한다. 그 밖에 다른 질문자들이 재빨리 증언에 합세한다. 그들은 초기의 과부 캐이트를 소환하고, 마침내 부친(HCE)을 몸소 소환한다. HCE의 목소리가 거대하게 부풀면서, 총괄적 조류를 타고 쏟아져 나오고, 전체 장면은 HCE의 원초적 실체로 기울어진다. 그는 자신의 죄를 시인하지만, 문명의 설립자로서 스스로 이룬 업적의 카탈로그를 들어 자신을 옹호한다.

이처럼 이어위커가 그들에게 자신을 변호하는 동안 그의 업적을 조람하지만, "만사는 과거 같지 않다." 그는 자신의 업적 속에 그가 수행한 많은 위업과 선행을 포함하여, 아나 리비아(ALP)와의 자신의 결혼을 자랑한다. "나는 이름과 화촉 맹꽁이 자물쇠를 그녀 둘레에다 채웠는지라." 그러나 지금까지 그가 길게 서술한 자기 방어의 성공은 불확실하다. 여기 초기의 아기로서 욘 자신은 후기의 부식하는 육신의 노령으로 서술된다. 그리하여 그는 인생의 시작과 끝을 대변한다. 그는 매기로서 수상(隨想)되는 구류 속의 아기 예수인 동시에, 오점형(五點型)(quincunx)의 중앙에 놓인 십자가형의 그리스도이기도 하다.

III부 4장
HCE와 ALP-그들의 심판의 침대

이 장의 첫 페이지는 때가 밤임을 반복한다. 독자는 현재의 시간이 포터(이어위커)가(家)의 늦은 밤임을 재빨리 식별하게 된다. 포터 부처는 그들의 쌍둥이 아들 제리(셈)로부터 외마디 부르짖는 소리에 그들의 잠에서 깬 채, 그를 위안하기 위하여 그의 방으로 간다. 그들은 그를 위안하고 이어 자신들의 침실로 되돌아와, 그곳에서 다시 잠에 떨어지기 전 사랑(섹스)을 행하지만, 만족스럽지 못하다. 창가에 비친 그림자가 그들 내외의 행동을 멀리 그리고 넓게 비추는데, 이는 거리의 순찰 경관에 의하여 목격된다. 새벽의 수탉이 운다. 남과 여는 다시 이른 아침의 선잠에 빠진다. 이러한 시간 동안 이들 부부를 염탐하는 무언극은 이들에 대한 4가지 견해를 각자 하나씩 제시한다. "조화의 제1자세"는 마태의 것으로, 양친과 자식들에 대한 그들의 관심을 서술한다. 마가의 "불협화의 제2자세"는 공원의 에피소드를 커버하고 재판에 있어서처럼 양친의 현재의 활동들을 심판한다. "일치의 제3자세"는 무명의 누가에 속하는 것으로, 새벽에 수탉의 울음소리에 의하여 중단되는 양친의 성적 행위를 바라보는 견해이다. "용해의 제4자세"는 요한에 의한 것으로 가장 짧으며, 이 장의 종말을 결구한다. 이 견해는 비코의 순환을 끝으로, 잇따른 장으로 이어지는 '회귀(recorso)'로 나아간다.

IV부 1장

회귀(recorso)

〈경야〉의 최후의 IV부는 1장으로 구성된다. 산스크리트의 기도어(祈禱語)인 "성화(Sandyas)"(이는 새벽 전의 땅거미를 지칭하거니와)로 시작되는 이 장은 새로운 날과 새 시대의 도래를 개시하는 약속 및 소생의 기대를 기록한다. "우리들의 기상시간이나니" 이는 대지 자체가 성 케빈(손)의 출현을 축하하는 29소녀들의 목소리를 통하여 칭송 속에 노래된다. 그리하여 성 케빈(손)은, 다른 행동들 가운데서, 갱생의 물을 성화한다. 천사의 목소리들이 하루를 선도한다. 잠자는자(者)(HCE)가 뒹군다. 한 가닥 아침 햇빛이 그의 목 등을 괴롭힌다. 세계가 새로운 새벽의 빛나는 영웅을 기다린다. 목가적 순간이 15세기의 아일랜드의 찬란한 기도교의 여명을 알린다. 날이 밝아오고, 잠자는 자들이 깨어나고 있다. 밤의 어둠은 곧 흩어지리라.

그러나, 이 장이 포용하는 변화와 회춘의 주요 주제들 사이에 한 가지 진리의 개념을 위한 논쟁 장면이 삽입된다. 그것은 발켈리(Balkelly)(고대 켈트의 현자, 셈)와 성 패트릭(성자, 손) 간의 이론적 논쟁이다. 이들 논쟁의 쟁점은 "진리는 하나인가 또는 많은 것인가" 그리고 "유일성과 다양성의 상관관계는 무엇인가"라는 데 있다. 이 토론에서 발켈리(조지 버켈리)는 패트릭에 의하여 패배 당한다. 이 장면은 뮤타(셈)와 쥬바(손) 간의 만남에 의하여 미리 예기되거니와, 여기 뮤타와 쥬바는 형제의 갈등, 쥬트/뮤트 - 셈/숀의 변형이다. 발켈리와 성 패트릭 (케빈)의 토론에 이어, 이야기의 초점은 아나 리비아에게로 그리고 재생과 새로운 날로 바뀐다.

아나 리비아는 처음으로 그녀의 편지에 이를 "알마 루비아 폴라벨라(Alma Luvia Pollabella)로 서명하거니와", 그런 다음 그녀의 독백으로 말한다. 그러자 여인은 자신이 새벽잠을 자는 동안 남편이 그녀로부터 떨어져 나가고 있음을 느낀다. 시간은 그들 양자를 지나쳐 버렸나니, 그들의 희망은 이제 자신들의 아이들한테 있다. HCE는 험티 덤티(땅딸보)의 깨진 조가비 격이요, 아나 리비아는 바다로 다시 되돌아가는 생에 얼룩진 최후의 종족이 된다. 여기 억압된 해방과 끝없는 대양부(大洋父)와의 재결합을 위한 그녀의 강력한 동경이 마침내 그녀의 한 가닥 장쾌한 최후의 독백을 통하여 드러난다.

이제 아나 리피(강)는 거대한 해신부(海神父)로 되돌아가고, 그 순간 눈을 뜨며, 꿈은 깨어지고, 그리하여 환(環)은 새롭게 출발할 채비를 갖춘다. 그녀는 바다 속으로 흐르는 자양의 춘엽천(春葉泉)이요, 그의 침니(沈泥)와 그녀의 나뭇잎들과 그녀의 기억을 퇴적한다. 최후의 장면은 그녀의 가장 인상적이요 유명한 독백으로 결구한다.

James
Joyce
The Illicit
FINNEGANS
WAKE

2

글라신Adaline Glasheen의 〈센서스Census〉
: 신화, 전설, 우화寓話의 소재를 바탕으로 한,
〈경야〉 이야기의 대강大綱

글라스툴(F 321.08)의 이야기는 〈일편단화〉 격으로, 명확하고 흥미로운 단편 이야기들이다. 대략 80편을 헤아린다. 아래 글은 〈경야〉 II장의 주막 장면으로서, 그가 여행하자 시간은 경과하고, 주막에서 음주가 계속되는 장면이다. 여기 글라신(Glasheen) 교수가 대치(代置)하는 글라스툴(Glasthule)은 더블린의 단 레어리(Dun Laoghire)(조지 4세의 방문을 기념하여, Abraham Kink에 의해 그 곳에 세워진 방첨탑) 지역의 대명사이다.

단 레어리의 오벨리스크(방첨탑까지 [블렉록]경유 무(無)마일 무(無)펄롱 거리)(F 566.36)

거기 그의 더블린 주막의 저 여인숙 갑(岬)까지 연안염항행(沿岸厭航行)했는지라, 들락날락하면서, 오지(奧地)의 사심장(死心臟), 글라스툴(Glasthule) 보언 또는 노라 도(都)의 보하공원도(公園道)로부터(F 321.6-321.8)

필자는 자신이 전보다 〈경야〉의 한층 나은 서술(이야기)을 위해 전력했지만, 그(조이스)를 이해하기에는 여전히 약하고 단속적이요, 그것은 이전 것보다 한층 편향적이다. 왜냐하면 어떤 면들에 관해 많은 것을 발견했고, 다른 것들에 관해 새로운 것은 거의 또는 전무하기 때문이다. 1963년에 서술적 진행, 서술적 연결이 다른 조이스 학자들에 의하여 관찰되기를 희망했었다. 그러나 그것은 그러지 못했다. 온고이지신(溫故而知新)이라, 필자는 계속 진전을 희망하고 있다.

〈경야〉의 서술은 캠벨(J. Campbell)과 로빈슨(H. M Robinson)에 의한 〈경야의 골격 구조〉(뉴욕, 1944)를 비롯하여, 틴달(W. Y Tindall)에 의한 〈경야의 독자 안내〉(뉴욕, 1969)에서, 그리고 베날(Benall)의 〈축소판 피네간의 경야〉로 나타난다. 버저스(Burgess)의 것은 혼란과 우매(愚昧)를 퍼트릴 것 같지는 않다. 〈골격 구조〉(A. Skeleton Key)는 용감하고, 유용한 개척자였고, 우리 모두는 그에 빚지고 있지만, 그것은 과도기의 것이다. 〈골격 구조〉와 〈독자 안내〉(A Reader's Guide)는 〈경야〉를 혼자서 읽는 것이 무엇인가에 대한 서글픈 인상을 준다. 이것은 독자들의 게으름과 소심에 대한 과오보다 저자들에게 덜한 것이다. 그러나 〈골격 구조〉와 〈독자 안내〉는 어쨌든 사람들로 하여금 〈경야〉를 읽거나, 조이스를 읽어 넘기는 효과를 갖는다.

글라신의 이 세 번째 개요(synopsis)는 〈경야〉를 읽기 위한 대용으로서 또한 그것은 〈경야〉의 한 서술로서 이바지함을 의미하지 않는다. 이 개요는 조이스의 멋진 무의미와 무한한 다양성을 생략 한다. 그것은 조이스의 언어의 "야만적 경제"(savage economy)를 느닷없고 깨어지게 만든다. 그것은 변형의 경험상 조이스의 변이(變異)의 세련되고 정교한 흐름을 놓치거나 혹은 난도질한다.

〈허영의 시장〉(Vanity Fair)의 편집자는 묻는다: "〈진행 중의 작품〉의 스케치들은 연속적이요 상호 연관적인가?"

조이스는 대답 한다: "그것은 모두 연속적이요 상호 연관적이다." [〈서간문〉, III, 193, 노트 8]

본서의 제〈VII〉장은 다른 장의 글의 내용처럼 〈경야〉의 내용이나 그의 석의(釋義)와 유사함을 이해하리라 독자에게 용서를 구하는 바이다. 주지하다시피, 조이스의 책은, 저명한 학자들, 특히 노리스(Margot Norris) 교수의 책처럼,(〈피네간의 경야〉의 탈 중심화의 우주)(Deconstructive Universe of Finnegans Wake) 마냥, 다른 말로, 외상(外傷)(trauma)과 뒤이은 강제적 행위의 본질적 소설화는 무의식의 구조적 작용에 의해 통치되기 때문이다. 제〈VII〉장은 또한 글라신 작의 제2 센서스의 개정되고 확장된 등장인물들과 그들의 역할들의 인덱스인지라, 부수된 인물들과 역할이 비일비재하다. 여기 이 연구서가 초심자들에게 주는 이득이 있다. 글라신의 제3 센서스는 백과사전적이다. 세세하게 텍스트를 이해하도록 독자들을 돕기에 여기 싣는다. 그녀의 연구서는 조이스의 말들을 쪼개고 뒤섞어 잡탕을 만들어 수천 수만 풍부한 맛과 향을 내는, 세상에서 가장 유쾌한(힘들지라도) 말타주(몽타주)이다.

I부 1장

(003.1-29) 〈경야〉 또는 "거인의 집"(Howe): "경야" 모임들에 있어서 전통적이었던 비공식적 유흥들-수수께끼, 농담, 노

래, 춤, 난폭 놀이, 묘술 또는 기민, 씨름의 커다란 다양성을 제처놓고라도-130여 개의 특수한 경기들이 수집되어 있다- 그들 중 약간은 꾀나 복잡한 연극 공연들도 있다-몇몇 젊은 사람들이 결혼하는 모의의식(模擬儀式) 방의 한 쪽 구석에 침대를 놓고-환상적 의상들-외설적 역을 행하는 남녀들-이교도 의식의 유물-특별화 하기에는 너무나 야비한 상황들. '등불을 잡아요'-우리들의 주님의 열정의 세속적 졸렬한 모조품 -'진흙에서 배를 끌어내기'에서 사람들-스스로 출석한다-나신(裸身)의 상태에서, 한편 또 다른 게임에서 여인 연출자들이 남자의 옷으로 치장하고, 아주 이상스런 태도로 행동했다.

2개의 에피소드로 된 광대의 연극: 싸움과 부활. 방들[〈중세의 무대〉, I, 213 참조]이 등단한다.

피니언의 환(環) 인민에 의한 인민을 위한 창-핀 맥쿨은 아일랜드와 스코틀랜드의 게일 어 화자들 사이 번성하다-쿠쿠레인 사멸하기도 한다.

〈율리시스〉는 다양한 시대들의 사건들과 혼성하면서, 〈오딧세이〉를 재화한다. 그런가 하면, 〈경야〉는 무대 아일랜드인의 민요 〈피네간의 경야〉를 재화하고, 글라신(Glesheen)의 이 〈통계조사〉는 "피네간" 이해에 인용된다. 〈경야〉 제1부 1장 뒤로, 〈피네간의 경야〉는 하나의 서술적 토대가 아니고, 그것에 대한 참고들, 그것의 변형들로, 충만하다, 〈경야〉에서 〈피네간의 경야〉의 사용은 거대하며, 즐거운 것이요, 지금까지 조사가 덜 되어 왔다 - 필자 생각에, 자신의 빠른, 독서의 부분적 일별은 단지 일견일 뿐이다. 용도는 중요한지라, 왜냐하면 역사의 불결정의 원리 때문에, 인기 민요의 부패는 역사의 부패를 위한 모델임을 처음부터 끝까지 〈경야〉 속에 암시하고 있기 때문이다.

(003.1-14) 〈경야〉의 첫 단락은 더블린 북단에 있는 장소, 두 번째는 시간을 서술한다. 그들은 재차 이야기된 〈경야〉의 부분이 아니다. 그러나 오히려 어떤 인물들, 예를 들면, 트리스탄, 스위프트, 노아는 여기 언급된 역을 연출할 것이다. 이 구절은 또한 〈경야〉의 과거를 주시하며, 끝을 처음에로 접합시킨다. 거듭 말하거니와, 〈경야〉는 한 문장의 중간에서 끝나고, 같은 문장의 중간에서 시작 한다. [〈서간문〉 I, 246 참조]

조이스는(003.1-14)에 대해 1개의 열쇠 또는 부분을 만들었다. 필자는 열쇠를 조사했다. 〈골격 열쇠〉는 여기 탁월하다. 그러나(003.1-14)는 피네간에 도달하기를 원하는 독자를 위해 일종의 걸려 넘어지는 블록이다. 시작하는 독자는 장소가 호우드요 주원(周園), 또는 더블린 시 및 그것의 주원임을 오직 알 필요가 있다. 시간은 홍수 전, 추락 전이다.

(003.15-007.19) 본 행에서 1001회는 노부(老父)인 피네간의 추락에 관해 이야기가 된다. 뇌성(雷聲)은 그것의 원인이요 또

는 그것의 소리 - 효과였던가?(뇌성은 3, 23, 44, 90, 113, 257, 314, 332, 414, 424) 모두 10번 울린다. 10번째는 101개의 철자이다. 조이스는 인간의 추락이 문명 속으로 추락하는 뇌성에 대한 생각을 비코에서 얻었다. 피네간의 머리, 즉, 그것은 호우드 언덕인지라,

한 때 선량하고, 겸손한 남자, 팀은 벽돌 운반 공에서부터 건축 청부업자로 세상에서 일어나거니와, 그는 리피 강가에 집을 건립하고, 생물인, 여성 - 위스키[제임슨 위스키 참조]를 맛보고, 술 취한 비전을 갖는다. "whiskey"(북미, 아일랜드 산은 영국, 캐나다 산과는 달리 철자 사이에 e가 박혀 있다) 독자여 〈경야〉 읽기가 힘들거든 그것을 마셔보라. 신화의 피네간 또는 현대의 HCE처럼. 후자는 자기 자신의 두 쌍둥이가 탄생함을 보고, 그들을 버킷과 연장으로서, 천국 - 대담한 바벨의 솟는 탑 위의 그의 노동자들 또는 그리스도 성당의 탑을 오르내리는 하느님의 성자들로서 그들을 본다. 솟는 탑은 자기 자신이다. 핀(Finn) 또는 핀 맥쿨로서, 건축 청부업자가 서사적 영웅으로 솟을 때, 그는, 유명한 묘굴인(墓窟人)의 불길한 말로, "벌거숭이 팔과 이름에 대한 최초 인(人)", 아담처럼 한 신사이다. 그러나 불가항력의 추락은 어떠할고?

신화의 강자로 솟은 채, 피네간은 술 취한 필립으로서 재차 추락한다. 벽이 발기상태에 있자, 그는 사다리에서 추락했나니 - 죽음이라. 〈경야〉에서, 그의 "친구들"(4거인들, 12고객들)(오늘 날의 주막 고객 수도 여전하다)은 비통하고, 찬미하고, 춤추고,

마시고, 그의 추락에 관해 알기를 고집한다. (오늘날의 주점 명도 여전히 "Bristol"이요, 주점에서 술에 취해 주막을 달려 나오는 고객들은 리피 강을 건너 달려오는 기차에 치어 사멸하기 마련이다) 이 기차는, 필경 〈더블린 사람들〉의 "참혹한 사건"에서 주인공 더피 씨(Mr. Duffy)가 더블린 시 외곽의 채프리조드에서 출퇴근하는 불편하고 때로는 비극의 교통수단이다. 채프리조드는 물론 〈경야〉의 배경을 이룬다.

다시 본론으로 돌아가, "팀, 왜 그대는 죽었는고?" 관대(棺臺)의 시체로부터 무답(無答)이요, 부동이니. 그러나 피네간 부인이 손님들의 소비를 위해, 시체-빵 뭉치, 생선, 술을 제공할 때, 피네간은 현장에 없는바. 침묵, 망명, 간계[〈초상〉에서 데덜러스의 정신적 무기들]에 의하여 그는 한 그리스도교의 희생자가 됨을 피하고, 정의(定義)와 질문을 회피한다. 거기 많은 도피자들이 있을지니. 그것[피네간의 시체]은 결코 먹혀지지 않음이 필자의 "참혹한 사건"(A Painful Case)이요, 경험이다.

(007.20-010.24) 우리들 자신의 시대에서 아마 우리는 더블린의 풍경 속에 묻힌 거인 뇌성-물고기(핀, 물고기, 연어)를 보거니와, 그는 리피 강을 따라, 호우드에서 채프리조드까지, 그의 발을 피닉스 공원의 토루(土壘)에 묻고, 누워있다. (거기, 피네간은 매거진 벽[영국 군대의 수비벽(守備壁)]을 작업할 때, 술 취한 채, 추락했다)

토루 속에는 웰링돈 뮤즈룸 밀납(蜜臘) 세공 전시장(실물대), 장난감 군인들 같은 축소형이 있는지라, 거기에는 워터루의 유물 및 복제물이 대중을 위해 전시되어 있다-멋진 식사를 대신하는 곡예술. 재니트릭스는, 전쟁 박물관의 안내원인 캐이트로서, HCE댁의 하녀이기도, 여 백작 캐슬린 니 호리한(Cathleen Ni Houlihan)을 닮은 떠들썩한 청소원이다-스티븐은 크리스마스 만찬에서 그리고 〈율리시스〉의 〈키르케〉 장의 거리의 싸움판에서 그녀를 이미 만났다. 엄청나게 무식한 캐이트는 전쟁의 우상들을 설명하는 난동을 피운다. 그녀가 워터루로서 해석하는 것이란, 형식적인 군대의 설계물들[조이스의 워터루의 스케치인, 〈초고〉 참조로서, 핵 마찰시의 핵가족이요, 즉, 보호적인 어머니, 적대 남의 일원들, 유혹하는 부정녀들, 남성-국수주의자 부친, 수음, 배뇨, 분변, 노출, 남근 시기, 거세-유행에 뒤진 전쟁 그러나 그것으로 족하다.

윌리 늙은 윌링돈(Wiley old Willingdone)은 그의 "큰 백마"(big white harse)위에 앉아, 그의 두 요정녀들, 그의 말(horse), 코펜하겐[윌리엄 3세 참조], 피닉스 공원의 웰링턴 기념비, 칼, 대포, 마술인의 지팡이, 상처들과 경이의 물건을 염탐하고 있다. 요녀들은 "Nap"(나폴레옹)이라 서명된, 모욕적 편지를 위조한다. 공작은 그들의 사기를 알아차리며, 일종의 "친애하는 제니, 경칠지라"라는 말로 대구한다. 그것은 프렌치 레터(프랑스 편지 또는 콘돔)로서 딸들은 무화과나무의 불모성으로 숙명 지워진다. 두 편지들은 벨기에(Belgium)의 피(血)

로서 쓰인다. 웰링던은 이제 뇌성을 발포(發砲)하고, 요녀들에게 그리고 그의 아들들, 3군인들 또는 리포레움에게 방취(防臭)한다. 요녀들은, 전쟁을 야기한 다음, 자리를 떠난다. 리포레움이 일어선다. 어떤 리포레움-한 애란-힌두-코르시카의 반도(叛徒)가 폭탄을 던질 것을 위협하는지라, 그 이유인즉, 웨링던이 전쟁 오물(아일랜드의 성스러운 토지 또는 어느 고향 땅)로부터 그들의 3잎 클로버 새김 장식의 모자의 절반(그것은 아마도 적의 깃발 또는 클로버 또는 어떤 다른 불합리하고 성스러운 물건일지니)을 집어 올림으로써, 그리고 반모(半帽)를 그의 등치 큰 백마의 꽁지에다 배달음으로써, 그를 모독하기 때문이다. 공작은, 언제나 장난꾸러기요 신사인지라, 반도에게 폭탄에 불을 붙이도록 제의한다. 폭탄이 던져지자, 코펜하겐의 꽁지 및 리포레움 자신의 모자를 날러버린다. 아마도 이것은 〈피아나 에이렌〉(Fianna Eireann)(보이 스카우트)가 1916년 매거진 탄약고를 폭발하려다 실패한 사건을 재화(再話)하리라.

부친은 "노호(怒號) 뭉치"(제왕)로서, 여전히 전장(戰場) 위에 매장된 채 누워있다. 과정은 때때로 우리에게 암담하지만, 〈경야〉에서 부속물 또는 육체의 부분들(모자 또는 머리)은 역할의 교환을 의미한다. 위린던과 리포레움(이름들은 수시로 변용에 변용을!)은 반모와 성냥을 교환한다.

(010.25-013.3) 뮤즈의 방 바깥에, 평화를 사랑하는 암탉이 전장 전쟁터로부터 오물들(그들은 또한 추락에서 부서진 피네간

의 육체의 단편들이기도)을, 그녀가 남편의 비방자들을 혼란되게 한, 그의 남편의 선량한 이름을 밝히기를 절실히 희망하는 한 통의 편지 조작들을 끌어 모은다. 암탉은 성실하고, 신중한 지라, 가정에 불을 지피고, 식탁의 계란을 마련한다. 캐이트 의 정보에 의하면, 인간은 노예-아들들을 반항하도록 사수하 는 폭군이다. 암탉의 확실한 지식에 의하면, 인간은 성자다운 희생자이다. 그의 무덤은 피닉스 공원의 매거진 벽에 있는바, 거기에는 아일랜드의 박해자들-윌리엄 당의 영국인들, 덴마 크인들이-그의 뼈들들 위에서 의기양양 그리고 들뜬 채 춤 을 춘다. 심술궂은 캐이트와 선량한 암탉의 반대적 의견들은 〈경야〉에서 여인들의 싸움의 등가물이다. 워터루는 경야에서 남자들의 싸움판이다.

(013.4-014.27) 4대 노인 역사가들 또한 〈경야〉에 등장했었 다. 이제 그들은 더블린을 감독하고, 매거진 탄약고의 건립 에 관한 스위프트의 시행(詩行)들을 인용한다. 4대물들은, 그 들이 말하는지라, 영원하며, 그들은 아일랜드의 연대기들 의 항목들로서 그들을 제시 한다.(항목의 모델들은 〈톰〉의 인명 록에서 발견된다): (1)먹혀지는 큰 물고기로서 부친(HCE) (2) 연료를 모으며, 출산하는 모친(ALP) (3)죽은 자들을 애통하 는 딸(비디 오브라이엔)이씨 (4)쌍둥이 아들들 셈(Shem)과 숀 (Shaun), 프리마스와 캐디(Primas, Caddy), 그들은 칼과 펜의 위협을 대표한다. 프리마스(Primas)는 입대하여, 모든 자를 "훈련시킨다"(연대(聯隊)와 사격), 캐디는 주막(여인숙, 극장)에

가서, 익살극을 쓴다. 이들 물건들은, 4자들이 말하는 바, 하늘의 별들처럼 불변이요, 연대기의 항목들은 황도대의 기호들: 피스세스, 아리에스, 비고, 리브라이다. 이들은 단지 4기호들이다. 나머지는 잃었다. 놓친 식사를 위한, 놓친 이해를 위한 탐색이 계속한다.

(014.28-020.18) 더블린 시(市)가 건립된다. 전원적 평화가 때때로 평화롭다. 아일랜드의 다양한 침입자들이 정복하고, 아일랜드에 의해 정복 된다. 우리는 이제 극적 형식을 한 뮤트와 쥬트의 대화에 다다르는데, 이는 필자 생각에 케드의 소극(笑劇)이요, 군인의 워터루에 대한 동료 격이다. (프리마스는 풍자 시인이었다-뒤집힌 쌍둥이들의 천성들) 뮤트와 쥬바는 크론타프 전투 다음으로 삭막한 전장에서 만난다. 이야기 줄거리는 비터 비턴(Biter Bitten)이다. 한 나그네가 단순한 마음의, 원초적, 거의 동물인, 원주민을 속일 생각을 한다. 나그네는 목전(木錢)[우드(Wood) 참조]을 위해, 사실상, 맨해튼(Manhattan)을 살려고 원한다. 그는 모자들을 교환하기 위해 (교환 역할보다 작은 혼혈아) 마한, 리지보이(LIzzyboy), 용(龍)를 얻고, 일연의 질문들을 행한다. 그리고, 그가 대답을 이해할 수 없자, 그는 헬쿠리스(Hercules)의 기둥에로 여행을 계속하고, 아메리카와 그런 것 모두를 발견하려고 준비한다. 석기 시대의 유물인 보다 작은 혼혈아는 그가 계속 머물도록 달래고, 참된 중개업자의 열성으로, 자신이 산 섬의 특질들을 그에게 보이고, 악취의 퇴비더미(워터루에 위탁된 하나, 캐이트와 암탉이 발굴

한 하나)에 매장된 높은 곳으로부터의 잡동사니"의 축적으로 그를 인도한다. 나그네가 물러서지만, 이것은 보물 창고 용(龍)의 안내자로서 원주민과 함께), 바이킹 족의 손수레, 거인의 분지, 모든 이가 찾는 조상들이 무덤임이 확신된다. 나그네는 목전으로 그걸 사는데, 벼락을 맞을 것을 인정한다. 비코(Vico)와 〈경야〉에서, 벼락을 맞는다는 것은 무구(無垢)함을 잃고, 지식을 얻는 것이다. 나그네는 자신이 작은 혼혈아를 망치고 있으며, 그가 에서(Esau)에게 야곱 역을 하고 있다고 생각했다. 그리고 사실상 그는 원주민의 뱀-사탄(마왕)에 대해 아담 역을 하고 있었다. 인도제국의 모든 금을 발견하는 것에서 이탈한 채, 그는 지식 그리고, 물론, 아일랜드, 저러한 반(反) 에덴을 샀었다.

비코는 인간이 천둥(우뢰)으로부터 말을 배웠다고 말한다. 조이스는 그 개념 위에 쓰인 언어가 천둥의 퇴비더미 속에 예치되었음을 덧붙인다. 비코는 말하기를, 모든 사람들은 문자야 말로 성스러운 기원을 띠고 있다고 생각한다. 그리고 어떤 카바리스트들(Kabbalists)은 말하기를, 토라 산(山)(the Torah)은 비 정렬된 문자들 더미로서, 창조 전에 존재했으며, 그것은 추락 때문에 그들의 현재의 형태를 지녔다는 것이다. 그리하여 토라 산은 하느님과 동일한지라-과연 "높은 곳으로부터의 잡동사니" 이다. "제발 멈춰요", 4대가들은 청한다. "제발 멈춰요", 악마가 말한다. 나그네는 토루에 허리를 굽히고, 그곳에서 문자들을 발견하는지라, 이들은 룬 문자로부터 구텐

베르크(독일 활판 인쇄 발명자)에로 진화한 것이었다. 모든 그것의 형태에 있어서, 알파벳은 혼돈스럽게도 추락과 인쇄술을 암시하지만,[용(龍) 인간 참조] 혼란만 더할 뿐이다.

(020. 19 - 023. 15) 움직일 수 있는 것은 움직이나니, 매장된 부친의 지시에 따라, 한갓 방어를 글 쓴다. 여인이 나를 유혹했도다. 프랜퀸 잘 반 후터는 수동적이요, 입센의 건축청부업자처럼 "죽었다" 프랜퀸이 나타난다, "유혹자요 공격자"인, 그녀는 여인의 선물들인, 불과 물 또는 화수(火水)[위스키 참조]를 가지고 3번 다가온다. 그녀는 〈경야〉의 비디 오브라이엔처럼 나타나, 그가 답할 수 없고, 이해할 수 없는 질문을 행한다. 그러나 워터루의 요정들처럼, 프랜퀸은 유혹하고, 그 남자를 싸움에 나서도록 소환하고, 전쟁 - 천둥 - 퇴비더미를 만든다. 그녀는 또한 그의 아들들의 천성을 뒤집는다. (이 이야기의 원천은 그레이스 오말리, 더몬트 및 그래니아, 청부업자, 비디 오브라이엔, 트리스토퍼와 힐러리 아래 발견된다) 쌍둥이의 뒤집힘은 II부 2장 중간(287 - 293)에서 반복된다.

(023. 16 - 024. 15) 행위는 일종의 추락이요, 인간은 그것을 이해하지 못하나니, 뿐만 아니라 그는 여인을 이해하지 못하지만, 우리는 그가 행하지 않았더라면 오늘 여기 있지 않았을 것이다. 왜냐하면 그는 자신의 그리고 우리들의 무덤을 팠기 때문이요, 그러나 그 때 그는 보다 나은 이야기-즉, 그가 한 마녀의 유혹에 의하여 죽음으로부터 일어난 이야기를 생각

했다. 그는 만일 그녀가-은총(그레이스) 그에게 속삭이면, 만일 불사조가 다시 태어나면, 만일 노인들이 젊은이들에게 그에 관한 진리를 말하면, 다시 깨어나리라-갑자기 부친의 목소리가, 성급하게 그리고 의기양양 개입하며, 신부(新婦)들과 침구(bedding) 및 사자(死者)로부터의 깨어남을 이야기 한다-왜냐하면 피네간의 깨어남이 핀 맥쿨의 유실된 결혼식과 엉키기 때문이다. 그는 한 가닥 고함 소리로 끝나는지라: "생명주!"(Usqueadbaugham!) 위스키 혹은 생명주, 생명수가 아담 위로 쏟아지고, 아담과 함께 하나의 말(言)이 된다. 말은 〈경야〉의 클라이맥스로서, 피네간이 일어나는 순간이다. "악마의 영혼이여! 그대는 내가 죽었다고 생각하는고?"(Soul to the devil! Do you think I'm dead?)

(024. 16-029. 36) 질문은 수사(修辭)로서 취급되지 않는다. 〈경야〉의 나머지는 고대의 4역사가들에게 주어지는 바, 그들은 대답한다: 당신은 죽었고 그래야 마땅하도다. 그들 가운데 첫째가, 날카로운 소리로, 피네간을 달래며, 공허한지라, 세월이 악을 위해 바뀌고, 그대의 기억이 크게 존중받기 때문이다.[티모디(Timothy) 참조] 둘째가 피네간에게 그의 아들들은 성장하고 있고, 지식의 나무를 먹고 있다고 말할 때 그가 여전히 조용히 누워있기를 만족한다. 그러나 둘째가 딸들-하나는 불사조의 불을 다시 댕기고, 다른 애는 매력 있게 춤을 추고 있다고, 서술할 때-그러자 피네간은 위스키를 위한 듯, 일어나기 시작한다. 그리고 4자들은 주된 힘으로 그를 끌어 눕

힌다. 셋째가 그의 중년의 아내, 그를 여전히 욕망하는 애자 (愛子)를 서술함으로써, 그를 죽음으로 달랜다. 넷째가 그에게 자신은 한 상속자요, 일종의 이중자, 노아처럼 바다로 해서 온 외래자라고 말한다. 상속자는 "에든버러"의 모든 고통에 대하여 궁시적으로(conveniently) 책임져야 한다. 필자는 이 이중자(double)를 살아있는 매인(每人) 그리고 관대 위의 혹은 무덤 속의 그이, 거대 종족의 매인으로 간주한다. 그러나 이 는 확실치 않다. 확실히, 그러나, 후계자는 HCE이요, 다음 부 분에서 설명 될 것이거니와, 그는 아직 이름을 갖지 않는다.

〈경야〉는 머천트 부두 상의, 더블린 사람들이 아담 엔드 이 브즈라 부르는 성당에서, 시작하는데, 이는 형기(刑期)에는 같 은 이름의 주막으로 가장(假裝)된다. 〈경야〉는 "에든버러"에 서 끝난다-에덴과 버러 부두들은 리피 강의 서로 반대편에 있다. 〈경야〉는 해외로부터 아일랜드에 도착하는 사람들과 더불어 시작하고 끝난다. (029.35-36)에서 에든버러에서 야기 된 "hubhub"(호우드 성과 주원), 이런 종류의 섬세함과 우연 일 치는 〈경야〉에서 사방에 있는지라, 필자는 그걸 〈경야〉가 우 주적일 때 그것이 혼돈적이란 생각에 대한 일종의 경고로서 서술한다.

〈경야〉 I부 1장에 관계된 사건은 또한 엘먼(Elmann) 전기에 서(594-596)발견된다. 같은 사건은 "친애하는 위버 양: 해리엇 쇼 위버(1876-1961)에서, Lidderdale 및 Nicholson에 의해(뉴욕, 1970)" 한층 충분히 설명된다. 조이스는 위버 양을 암탉으로 묘사하는데, 그녀의 감탄할, 수수께끼 같은 성격은 〈경야〉의 모든 부분에서 중요하다. 필자는, 전적인 금주에 병적으로 이바지하는, 여 후원자를 위한 시인(詩人)의 강주에 대한 찬사로서, 〈경야〉를 생각할 때 웃음이 넘친다.

I부 2장

(030-047) 이 장은 읽기에 어렵지 않다. 〈초고〉는 멋진 스텝이다. 그의 계급투쟁에서 비코는 도움을 준다. 조이스의 비코에 대한 해석은 우리에게 프로이트를 상기하게 할 것이다. 제1부 2장은 구두변전(口頭變轉)의 광적 어리석은 불확실의 방법에 의한 역사의 놀림으로 시작한다 - 여기 대중 민요의 작곡에 의해 예증(例證) 된 채. 우리는 부친(HCE)을 잃었고, 우리는 저녁 식사 없이 지냈다. 그리고 여기 우리는 재삼 있나니, 어떤 것에 대한 불순한 욕망, "피네간의 경야" 같은 민요가 제작되는 방법으로부터 이탈되었다. 결론은 이와 같은지라 - 우리는 저녁식사를 놓쳤나니, 그것을 요리할 주방장의 요리법을 공부할지라.

험프리 침던 이어위커는, 해외에서부터 온 사나이로, 어떻게 그의 이름과 평판을 얻게 되었는지에 대한 두 가지 설명이 있다. (1) 한 영국의 농노, 그가 정복자 윌리엄으로부터 그것을 득했을 때 - 성명은 정복 후까지도 양국에 나타나지 않았다. (2) 그는 그것을 아일랜드의 천민으로부터, 또는 그들의 대표자인 호스티로부터 얻었다. 노르만인 윌리엄은 그에게 영국 형태의 이름, 이어위커를 부여했다. 호스티는 그것을 프랑스 어의 형태로 불었으니 - Perce - oreille, 즉 집게벌레라, 그것은 퍼시 오레일리로 애란(아일랜드)화 한다.

(030.1 - 032.2) 추종자 치비(Chevy), 고수머리 윌리엄[윌리엄 1세, 웰링턴 참조]의 전야에, 그의 두 군인들과 함께 여우 사냥을 위해 외출하자, 그는 아담 여숙의 안 마당에서 또는 위리엄의 종자 하롤드의 소작지에서 아담 주(酒)를 마시기 위해 멈추는데, 이 자는 통행세 징수 문을 지녔다. (키프링의 "정의의 나무"(Tree of Justice)를 비교하라 - 노르만의 왕은 죽지 않은 색슨인 하롤드를 해스팅에서 만난다)

징수문(徵收門)은 단지 구멍으로 되어 있다. 그리하여 하롤드 - 험프리는 배신적으로 긴 막대 - 피네간의 상시 도움 주는 막대 - 위에 흙 항아리를 나른다. 하롤드는 그의 왕, 그의 영주, 하느님의 지상 대표자로부터 흙을 훔쳤다. 왕은 하롤드에게 질문하나니, 그는 가제(붉은 옷)를 낚기 위해 그 짓을 했던고?(IRA는 흑인들과 탄(Tan)족을 막기 위해 웅덩이 도로를 만들었다) 하롤드는 겸허하게 말하는지라, 아니, 그는 집게벌레를 잡고 있었어요. 대답은 종자(從者)의 충성을 수립하고(어떻게), 고수머리로 하여금 신망의 통행세 징수 자를 가진데 대해 재치 즉답을 할 수 있도록 하나니, 그런데 그자 역시 집게벌레이다. (왕과 농노 간의 이러한 진부한 대화는 전령(傳令) 소설의 흔한 소재이거니와) 트롤롭(Trollope)의 〈그대는 그녀를 용서했는고?〉(Can You Forgive Her?) 속에 그와 거의 유사한 것이 있다. 물과 이름을 서로 교환한 다음, 겸손한 험프리는 그럴 듯하게 그의 한 톨 흙을 가지도록 허락받는지라, 그리하여 이제는 더 이상 겸손하지 않는다.

1부 2장은 고대의 민요들 가운데 가장 유명한 "치비 추적"(Chevy Chase)에 대한 언급으로 시작하는데, 이는 퍼시에 관한 것이요, 그것은 퍼시 오레일리에 관한 현대 아일랜드의 거리 민요로 끝난다.

(032.2-034.29) 그 후 내내, 우리의 영웅은 출세하고, 자기 자신을 HCE로 서명하고, 아일랜드의 영국 총독이 되고, 해외에서 온, 모든 애란의 불운에 대해 비난 받는 이방인이다, 감탄자들은 HCE를 차처매인도래(此處每人到來)로서 읽으며, 비방자들은 그를 선량한 험프리 공작(Good Duke Humphrey)이라 부르는지라, GDH와 함께 식사함은 계속 배고픔을 의미한다. 300,000명이 1847년에만 죽으라, 그렇게 식사했었다. 한편, 그의 겸허한 여인숙은 이제 화려한 극장인지라, (예이츠는 말했다: "민족은 어떤 큰 극장 안의 대중을 닮았다") 그리고 거기 그는 그의 온통 우아함과 화려함 속에 총독 석에 앉아 있으니, 자기 자신의 연극 작품, 윌리의 〈왕실의 이혼〉(A Royal Divorce)극

을 관람하고 있었는지라, 이는 나폴레옹 또는 헨리 8세에 관한, 이혼과 개혁, 가톨릭 아일랜드를 다룬 연극이다.

비방은 HCE의 두문자 속에 한층 저속한 의미를 발견하는 바, 그리하여 그것은 그가 사악한 병에 걸렸음을 의미하고, 총독 관저의 자리인, 피닉스 공원에 3군인들을 괴롭히는 호모섹스이다. 군인들은 그걸 거부하고, HCE가 피닉스 공원에서 2소녀들에게 몸을 노출했다고 말한다.

(034.30-036.34) HCE가 어떻게 자신의 이름을 얻었는지에 관한 두 번째 이야기인 즉, 이러하다. 추정상의 호모섹스의 범죄가 있은 지 오래 뒤에, 게일 어의 부활 동안에, HCE는 피닉스 공원에서, 파이프를 문 한 부랑자를 우연히 만난다. 부랑자는 애란 어로 말하고, 이어 시간을 묻는다. HCE는 게일 말을 영어의 호모섹스의 제의로 잘못 알고, 자신은 호모섹스가 아님을 호되게 항의한다. 시간에 대해서, 그는 그것의 프리메이슨적 의미의 요구를 받자, 올바른 프리메이슨적 응답을 주는바-정오 12시-자신은 신교도요, 어느 모로 보나 영국인이라 선언한다. (애란인들은 〈율리시스〉의 블룸(Bloom)이 금배 경마에서 돈을 땄다고 생각할 때, 이방인인 그에 의해 천진하게 품은 적의를 비교하라)

(036.35-042.16) 호모섹스임을 사실로 확인 받고, 부랑자는 HCE의 말들의 불완전한 회상을 언급하는데, 이는 사람의 귀에서 더블린의 귀에 전파되고, 마침내 3비난 받는 젊은 호모

섹스가들, 전-죄수들, 지상의-비열한들-코란, 오마리 및 호수티에게 당도한다. 이 최후의 자는 이름뿐인, 거의 불출세의 시인이다. 그들은 술집(캐디에서 주점까지)으로 가고, 거기서 호수티는 토막말로, 칼이 아닌 펜으로, 영국 왕좌로부터 쫓겨난 영국을 노래할 목적인, 상스러운 "퍼시 오레일리의 민요"를 쓴다. "집게벌레"는 일종의 농담이요, 민요는 농담 잡동사니로서, 거짓말 투성이로, 때맞추어, 그것은 일종의 욕설로서 거칠게 인쇄 된다. 그러나 사실적 세목의 전적인 망가진 형태일지라도, 호스티의 민요는-초(超) 진실이니-아일랜드 "사람들"의 비참한 정신에 관한 및 그에 대한 진실이다. 아일랜드의 시인들은 적을 죽음으로 노래하는 힘을 지녔는지라, 호스티의 민요는 민중을 위해 HCE가 죽어, 매장되고, 부활을 위해 부적함이 선언되었을 때를 말한다. 글라신은 조이스가 애란의 부흥자들의 낭만화(化) 된 "민중", 켈트 족의 빈곤의 괴인(怪人)들과 단념 자들에 반항하고 있음을 가정한다.

(042.17-047.33) 민요는 윌리엄과 하롤드가 만났던 징수문 근처 및 파넬 기념비의 그림자 속에서, 대표적 더블린 사람들의 군중에게 처음 노래된다. 애란인을 위한 애란의 이 향응은 거친 열성으로 더블린 대중에 의해 감수되는데, 왜냐하면, 비난의 영역과 불협화음이 분명히 하듯, 총독 아닌 속죄양이 축출되고 있기 때문인지라-크롬웰의 기념할 구절 속에-"콘노트 또는 지옥으로"(to Conaught or hell) 굴뚝새, 굴뚝새, 모든 굴뚝새들의 왕-이는 애란의 소년들이 막대 위에 죽은 새를

달고 행진하는, 12월 26일에 불리는 돌림노래를 메아리 한다.

> 굴뚝새, 굴뚝새,
> 모든 새들의 왕,
> 성 스티븐의 그의 날,
> 금작화 속에서 사로잡혔다네.

모든 유럽을 걸쳐, 프레이저(Frazer) 경(영국의 인류학자, 민속학자, 리버풀, 케임브리지 등의 교단에 섰으며, 저서 중에 〈금지편〉(The Golden Bough)(1890-1915)이 가장 유명한데, 미개민족의 종교 연구의 금자탑이다. 20세기 모더니스트들인, 엘리엇의 〈황무지〉 및 조이스에게 큰 영향을 주었다)은 말하거니와, 굴뚝새는 "왕, 작은 왕, 모든 새들의 왕"으로 불리고, 모든 곳에서 그것을 죽이는 것은 불행으로 간주하는바, 그러나 프랑스, 영국, 아일랜드에서 1년에 한번 외출하여, 굴뚝새 사냥 놀이를 하고, 한 마리 굴뚝새를 죽여, 살해된 신처럼 취급하며, 모든 이들이 그것의 덕을 나눌 수 있도록 나르는 것이 통래이다. 특히, 조이스는 〈경야〉에서 식용할 수 있는 신을 취급했다. 이제 HCE-부(父) 영국의 총독-굴뚝새는 더블린의 가톨릭교도들이 그들의 죄를 그 속으로 던지는 가득한 접시에 담을 수 없는 창조물이다. 그리하여, 성 스티븐처럼, 그는 도시에서 추방되고, 속죄양에 대한 거의 보편적 정열 속에, 속인 군중들(상류 사회가 말하는 대로)에 의해 투석된다. 민중의 연출은 상류 사회의 총독의 극장보다 한층 활기차지만, 양 연출들은 음식을 필요로 하는 아일랜드의 몸과 영혼에게 부적합하다.

"퍼시 오레일리의 민요"(The Ballad of Persse O'Reilly)는 단조롭고 잔인한 아일랜드 거리 민요들의 좋은 모방이다-스위프트의 "야후의 전도", 대이비드 글레슨에 관한 존 머피(John Murphy)의 시, 그리고 "그로스 홀 출신의 용자"를 비교하라. 피네간과 HCE는 헤어날 수 없을 정도로 혼돈스런지라, 매거진 벽과 세 군인들에 의한 웰린턴의 파괴는 한 개인의 탓이다. HCE는 낯선 자로, 이질적-호모섹스의 범법자, 예리한 사업 실천가, 애란 인들을 개화 하려는 시도에 대해 비난 받는다. 민요는 그를 지옥, 그의 아내, 죽음, 기상(起床) 금지로 선고한다. 이상의 호스티 작의 민요는 얼마간 외곡된 것이긴 하지만, 두 소녀들에 관한 사건과 세 군인들과의 사고는 분명하다. 운시(韻詩)는 한 때 존경받던 HCE의 추락을 상세히 설명하기도 한다. 그의 선량한 이름은, 마치 파넬의 그것처럼, 조롱과 비방의 진흙을 통해 오손되고, 그는 천민이요, 〈성서의 가인〉 같은 존재가 된다.

아래 조이스의 〈경야〉에서 "퍼시 오레일리의 민요"는 프레이저(Frazer) 경의 커다란 영향을 받았다.

> 그는 자신을 위해 얼굴을 붉혀야 마땅하니, 간초두(乾草頭)
> 의 노 철학자,
> 왠고하니 그런 식으로 달려가 그녀를 올라타다니.
> 젠장, 그는 목록 중의 우두머리라

우리들의 홍수기(洪水期) 전 동물원의

(코러스) 광고 회사. 귀하.

노아의 방주, 운작(雲雀)처럼 착하도다.

그는 흔들고 있었도다, 웰링턴 기념비 곁에서

우리들의 광폭한 하마 궁둥이를

어떤 비역쟁이가 승합 버스의 뒤 발판(바지 혁대)을 내렸을 때

그리하여 그는 수발총병(燧發銃兵)에 의해 죽도록 매 맞다니,

(코러스) 엉덩이가 깨진 채.

녀석에게 6년을 벌할지라.

그건 쓰디쓴 연민이나니 무구빈아(無垢貧兒)들에게는

그러나 그의 정처(正妻)를 살필지라!

저 부인이 노 이어위커를 붙들었을 때

녹지 위에는 집게벌레 없을 것인고?

(코러스) 녹지 위에 큰 집게벌레,

여태껏 본 가장 큰.

소포크로스! 쉬익스파우어! 수도단토! 익명모세!

이어 우리는 게일 자유 무역단과 단체 집회를 가지리라,

왠고하니 그 스칸디 무뢰한의 용감한 아들[HCE]을 떼장 덮

기 위해.

그리하여 우리는 그를 우인(牛人)마을에 매장하리라.

(코러스) 귀머거리 그리고 벙어리 덴마크인들

그리고 그들의 모든 유해(遺骸)와 함께.

그리하여 모든 왕의 백성들도 그의 말(馬)들도,

그의 시체를 부활하게 하지 못하리니

코노트 또는 황천에는 진짜 주문(呪文) 없기에

(되풀이) 가인(캐인)같은 자를 일으켜 세울 수 있는.

I부 3장

(048-074) 앞서 제2장에서 루머가 이른바(또는 같은)흩어지거
나 혹은 다루기 힘든 우주를 통하여 더블린 주위를 퍼져나간
다. 이제 3장에서 루머는 시간의 안개-농무 짙은 구문을 통
하여 굴곡 된 채 움직이는데, 날씨가 몰아치자, 아무것도 신
원으로서 그토록 쉽사리 잃지 않는다. 3장은 켈트의 황혼 자
들에 의한 영웅들의 복귀를 동행했던 희미한 생각에 대한 아
마도 특별한 언급과 함께, HCE를 복귀시키고 감상에 빠지게
한다. 3장은 2장의 종말에서 분명히 그것의 정반대인, 일종의
기미(氣味)로서 끝난다-우리들의 조상 매인(HCE)은 잠들고,
죽지 않았나니, 하느님의 부름에 답하기 위해 어느 날 일어나

리라. 인간의 천성은 죄의 전가(轉嫁)에 관해 감상에 굴하고, 속죄양을 위한 감상적 관심을 즐길 수 있을 때 스스로를 행운으로 간주된다. 하나의 HCE는 부분적으로 용서받고, 필연적으로 또 다른 속죄양을 발견하리라. 누가 HCE를 추락하게 했던고? 누가 돌을 던졌던고? 선량한 사람의 적은 남성 또는 여성이었던고?

(048.1-057.29) 호스티의 민요를 선사한 자들은, 뒤에 "익살극"(Mime)에서 배역하는 연극의 일단이었다. 그들은, HCE의 만남과 세 게으름쟁이 학생들을 위한 부랑자를 재창조하는 한 사람을 제외하고 모두들, 살아지고 나쁜 종말에 달한다. "우리들이 소유하는 비 사실들이 우리의 확실성을 보증하기에 불분명하게 수가 적을지라도," HCE의 역할에 대한 많은 해독(解讀)이 있는지라, 그리하여 그는 밀랍(蜜蠟)으로 그리고 "국립화랑" 속에 전시된다. 대중의 여론이 그를 계속 판단한다.

(057.30-069.29) 개인적 판단은 대표적 더블린 사람들로부터 얻어진다. (그들은 책의 I부 2장에서 HCE에게 돌을 던진 자들이다. (062.20-25) 그들은 HCE의 아내가 뒤에 복수한 자들이다. (210-212) 사건에 대한 그들의 생각들은 비슷하지 않으나, 그들의 일반적인 평결은 "인간적, 과오적, 용서할 수 있나니", HCE는 죄를 지었다가 보다는 죄를 짓게 했음을 의미한다. 그러나 모두는 마찬가지-죄를 짓고 있다.

최초의 판단은 HCE가 두 소녀들에 의해 흥분되었다고 말하는 세 군인들의 그것이다. 마지막 것은 세 군인들이 그 뒤에 모두 있었다고 말하는 두 소녀들의 그것이다. 남녀의 견해는 이후 돌고 돌아, 드디어 여인이 최후의 말을 갖는다.

남성의 이야기는 HCE가 자기 자신 두 젊은 소녀들에 빠진 한 괴자 영감에 관한 것이다. 그중 하나는 자살하고, 다른 이는 매음녀로 바꿔, 그를 성적 추락으로 인도했다. 이 이야기는 (064.22-065.33) 및 (067.28-069.4)에 실려 있다.

여성의 이야기는 어떤 안개 낀 밤, HCE 일지 모를 한 키 큰 사나이가 두 소녀들에 질투하고 있는 마스크 쓴 사내에 의해 권총으로 위협 받았다. HCE는 그에 도전했다. 그리고 누가-만일 어떤 이가-총을 맞았는지는 분명치 않다. 왜냐하면, 체포되었을 때, 총기 휴대 자 자신은 단지 발치기하거나 병으로 HCE의 대문에 해머 질을 하고 있었을 뿐이라고 주장했기 때문이다. 그리고 그의 재판에서, 총기 휴대 자는 심지어 이를 거부하고, 순경인 그 자가 "과오에 깊이 빠져있었다고" 말했다. 아니면, 폭로된 바, 동일 신분의 쌍둥이들과 썩혀 있었다. HCE는 또한 문밖에 있지 않았는지라, 왜냐하면 그의 하인들은 그가 외출하여, 사람들에게서 계란으로 뭇매질을 당할 수 없도록 그를 문 안에 가두어 두었기 때문이다. 이 이야기는 (062.26-064.21, 067.7) 그리고 (066.19-067.6)에도 발견 된다.

(069.30-074.19) "아담의 추락"이란 제하(題下)에, 한 독일 신

문 기자가 여성의 견지에서 이야기를 자세히 썼는지라: HCE가 자신의 대문 안쪽에 있었는데, 술 취한 적(사탄, 인간의 비방자)이 열쇠 구멍을 통하여 위협과 나쁜 이름을 고함을 지르고, 문간에서 돌을 던졌다. HCE는 도움을 요청할 수도 있었으나, 그는 너무나 고상한 나머지, 그의 적의 구제와 기독교로의 전환을 희망하여, 나쁜 이름들의 일람표를 편집하는 것 이외 아무것도 하지 않았다. 확실히, 적은 돌멩이를 내려놓고. 여전히 위협을 중얼대면서, 현장을 떠났다. 돌멩이들은 신교도(크롬웰의 군인들＝올리버의 양들)이요, 숙명의 날에, 하느님의 또는 핀(Finn's)의 위대한 각적(角笛)이 아일랜드를 넘어 울리고, 잃어버린 영웅들이 돌아 올 때, 한 떼 모아 지리라. 그 때 하느님은 만인-아브라함을 부를 것이요, 그는 뉴캄(Newcome)대령처럼 대답할지니, "더 첨가할지라" 혹은 아브라함처럼 노령에 비옥하게 되기를 약속하리라. "악마에게 영혼을, 그대는 내가 죽었다고 생각하는고?" 그는 죽지 않았으며, 완전한 건강에, 비속에서 잠자고 있다. 비와 잠이 끝날 때까지 기다릴지라. (핀의 울리는 각적은 레이디 그레고리의 〈신들과 싸우는 사내들〉(God and Fighting Men)에서 인용된다. 이 암시는, 남성들이 항의할지라도, 전설이 여성화 하고 있음을 암시한다)

I부 4장

(075. 1 - 103) "애란인들은 어떤 언제나 고상한 사슴을 끌어

내리는 한 무리의 사냥개들을 닮았다.”[〈애란 문학의 정책〉(The Politics of Irish Literature)(시애틀, 1972)에서 말콤 브라운(Malcolm Brown)은 말하기를, 그는 이 자주 인용하는 태그를 처다 보자, 괴테의 마음에, 가톨릭교도들은 개(dog)로, 신교도들은 사슴으로 발견했단디 조이스는 자기 자신(그리고 파넬)을 사슴과 동일시했으며, 언제나 개들을 무서워했다. I부 4장은 HCE를 추적해서 잡는 시도에 관한 것이다. 그러나 위인(偉人)은 율리시스(Ulysses)나 블룸(Bloom)(조이스는 그를 “기민한 사자”(le vieux lion)라 불렀거니와,[〈서간문〉, III, 56 참조]처럼, 위험에서 자기 자신을 구하고, 동시에 출세한다. I부 4장에서, 그는 동물원 속 우리에 갇힌 사자이다. 종국에 그는 바티간의 한 죄수-교황 리오들(Pope Leos) 중의 하나-감옥의 한층 나은 종류이다. 이러한 휴면(休眠) 상태 사이에, HCE는 마키아벨리의(Machiavelli's) 사자 그리고 여우의 경기를 행한다. 브루어(Brewer)는 사자가 부활의 상징이라 말한다.

(075.1-076.9) 포위된 자(070.10-073.22)는 자신을 영락시킨 릴리스를, 밀밭과 그의 딸 이씨를, 모든 죄를 범할 검은 추방된 자들[노아, 햄 참조]의 종족을 낳은 것을 꿈꾼다. (아마도 HCE는 자신이 오합지졸들에 의해 도시에서 돌로 추방당하기를 좋아하지 않으리라)

(076.10-079.12) 대중은 HCE에게 무덤을 선사했지만, 그는 TNT[노벨, 노블 참조]를 재발명하여, 공중의 무덤을 폭발하고,

대중의 공물들, 지구의 부(富)에 의해 지지받는 스타일로 그가 살 자신의 무덤을 세웠다. 그것은 소옥(dump)으로 "뮤트와 쥬트"의 보물 창고이요, 그리하여 그것은 너무나 값진지라, 남북(청색과 회색)이 미국의 시민전쟁을 전투할 때, 그들은 그의 "아브라함의 높이"(피니언의 캐나다로의 원정)를 결합하고, 공격한다. 그들은 그 분지를 약탈할지니, 왜냐하면 그들은 해방되지 못하고 굶주렸기 때문이요, 그리하여 요리사인, 케이크는 HCE가 먹는 큰 물고기(연어)라고 말한다. (078.8-19)에서처럼, HCE는 좀처럼 얼굴을 내밀지 않는다.

(079.14-080.36) 캐이트는 한 때 낡은 돗바늘을 지닌 젊은 유혹녀(〈율리시스〉의 밤의 환각 장면에서 노 아일랜드와 그녀의 단도를 비교하라. 예이츠의 〈캐슬린 니 호리한〉을 비교하라. 〈통계 조사〉(Census)에서 보드킨(Bodkin)(조이스의 아내 노라의 처녀 때 골웨이의 애인)을 참조하라)였고, HCE와 결혼했다. 지금은 한 과부요, 그녀는 "오랜 쓰레기 더미" 또는 쓰레기 끄트머리의 숭한 그림을 보여준다. 거기 피닉스 공원에서, 4대가들(묘굴 인들로서)의 도움으로, 그녀는 화해의 편지를 매장하고, HCE의 방어물을 그이 자신의 무덤 속에 매장한다. 여기 더미에서 하느님은 말했나니, 천둥쳤도다-캐이트는 저주하기 위해, 작은 소녀들, 이씨들의 무리를 흩어버리기 위해 절교하는데, 후자들은 무덤 문으로부터 돌을 굴러낼 것이다. (이 구절은 〈율리시스〉를 아련히 메아리 한다)

(081.1-085.19) 굶주린 자와 살해된 자의 방어가 분지에서 일어나고, 이는 흑인 공격자(애란인들은 흑인을 "청인"(靑人)(blue men)들이라 부르거니와)와 HCE일 수도 또는 아닐 수도 있는 사람 사이의 전투로 감소한다. (이것이 또 다른 부자父子의 싸움 또는 우리가 HCE로부터 그의 아이들까지 움직일 때 한층 중요하게 되는 형제 싸움인지를 말하는 것은 쉽지 않다)

(085.20-093.21) 페스티 킹(Festy King)은, 역시 페거 페스티 (Pegger Festy)로 불리거니와, 석탄을 훔치고, 공공연히 옷을 벗음으로써, 올드 베일리에서 재판을 받을 때까지 이 마지막 범죄를 해결하는데 별반 진전이 이루어지지 않는다. 아일랜드의 재판의 특성은 희극적, 혼돈된, 유치한 것이다. 로버의 〈롤리 오모어〉(Rory O'More), 그리펀의 〈대학생들〉(The Collegians), 및 파넬 위원회에 대한 맥도날드의 설명을 비교하라 - 또한 이 〈통계 조사〉(글라신 저)에서 피고트를 참조하라. 필자는 학사(B. A) 히아신스 오돈넬이란 이름의 어떤 이로 바뀌는 히아신스에 관한 증거로도, 또는 문간을 뜯어먹는 돼지 크리오파트릭(Cliopatrick)으로도, 또는 달이 비치지 않는 시장에서 달빛에 의한 싸움으로도, 또는 기호 오그함(ogham)(오그마)으로도, 혹은 드로미오스(Dromios), 등으로서 신분이 동일한 쌍둥이로도, 어떤 유형을 만들지 못한다. 4심판관들은 하나의 평결도 내릴 수 없다. 그러나 29여성 법률가들은 쌍둥이 중의 하나인 우체부 숀을 영웅으로 만들고, 그들은 다른 쌍둥이인, 문사 솀, 페거 페스티 킹을 회피한다.

(093.22-096.24) 4대가들은 캐이트를 불러 편지를 제시하게 한다. 그러나 그녀는 아마도 무식한지라, 편지는 알파에서 오메가까지 읽으며, 애란 노래들의 몇몇 단편으로 이루어진 것이라 생각한다. 그녀는 눈이 먼 엘리자베스 조의 곰인, 늙은 헌크스 이외에 아무도 편지를 읽을 수 없다고 생각한다. 고로, 4심판관들은 그들의 심판 실에 앉아, HCE가 한 붉은 머리카락의 소녀에 의해 실각했던 과거에 관해 말다툼한다. 그들 가운데 두 사람은 그녀를 또한 범했음을 요구한다. 다른 이들은 그들을 거짓말쟁이로 부르자, 싸움이 터진다. 랄리가 평화를 중재한다.

(096.25-100.36) 4대가들은 확고한 신분을 회피함으로써, 신체장애자 장치 놀이를 함으로써, 우리들의 조상 HCE가 자신을 구했으리라 결론 내린다. 개들이 그를, 여우처럼, 아일랜드 절반을 넘어 추적하고, 그가 아일랜드로부터 몰린 뒤로, 신문, 라디오, 경찰, 대중들이 넓은 세계 위로 그를 추적했고, 그를 1천 형태로 발견했으며, 그가 암살, 자살, 사고[파넬, 피콧 참조]로 죽었음을 확신했다. 그러나 다음날 아침 연기는 그가 자신의 무덤 위로 건립한 탑들 중의 하나로부터 솟았다. 연기는 그이 자신이-사자와 그의 작은 아내-거기 있음을, 그리하여 이는 하나의 사실이요, 우화나, 수수께끼가 아님을 보여준다.

(101.1-103.12) 작은 숙녀는 누구인가? 그것은 아나 리비아, 집에 있는 가정부, 그의 아이들의 어머니이다. 그녀는 그의

추락 후로 그를 보호하고, 비방자의 머리를 웅케고[뱀 참조], 그를 위해 변론하고, 아무도 그 무덤을 약탈하지 못하게 한 다. 그는 그녀 곁을 떠났고, 일곱 창녀들과 힘을 소모했고, 그 의 슬픔을 야기했건만, 돌아오도다.

I부 5장

(104-125) I부 2, 3, 4장은 부친의 명성의 이동을, 그리고 그 의 천성을 알고, 왜 그가 추락했는지를 발견해 내려는 완전히 헛된 시도를 다루는 그룹을 만든다. 이제 그는 힘세지만 수 동적이요, 자신의 아내와 아이들이 장면을 훔치는 동안 우리 에 갇힌 사자(獅子)로 머문다. "암탉"은 부드러운 장(章)이요, 조이스가 주석하다시피, 독자들이 쉽게 읽을 수 있는 장이다. "암탉"은 문사 셈에 의하여 쓰였다.(우리는 장말에서 읽게 되거니 와) 그것은 편지 또는 그의 단편들을 다루는데, 그것을 암탉은 11페이지에서 모으고, 캐이트가 80페이지에서 매장했다.

(104.1-107.7) 아나 리비아, 다정하고 충실한 이어위커 부 인은 예술가 아들이 순교자로 생각하는 가정의 성자 같은 류 (類)이다-아트미스(Artemis), 암탉 참조. 그녀는 자신의 남 편의 이야기를 쓰고, 그의 이름을 맑게 하고, 그의 비방자들 을 혼돈하게 하며, 즉, 독사의 머리를 타박 주는데 돕기 위 해 자신이 셈과 협동하고 있다고 생각 한다.(나는 조이스가 보

그에스(Borghese)에서 카라바지오(Caravaggio) 작의 〈독사의 마돈나〉(Madonna of the Serpent)를 읽지 않았나 생각하거니와) 그러나 아나 리비아가 작품을 위한 가능한의 제목들을 목록으로 실었을 때, 그녀는 자신의 서류상의 증거들을 셈에게 넘겨준다. 증거는 미국 매사추세츠의 보스턴에서 보낸 편지의 부분이다. (〈보스턴 뉴스레터〉는 신세계에서 최초의 신문이고, 고로 희망과 새 시작, 등을 대표한다) 그 무렵, 셈은 자신의 어머니의 지시로 편지를 썼음이 알려지고 있다. 대신에, 그는 자신의 어머니로부터(125.21-22), 또는 손으로부터(424.35-425.2) 편지를 훔쳤다. 셈 또는 문사 짐은 능란한 표절자인지라, 그가 몸소 보스턴 편지를 쓰지 않았다고 말할 수는 없다. 아무튼, 셈은 자신의 아버지에 대한 방어를 쓰지 않지만, 텍스트의 석의(釋義)의 매력 있는 익살 문을 성취하고, 새끼 고양이 같은 여성 핑계 자들을 좋은 기질로서 흥미롭게 만든다-조이스의 책에서, 여인은 분명히 〈율리시스〉를 쓰지 않았다!

(107.8-111.4) 우리들이 인내하면 모든 것이 분명해지리라 주장하면서, 셈은 그것을 쓴 사람이 누군지 아무도 모름을 보여주지만, 그것은 아마도 여성의 소설, 적나라한 사실의 여성적 위장(僞裝)이리라. 편지는 가족의 퇴비더미에서 파내진 것이거나(이것들은 아일랜드의 소옥 문간에 편재했기에, 영국인들에게 스캔들이 되었다), 혹은 차가운 꼬마 캐빈(손)이 보고 있는 동안, 차가운 작은 암탉 비디 도란에 의하여, 어느 차가운 날에, 할퀴어진 것이다. 3부 2장에서 손은, 따뜻한 소녀들에 대한 차

가운 정조를 권유하는 일종의 렌턴 설교(Lenten sermon)로서 편지를 공급한다. 편지를 쓰거나 혹은 그걸 배달하면서, 아들들은 희망인, 자신들의 어머니의 의미를 망가뜨린다. [판도라 (Pandora) 참조]

(111.5-113.22) 편지는 많은 헛소동을 피우지 않는다. 그것은 거의 무학(無學)의 여성이 여성 친구 또는 친척에게 하는 편지처럼 읽힌다. [샐리, 델리아 배이큰, 벨린다, 나른한 리디아, 챠로트 브루크 참조] 편지는 친애하는 매기에게 일러지는데, 후자는 〈경야〉가 진행되자, 친애하는 각하와 더불어, (조이스와 루시아는 공히 임금님께 편지를 썼거니와) 그리고 매거진 벽과 더불어 그리고 〈경야〉의 "차와 케이크"와 더불어 계속 엉킨다. [프르스트(Proust)의 매드레인(madeleine) 과자 참조] 우리는 단지 편지의 단편들을 갖는 바, 서명은 차(tea)로 지워지고, 이상한 일들이 발송 지하에 일어났었다. 그러나 암탉을 믿을 지니, 그는 귀여운 성격, 귀부인다운 원리들을 띠고 배움에는 가식이 없다. 그녀가 바라는 모든 것이란 그이(HCE)에 대한 진리를 말하는 것이다. 진리는 그이를 해방할 것이요 그를 구할 것이다. (편지 [letter]는 때때로 사다리[ladder]와 엉키거니와 - 팀 피네간의 사다리는 야곱의 사다리 마냥 천국까지 뻗을 것인고?)

(113.23-125.23) 이제 셈은 편지를 조사한다 - 필체, 종이, 잉크. 그는 그것을 프로이트적 - 융의 - 막쓰적 논평에 맡기고, 사랑과 언어의 상관관계를 토론하는데, 우리는 그것이 정교하

고 권위적임을 믿도록 주장한다. 왜냐하면 언젠가 누군가가 편지를 썼고, 그것은 넌센스가 아니기 때문이다. "그것은 단지 경칠 그것처럼 보이나니", 그리고 우리는 과거로부터 여느 문서고 가지다니 행운이다. 그런 다음 솀은 에드워드 살리번(Edward Sullivan)의 〈켈즈의 책〉(Book of Kells)(〈골격 구조〉는 이 구절을 다룬 탁월한 논평이거니와)에 대한 소개의 패러디 속으로 몰입하는지라, 알파벳의 작은, 두문자의 의미를 토론한다. 알파벳의 끝에서, 〈켈즈〉는 〈율리시스〉의 종말이 되나니[다라티에(Darantiere) 참조], 그것은 몰리 블룸(Molly Bloom)의 세계를 향한 편지이다. 솀은 몰리의 "페넬로페적 인내"와 분에 넘치는 여성적 리비도가 그녀의 창조주인 남성의 손에 의해 엄격히 통제되었음을 만족스럽게 결론 짓는다. 마지막으로, 우리는 원고 위에 야기된 구두점들과 4상처들을 살핀다-그것은 남자들이 때린 마스크인가? 경찰은 상처들이 손인 경건하고, 골난 교수(敎授)에 의해 이루어졌다고 말한다.[펜더가스트 타임지(Prendergast Time) 참조]. 그러나 손은 성격이 너무나 홀륭한지라, 표적은 퇴비더미 위의 한 마리 천진한 꽃 새에 의하여 우연히 핥긴 것이라 최후로 단정한다. 누가 편지에 구두점을 찍었던 간에, I부 5장의 마지막 문단은 손이, 만일 그가 더 많은 지식을 가졌더라면, 자신이 편지를 쓸 수 있었으나, 그러지 못했음을 서술한다. 필자는 날뛰는 원숭이가 아니다. 저자는 노아의 아들 문사 솀이다. [참고: 지금까지의 본장(本章)의 읽기 내용인즉, 다른 장에서 읽은 이야기보다 훨씬 상세하고 재미롭다. 여기를 읽음으로써 독자는 한층 풍요로운 지식을 얻을 수 있는 듯하다]

I부 6장

(126-168) 조이스는 이 장을 "가족 앨범의 화면 역사"라 불렀다. 12개의 화면들이 조사되고, 화면의 주제들이 정직과 정확성의 다양한 도수를 가지고 대답하는 질문들 혹은 수수께끼가 질문된다.[〈서간문〉, III, 239 참조] 에피파니(현현)기법이 12질문들이야말로 12야(夜)에서 질문됨을 암시한다.

(126.1-139.14)#1 〈경야〉에 대한 많은 언급들로 끝나는 별명들과 성취물들의 긴 키즈 같은 목록의 방식에 의하여 부친에 대한 화면, 그러나 대답되는 것이란(효과는 회피적): "피네간 맥쿨"

(139.15-139.28)#2 부친과 모친에 관한 짧은 삽화. HCE와 ALP는 침대에서, 성적으로 흥분된 채 잠들어 있다. 그것은 그들의 아들들의 하나에 의해 운시(韻詩)로 쓰여 진다. 아나 리비아의 완전 길이의 삽화는 〈경야〉 I부 8장에서 셈에 의해 행해진다.

(139.29-140.7)#3 HCE의 여관에 관한 삽화, 여관의 이름과/또는 모토에 관한 수수께끼 질문. 대답은 더블린 시의 모토(표어) 유희로서 주어진다: 〈시민의 복종의 시의 행복이라〉(City: Obedientia Civium Urbis Felicitas)

(140.8-141.7)#4 4대가들에 대한 삽화. 398-399에서처럼 이 씨를 구애하는 것. 수수께끼에 대한 올바른 대답은 "더블린"이다. [〈서간문〉, III, 239 참조] 그러나 4인들은 주청(州廳)의 탈형(脫型)을 가지고 잘못 대답 한다: 벨파스트, 코크, 더블린 조지아, [피터 소요아 참조] 골웨이.

(141.8-141.27)#5 이어위커의 남자 하인에 대한 삽화 - 구인(求人), 작은 지급, 긴 시간, 중노동, 성격의 불가능한 완성. 스칸디나비아의 우수자 구함. (광고는 스칸디나비아 어들로 충만하고, 입센으로부터의 인용으로 끝난다. 그러나 대답에 대한 유일한 감탄할 크리치톤(Crichton)은 "가련한 늙은 조"이다)

(141.28-142.7)#6 캐이트 또는 다이나(Dinah)(Kate)에 대한 삽화, 이어위커의 "전반적" - 청소 여인, 요리사. 캐슬린 백작 부인으로서 그녀는 굶주리는 애란인을 먹여야 하지만, 그러나 그녀에게 빵을 요구하자, 그녀는 그대에게 분(糞)을 준다 [캐이트 스트롱 참조]

(142.8-142.29)#7 더블린의 주원(周園)과 사도들로서의 12객들의 삽화 - 도일, 설리반 참조. 그들은, 아일랜드의 가장 공통의 이름인, "모피오스"(Morphios) 또는 "머피임"(Murphys)이 추측 된다. 머피는 저 흉측한 식물인, 감자가 되리라.

(142.30-143.2)#8 매기에 관한 삽화,

(143.3-143.28)#9 그의 대답이 "충돌만화경"인 7무지개 소녀들의 삽화.

(143.29-148.32)#10 이씨와 그녀의 분산된 거울 자신에 대한 삽화[셸리, 라철 및 리어. 참조], 그녀는 애란의 이솔드 및 백수(白手)의 이솔드의 역할을 한다. 그녀(그들)는 그의 이중성격으로 트리스탄을 유혹하기에 바쁘다-라이오네스의 그이와 아모리카의 그이[〈초고〉, 98, 노트 34 참조] 베디어는 이 구절의 주된 전거이다-즉, 수수께끼는 애란의 이솔드를 간음 때문에 불태우는 위협에 관해 언급한다. 그리고 어떤 의미에서 이솔드는 그녀의 죄를 옹호하거나 배신한다.

또 다른 주된 전거는 그녀의 타자에 대한 모든 죄를 비난했던 분산된 소녀에 관한 몰턴(Morton) 프린스의 전기이다. #10에서 이씨는 트리스탄에 말하지도, 그를 유혹하려고 하지 않으나, 자기 자신과 더불어 내적 독백을 수행한다. 아무튼, #10은 트리스탄이 이솔드를 유혹하는 〈경야〉 2부 4장과는 반대이다.

(148.33-168.12)#11 손의 삽화: "상시 헌신적 친구를 위한 그의 아는 체하는 깊이 인상적인 역할-포즈를 취하도록 불청하게도 승낙했는지라"[〈서간문〉, I, 258 참조]. 여기 "친구"는 윈덤 루이스(Wyndham Lewis)[엘먼 607, 807. 주 63 참조]이요, 그는 1921년에 조이스의 초상을 그렸으며(친하게), 1927년에 "제임

스 조이스의 정신 분석"을 출판했다(친하지 않게), 그것은 뒤에 〈시간과 서부인〉(The Time and Western Man)에 재차 인쇄되었다. 11항은 "분석"에 대한 조이스의 보복이다. 정치적으로, 루이스는 히틀러의 애호가, 반(反) 흑인적, 반-유태적, 반-여성적, 반-아동적이었고, 조이스는 그를 기독교주의로의 소란스런 개종을 위해 나아간다고 생각했다. 따라서 루이스는 #11에서 비(非) 신자에게 자비를 거부하는 쥐여우(안드리언 IV 세)로서 나타나며, I부 7장에서 셈과 햄의 죄의 폭로자로서 나타난다. 개정하면서, "진행 중의 작품"에 첨가함으로써, 조이스는 아주 잘 숀을 윈덤 루이스로 변용시켰고-유연한, 광포한, 논쟁적, 권위주의적 마음의 한층 사악한 초상은 거의 있을 수 없었다.

셈의 질문: 만일 한 인간이-애란 반도(叛徒), 신페인 당원, 호모 섹스의, 굶주리는-육체와 영혼을 위한 음식을 구걸하면, 당신은 그걸 줄 것인고?[다이브스 및 라자루스 참조] 천만에, 셈은 대답하고, 죤즈 교수의 가장 속에, 푼돈을 아끼기를 거절하는 것에 대해 그리고 쥐여우로서 그를 절대 무류(無謬)로 부르지 않는 형제의 영혼을 구하기를 거절한 대해, 끝없이 자신을 정당화 한다. "브루스와 카시어스"의 세 번째 이야기에서, 숀은 만일 그와 그의 형제가 양족 다 국왕 시해자라면, 그는 고상한 시해자요-카시어스는 아니다. "쥐여우와 포도사자", "브루스와 카시어스"는 두 종류의 형제 싸움으로, 그들은 재발한다. 첫째는 형제들이 서로 싸움을 사랑하는 엄격하게

남성적 싸움이요, 그리하여 누보레터(Nuvoletta)의 유혹에 냉담한 채, 그들은 오필리아 또는 로레라이처럼 그녀를 익사하도록 야기한다. 둘째는 한 소녀 마가린 클레오파트라를 위한 싸움으로, 후자는 싸움에 염증을 느끼며, 그들을 안토니로서 포기한다. 11번째 질문은 노아의 이야기의 문맥 속에 끝난다. 야벳-아리아인족-지상주의자는 방주의 피난을 그의 형제 셈에게 거절한다. 셈으로 하여금 문명으로부터 쫓겨 난 햄과 합세하게 한다.

(168.13-168.14)#12 "성 주저 받을 것 인고?" 또는 "그를 비난 받게 할 것 인고?" 그것은, 로마 법학도들이 동의하다시피, 고대 종교적 비방이요, 무법 또는 다른 방법들에 의한 사형선고이다. 이 저주의 의식(儀式)은 12동판법(銅版法)에서 공동의 테그이다. (코원 씨가 필자에게 이 정보를 제공했는지라)

대답: 우린 동동(세머스 세머스!) #12 질문에 대해 있는 것은 다 있도다.

I부 7장

(169-195) 무법자 셈의 과장된 삽화, 그를 내쫓은 손에 의한 묘사. 그를 추방한 손이 묘사한 무법자 셈의 확대화. 마음의 굳음에 대한 사과. 불평의 목록, 주어진 명세, 죤즈 교수와 쥐

여우의 계속적인 불평. 정당화 위의 정당화 - 말(word), 말, 말, 숀이 그의 형제에게 음식과 법의 보호를 무두 거부하기 때문이라.

"셈"은 불안한 독서를 하는지라, 왜냐하면 그것은 주인공이 없기 때문, 말하나니 특별한 희생자는 매력적인 성격, 무과오의 태도가 아니고, 죄 없는 자. 셈은 자기 자신을 연민하고, 자랑하고, 위험으로부터 도망치고, 푸념하는지라. 셈과 야벳은 그들의 검둥이 형제 햄의 추방을 묵인하는지라. 이제 셈은 망명자요, 그의 아리아족의 형제에 의해 햄(수치)(Shame 또는 가짜 Sham)으로 불리나니)과 동일시하는지라, 그의 이름 자체는 유태인을 모욕하는 고기(肉)의 그것이다. 그러자, 셈은 이산(離散)의 어느 유태인이요, 제왕들, 교황들, 독일의 전재자들의 희생자이라, 그들의 심문자들에 의해 오욕 되도다. 셈은 또한 클로버(Shamrock)인지라 - 영령(英領) 밖의 순수 애란 인, 반면에, 그는 또한, 자신이 애란 인들의 노예였을 때 패트릭이도다.

셈은 "멍청이," "오랜 숯 검댕이," "돼지 골 견(犬)시인," "공백불한당(空白不汗黨)들 사이의 한 깜둥이"이다. 그는 떠버리, 찬탈자, 국제주의자, 저속한, 냄새나는, 병든, 술 취한, 마약의 부패된, 정신 나간, 헤픈, 무감사자로 불린다. 그의 조상, 육체, 음식 습관은 조사 받고 금지 된다. 그의 책들도 그러하다. 부엌의 하녀들을 위한 글쓰기 대신, 그는 그들의 서명을 표절하기를 배우는지라, 즉, 자신이 부엌대기인양 글을 쓴다.

그의 책들은 살펴지고, 불결하여, 불태워진다. 그리고 마침내 그는 〈더블린 사람들〉의 모든 이야기들의 나쁜 영향에서부터 셈을 구하기 위해 애란에서 금발의 순경(KKK단의 가련한 백인)에 의하여 체포된다. 숀-정의는 자신을 기소하고, 〈율리시스〉의 초두에서 벅 멀리건(Buck Mulligan)이 스티븐을 미쳤다고 하듯이, 셈을 미쳤다고 알고 있다. [〈초고〉 120-122 참조](셈의 기소가 "특이 적분(積分)" 또는 유태인들에게 배은 망덕자로 알려진 비난에 근거함을 보여준다)

비평가들은 자주 조이스의 "편집병"에 관해 말하는데-이는 조이스가 개인적으로 기소하는 것에 대하여 비난하는 방도이다. 때는 서로 필(역)자로 부르는 서기다 뭐다하여 히틀러와 스탈린과 같은 암살단원과 함께 편을 뽑는 유럽의 신경질적 조성기(助成期)였으니, 그들은 확실히 그들의 공화국으로부터 스티븐 데덜러스, 블룸 내외, 셈, 조이스를 추방했었다. 조이스는 조롱당했고, 그의 작품들은 급진주의 공상가들에 의하여 조소당했다. 윈덤 루이스는, 조이스가 "시간" 또는 베르그송-아인슈타인-프루스트-거트루드 스타인의 "아동-숭배"파에 속한다고 이해했거니와, 백인 우위의 중요성에 전적으로 헌신하지 않았나니-"시간"과 "아동 숭배"는 유태인과 그밖에 자들(즉 피카소, 셰우드 앤더슨(Sherwood Anderson), D. H 로렌스, H. L 멘켄)을 위한 완곡 어구였다. 루이스는 특히 "셈"의 초기 번안을 혹평한다. [주석: "셈의 이 초고는 헨리 밀러의 〈북 회귀성〉(The Tropic of Cancer)에서 귀속 없이, 거의 1페이지 동안 인용된

대 조이스는 〈경야〉 1부 6장 #11을 가지고, 그 속에 그가 아동-염오의 루이스-숀을 한 특별하게 불쾌한 아이로 만들고, 또한 그를 지루한 "솀" 장의 화자-저자로 삼는 "솀"의 개정된 번안을 가지고, 대답했다.

그러자, 솀은 "미쳤다"고 선포된다. 숀은 그에게 사골(死骨)을 가리키고, 지옥 또는 판단의 좌로 그를 보낸다. 솀은 자신을 옹호할 수가 없는바, 왜냐하면 그는 사탄, 햄릿, 캘리반(Caliban), 가인(Cain)과 같은 자비롭지 못한 역을 선택했기 때문이다. 스티븐 데덜러스처럼, 그는 자신의 어머니에게 그리고 벅 멀리건에게 무자비했는지라, 그들을 그는 지옥으로 내려 보냈다.[〈율리시스〉 밤의 환각 장면 참조] 용서는 남성 속에 있지 않은지라, 솀이 전적으로 자기 자신을 바람에 맡기려하자, 그의 어머니의 목소리가 그로부터 물러 받아, 루시퍼 같은 상황을 용서하고, 감탄하고 축소하고, 그를 그녀와 합작하는 진짜로 중요한 일로 부르고, 그리고 말에 대해 너무나 귀여운 "작은 경이로운 마미"에 관해 글을 쓴다. 그것은 아마도 무서운 형벌일지니, 스티븐 데덜러스-겸-밀턴의 사탄을 위해 충분히 적합하리라. 허영이 끌어내려지고, 솀은 생장(生杖)을 치켜들어, 벙어리로 하여금 말하게 한다. 벙어리는 다음 장의 빨래하는 여인들이요, 그가 그들의 서명을 표절하기를 배운 부엌의 하녀들이다. 그는 자신의 어머니를 비웃고, 그녀를 용서하고, 자신이 패배한 형제의 싸움의 매력에로 방향을 바꾸었다. 그녀는 심연의 가장자리로부터 꼬마 루시퍼를 끌어내어, 그를 용서한다. 〈사탄의 슬픔〉에서처럼, 그는 한 선량한 여인의 사랑으로 구조된다-이러한 지적 심연 아래, 그대는 말하려니, 심연은 없다고. 그러나 그녀는 하나를 발견하고, 부엌의 처녀 이브, 우리의 여주인공, 우리의 가정의 성녀요 순교자에 모든 흥미를 중심에 둠으로써, 〈실낙원〉의 부엌의 처녀, "아나 리비아 플루라벨"을 그로 하여금 쓰도록 하는 참회를 마련한다.

I부 8장

(196-216) 그것은 강을 가로질러 두 빨래하는 아낙들에 의한 대화인지라, 그들은 밤이 떨어지자, 한 그루 나무와 한 톨의 돌이 된다. 강은 아나 리피라 불린다. 어떤 말들은 잡종의 덴마크어와 영어이다. 더블린은 바이킹들에 의해 건립된 도시이다. 애란의 이름은 Ballycles, 즉 장애물 항도(港都)이다, 그녀의 판도라의 상자는 상속자인 나쁜 육(肉)을 함유한다. 흐름은 아주 갈색이라, 연어로 풍부하고, 아주 꾸불꾸불하고 얕다. 끝을 향한 분지(일곱 개의 댐)는 도시의 건축이다. 이쩌는 나중에 이솔드가 되리라. [〈서간문〉 I, 213 참조]

이는 모든 이들이 사랑하는 장으로, 그것의 한 부분으로부터 조이스는 매력 있는 육성 녹음을 행했는데, 이는 〈경야〉의 음에 대한 그리고 시적 전제에 대한 최선의 소개가 된다. 언어는 마치 빠른, 급이 굽은, 좁은 강처럼 달리고, 그것의 표면의 많은 물의 언어들, 수많은 강의 이름들을 지닌다. 아나 리비아는 모든 강의 여신이요, 모든 여인 또는 이브인지라, 그녀는 한 동안 지상의 여인이었다. 어떤 이는 가로대, Hav-vah(헤브라이어의 "이브")는 "생명"을 의미하나니, 조이스는 명제를 가지고 한결같은 언어유희를 행하는데: 아나 리비아 = 리피 강 = 생명의 물 = 이브, 팀 피네간을 추락 시켜 다시 일어나게 하는 위스키. 〈율리시스〉에서처럼, 물리적 및 형이상학적 다산(번식)이 서로 교환하고 구원은 존재한다.

(196.1 - 200.32) 그들이 만나는 이른바 불결한 리넨 천을 문질이면서, 빨래하는 아낙들은 더블린의 건축자, HCE가 피닉스 공원으로부터 물을 검게 했던, 리피 강을 따라 잡답하며 흘러내려 간다. 이제 이 "마성의 공원"에서 그의 죄는 무엇이었던고? 그와 아나 리비아는 합법적으로 결혼했던고? 그들의 환경은 영광스런 또는 슬픈 것? 잡담으로부터, 한 가지 이야기가 출현하는지라, 그것은, 내 생각에,(많은 변형과 함께) 중세 아일랜드의 교정본, 앵거스 컬디(Angus the Culdee)에 의한 Saltair na Rann의 XI 시[위트리 스토록스(Whitley Stokes) 및 〈백과사전〉 11판, "경외서의 문학"(Apocryphal Literature) 참조를 포함하여, 많은 언어들로 말해진, 묵시록적 〈아담과 이브의 생활〉을 재화(再話)하는지라.

추락한 늙은 험버(Humber)가 무능과 침울 속에 단식한다.

한 때 유혹된 채, 두 번 수줍게, 그는 재 유혹을 거절하며, 음식, 음료, 그의 아내를 거절하고, 자기 자신과 그의 모든 아이들을 위한 오직 심판의 날 만을 요구하며, 그의 자신의 아내에게 말한다: "저리 갈지라." 그녀는 가나니, 그녀의 판도라의 최선의, 최후의 선물인 7무지개 소녀들(젊은 여성 프리메이슨들)의 형태를 한 희망을 뒤에 남기고. 그들을 안전하게 하기 위해 아나 리비아는 프록시마 항성(恒星) 역을 행했는지라, 길거리에서부터 그들을 안으로 불러 드리고, 그들에게 그녀의 남편을 힘 돋우는 책략들을 가르쳤다. 그들은 과연 그를 힘 돋우나니,[〈건축업자〉를 비교] 왜냐하면 조이스가 가로대, 그것은 그들과 함께 HCE가 더블린을 건립했기에. 나(필자)는 그것을 다음과 같은 뜻으로 여기나니: 메이슨(Mason)의 기교는 예술가의 다산을 의미하는지라, 그것은 단지 남성에게 타당한, 비상하고도, 정신적 다산이라.

(200.33-201.21) 여인에 합당한 다산이란 자연적, 육체적이다. 그녀의 남편이 먹이며, 다산하기를 실패하고, 그녀로 하여금 그로부터 떠나기를 명령하자, 그녀는 성배(聖杯) 혹은 다산 탐색에 나선다.[위스턴 참조] 그녀는 남편에게 힘을 돋을 수 없자, "리마"(rima)에서 그렇게 말하고, 그녀를 구하도록 영주 또는 기사에게 기도한다. 하느님 또는 성배 기사는 오지 않는다. 고로 그녀는 그녀의 분명한 다산을 찾아 나선다-원죄가 행복의 죄가 되도록 아이들을 갖자, 그리스도는 탄생할 것이다. 사탄은 상처를 입고, 그녀 자신 최초의 이브는 마리아와

레다(Leda)처럼 천국의 여왕으로 병용했도다. 그녀는 리피 강의 원류로 되돌아가고, 거기서 그녀는 과거 현대 미래에 젊고 먹히리라.

(201. 21 - 204. 20) 우리는 아나 리비아의 아기 낳기(발견된 다산의 증거)를 통하여 임신과 아이들의 어버이 됨으로 되돌아간다. 한 세탁부는 그녀가 킬데어(Kidare)에서 강습(强襲) 당했음을 추측한다. 다른 이는 최초의 때, "애란의 정원"(garden of Erin)이라 할 위클로우에서, 아나 리비아가 더블린으로 가, 일을 해야 하고, 생활을 위해 노예가 되기 훨씬 전이었다고 확신한다. 기억될 일이거니와, 다양한 아버지들이 첫째 및 둘째 이브들의 아이들을 위하여 암시되었다. Saltair na Rann에서 이브는 아담에 의해 티그리스(Tigris)로 파견되자, 악마에 의해 불복종으로 다시 유혹되는데, 후자는 백조와 천사로 가장한 그녀를 방문한다.

러그로우(Luggelaw)의 계곡(위클로우의 로크 태이[Lock Tay in Wicklow])에 한 정절의 신부, 마이클 아크로우(Michael Luggelaw)가 살았다. 러그로우(Luggelaw)는 성 케빈이 캐서린에 의해 유혹 당해, 도망친 곳들 중의 하나이다. 그러나 이 여름날 마이클은 덥고 목이 마르자, 아나 리비아가 예쁘고, 시원스레 보이면서 다가온다. 그는 참을 수 없다. 그는 자신의 양손을 그녀의 아름다운 머리카락 속으로 꽂는지라, 그는 그녀의 시원한 물을 마시고, 키스하나니, 그녀에게 그 짓을 하지 말도록 타이른다. 이러한 사귐은 저들 자연 신화들의 하나이라,(〈의식에서 로맨스로〉(From Ritual to Romance) 속에 그와 같은 것이 많이 있나니) 거기에는 땅이 한 소녀가 그녀와 사귀는 특별히 정절의 남자를 유혹할 때까지 메마르다. Saltair의 시에서 하느님은 마침내 마이클을 경작의 씨와 지식을 가지고 단식하는 아담에게 보낸다. 〈경야〉 I부 8장에서, HCE는 농부가 아니라, 도시 건설자가 되나니, 고로 우리는 마이클의 비옥한 보물이 영원히 아나 리비아에 의해 소유됨을 가정한다.

그녀는 메마름이 치유되고 그녀 자신에게 존중받는다.[〈서간문〉, II, 72 참조] 백조-악마-천사 앞에, 그녀는 마을 소년들과 가벼운 성적 상봉을 가졌다. 그러나 이제, 중요한 사귐 뒤에, 그녀는 전원의 산으로부터 나와 더블린(검은 우물)으로 추락한다.

(204.21-216.5) 더블린 재 탐방. 아담의 추락이 주위에 알려지고, 그의 아이들, 도당들이 그를 조롱한다. 가상컨대 조롱은 또한 악마(인간의 고발자, 인간의 대어시츠(Thersites))이니, 왜냐하면 아나 리비아는 아이들에게 복수하기를 맹세하기 때문이다. 그녀는 제우스를 유혹하는 헤라처럼 성장을 하고, 잠시 동안 외출하기 위해 남편의 허락을 얻는다. 그녀가 판도라(Pandora), 선물을 지닌 한 희랍인이라는 의심을 잠재우기 위해, 그녀는, 흥(興)의 인물인, 초라한 세탁부로서 성장하고, 선물 꾸러미를 들고 더블린 항구에로 발 거름을 내디디나니, 이

들을 그녀의 아이들-나쁜 육(肉)의 상속자에게, 분배한다. 죽음, 질병, 한기, 비참 및 추방-사탄의 아이들은 그들의 기만적 어머니로부터 이들 선물과 편지를 받는다. 너무나 늦게, 그들은 "그녀의 독의 염병"(her prison plague)으로부터 도망친다.(선물(gift)은 덴마크어로 "독"(poison)이요, "독"은 에덴의 강들 중의 하나이다)

세탁부들, 고통 속에 태어나고, 추위 속에 노동하는데, 이브의 스캔들을 퍼트리는 이이들을 대표한다. 그들은 인생의 새 형태의 약속인, 아일랜드의 첫 기독교의 종소리를 듣는다. 그러나 기독교는 또 다른 사기의 선물로서, 그 이유는 세탁부들은 나무와 돌로 변신하기 때문이다.

"아나 리비아 플루라벨"은 거대하도록 천박하고 아름답다-많은 매력이 침울한 사기(詐欺) 위에 놓여 있다. 그것은 한 여인이, 그녀의 자유를 크게 즐기면서, 적들에게 의기 양양, 어떻게 죽음을 그녀의 아이들에게 가져오는지에 대한 여성 만족적 설명이다. 여성은 그녀가 범죄적이요, 만족적인 한, 자유로울 수 있는가?

II부 1장

(219-259) 작품의 설계는-우리들이 통상 부르는 천사와 악

마 또는 색깔이란 게임이오. 천사, 소녀들은 천사, 숀 뒤에 그
룹을 짓고, 악마는 3번 다가와서 색깔을 요구해야 하오. 만
일 그가 요구하는 색깔이 어느 소녀에 의해 선택 된다면, 그
녀는 도망가야하고 그는 그녀를 붙잡으려고 애를 쓰지요. 내
가 작품을 쓰는 한, 그는 두 번 오고 두 번 좌절하지요. 작품
은 영어의 노래 게임들(English singing games)에서 따온 음률
로 가득하오. 처음 복수적으로 좌절당할 때, 그는 자신의 아
버지, 어머니, 등등에 관한 갈취물(喝取物)을 출판하려고 생각
하지요. 두 번째로 그는 실지로 내가 9살 때 썼던 감상적 시
속으로 꾸물거리오. "나의 집 아아 저 그늘진 홈 거기 자주 나
는 젊음의 경기를 했다네, 그대의 무성한 푸른 잔디밭 위에서
종일 또는 한 순간 그대의 가슴 그늘 속에 머물었나니 등등"
이것은 나를 섬뜩하게 하는 갑작스런 치통(齒痛)으로 중단되
지요. 그가 두 번째 좌절되자 소녀 천사들이 숀 주위에서 자
유의 찬가를 부르지요. 동봉한 패이지는 에드가 퓅에서 따온
아름다운 문장의 또 다른 번안으로, 나는 "하이버와 헤어리
맨" 등의 나날이래로 시작하는 한 부분을 〈트랑지숑〉지에 이
미 개작했다오. 퓅은 말하나니, 카타지(Carthage)의 폐허 위
의 야생의 꽃들, 뉴만시아(Numancia)등은 제국의 정치적 홍
망 보다 오래 존속하나니. 이 경우에 야생화는 아이들의 노래
지오. 특히 이중 무지개의 취급을 주의할지니, 그 속에 홍채
염의 색깔은 처음 정상이나 이내 뒤집히지요. [〈서간문〉, I, 295
참조]

현재의 단편을 위해 내가 사용하는 책들은-다음을 포함하는지라, 마리 코렐리, 스웨던보그, 성 토마스, 수단의 전쟁, 인디언 추방인, 영국 법 하의 여인들, 성 헤레나(St Helena)의 서술, 프라마리온(Flammarion)의 세계의 종말, 독일, 프랑스, 영국 및 이탈리아로부터 따온 수많은 아이들의 노래 게임들 [〈서간문〉, I, 302 참조]

〈경야〉는 일종의 꿈이지만, 그것은 언제나 꿈속의 밤이 아니다. 1부에서 중요한 사건들은 낮에 일어나고, 밤은 "아나 리비아"의 종말에서 시작한다. 2부는 오후 8시와 12시 사이에서 일어난다. 3부의 시작은 한 밤중이요, 3부 4장에서 새벽이 열리고, 시간은 새벽 6시이다. 4부에서 여전히 새벽이요 태양을 기다린다. 〈경야〉의 모든 부분들은 그들의 시간에 의해 영향을 받고, 심지어 그에 의해 틀에 짜인다.

"익살극"(The Mime)은 유년의, 그들의 유희적, 사악한 게임인, "천사들과 악마들"의 황혼의 직물을 짜는바, "선악의 색깔"이라 잘 불릴 수 있다. 비합리적, 그들은 제스처가 잘 보이지 않은 시간에 대부분 제스처에 의해 소통한다. 그들은 색깔과 꽃들을 추정하고 그 때 색깔은 시들고, 꽃들은 시든다. 마침내 귀물인 운명의 날이 다가오고, 게임을 종결시킨다.

악마(검은 글루그 또는 셈)는 마리 코렐리(Marie Corelli)의 슬픈 사탄처럼, 선량한 여인의 사랑을 동경한다. 그는 "heliotrope"(담자색)을 알아맞히려고 애쓰는데, 이는 꽃, 보석 색깔이요, 그의 자매 이씨는 때때로 그중 하나며, 때때로 7분광 또는 무지개 "소녀들"이다. 그러나 이씨의 암시에도 불구하고, 글루그는 올바르게 마치지 못하고, "과자를 따거나" 그의 매기 또는 "마데라인"(당과)을 발견하지 못한다. 그는 실패할지니, 왜냐하면, 프로스트의 "작은 손"처럼, 일곱은 복장전도(服裝顚倒)에서 집적대는 문제를 제시하기 때문이다. 그는 실패할지니, 그 이유인즉, 하늘에는 진짜 태양은 없고, 그 역(逆), 천사 츄프 또는 손에게 채하는 사람이 있을 뿐이다.

그러나 새벽의 이른, 불확실한 빛은(황혼으로부터 뒤집힌 색깔), 셈-성 태트릭처럼-여인-및-색깔의 문제에 대해 "실질적 해결"을 발견한다. (611-613)[〈서간문〉, I, 406 참조]

이씨-및-일곱은 아마도 루시아(딸) 조이스처럼, 젊은 개성의 분리된 부분들인지라, 그녀의 아버지는 〈경야〉 2부 1장의 두문자를 가지고 많은 색깔의 "문자주의" "레트리즘"(lettrines)를 그녀로 하여금 만들게 한다. 이씨는 또한 레기 위리(Reggy Wylie)에 의해 버림받고, 황혼에 앉아있는 거티 맥다웰-나우시카의 재연이다. 〈율리시스〉에서 "가련한 이씨는 황혼 속에 너무나 황홀하게 황울(荒鬱)히 앉아 있나니"(226.4-226.7) 〈율리시스〉에서처럼, 꼬마 쌍둥이들, 게임들, 성년의 남자가 보고 있는 동안 스스로를 노출하는 소녀들. "익살극"은 저 꿈 많은 "나우시카"(Nausicaa)장의 꿈의 재연처

럼 보인다. [주석: 〈경야〉에서 〈더블린 사람들〉, 〈예술가의 초상〉, 및
〈율리시스〉의 사용(특히 〈율리시스〉)은 철저히 괴기한지라, 정의(定意)
되기를 필요로 한다]

"익살극"에서 조이스는 〈금지(金枝)〉(The Golden Bough)와
노만 다그러스의 〈런던 거리의 게임들〉(London Street Games)
을 사용했다. (호드가트 씨는 이들을 176페이지에 보여주었는데, 그들
대부분은 다그러스에서 따온 것이다) 프레이저와 다그러스는 "천
사들과 악마들" 같은 게임이 다산의식(多産儀式)의 유물이라
고 주장한다. 이씨(및 일곱)는 섹스를 탐하는지라, 그녀가 할
수 있는 모든 것이란 쌍둥이들을 자극하는 것이다. 그러나 숀
은 너무나 순수하다, 셈은, 섹스를 뜻하지만, 할 수가 없다.
소녀들은 숀의 순수성을 칭송하고, 셈의 무능을 조롱한다.

"익살극"은, 그러나, 실패한 다산의 의식이 아닌지라, 왜냐
하면 부친이 처음부터 살펴보고 있었기 때문이다. 〈경야〉에
있어서처럼, "프랜퀸 에피소드"에서처럼, 그는 춤추는, 무회
의 소녀에 의해 자극된 채, 움직이기 시작한다. 이들은 아나
리비아가 춤추도록 가르쳤고, 그녀의 수동적 남편을 재촉하
기 위해 불러드렸던(그녀가 실패할 경우) 일곱 소녀들이다. 우리
가 "아나 리비아 플루라벨"에서 보았듯이, 이들은 인간의 예
술가가 그로부터 창조한 색깔이요 소녀들이다.

브루러스와 카시우스(Burrus and Caseous)는 용사의 재창조

보다 전쟁을 더 좋아하는바, 고로 소녀를 아버지한테 잃었다. 아버지의 천둥 같은 노여움의 공포 속에, 아들들은 비코의 평민들처럼 도망치고, 평민들처럼 되돌아오며, 자신들을 비하하고, 그들의 부친의 위대함을 선언하며, 집과 가족 속으로 자비와 허락을 청한다.

게임-의식(儀式)은 또한 일종의 유희이니, "믹 닉 및 매기의 익살극"(The Mime of Mick Nick and Mggies)은 그들의 노령들에 셰익스피어의 〈햄릿〉의 "작은 새끼 매들"처럼 경쟁하는 일단의 아이 배우들(소년 여아들, 여아 소년들)에 의하여 제시된다. 늙은 동업 조합의 유희자들처럼, 군단은 거리에서 거리로 움직이고, 채프리조드의 리피 강상에 있는 부친의 여옥 근처에서 갑자기 멈춘다. 여옥 안쪽에는 한층 많은 연극들이 쓰이고 공연되리라. 과연, 2부의 4장들은 연극들의 환으로서, 인간을 익살극의 유년시절(신비 극)의 무능으로부터 "마마루요"(Mamalujo)의 노쇠의 무능(그랜드 오페라)으로 몰고 간다. "믹, 닉 및 매기의 익살극"은 천국의 들판 위의 수상한 싸움에 관한 연극이다. 닉-글루그-솀은 섹스-창조에 대한 그의 부친의 특권을 포착하도록 가장한 반도(叛徒)이다. 믹-츄프-숀은 악마에 반대하는 순수한, 무(無)섹스의 천사이다. 그러나, 〈실낙원〉(Paradise Lost)에서처럼 충분히 강하지 않는 자라, 부친이 싸움에서 결정적으로 간습 하는 것이 필요하게 한다. 두 아들들은 천둥의 공포 속에 달리지만, 마이클은 그가 천국을 가질 것이요, 그의 형제는 "죄천락(罪天落)할

것이"(havonfaeled) 확실하다. 하느님 - 또는 - 아담으로서 부친
은 자기 자신의 창조인 소녀를 갖거니와, 다음 장은 우리에
게, "조자(造者)는 피조자와 벗하도록" 말한다. 이는 저들 남성
적 개념들 중의 하나 인지라, 마치 "Vergine madre, figlia del
tuo figlio, lumile ed alta piu che creatura" 그리하여 그것은
여성의 머리를 돌게 만든다.

II부 2장

(260-308) 〈경야〉의 가장 쉬운 부분은 104페이지 및 잇단 페
이지요, 가장 어려운 부분은 260페이지 및 잇단 페이지지만,
여기 기법은 쌍둥이에 의한 "가장 자리 주석"으로 충만 된, 학
교 소년의(학교 소녀의) 옛 교과서의 재생인 바, 그들은 절반에
서 주석의 위치를 바꾸며, 소녀(그녀는 바꾸지 않거니와)에 의한
각주가 있다. [여기 "가장자리 주석"의 구조는 〈한국의 번역본〉에 그
본을 주었음을 밝힌다]

(260.1 - 266.19) 젊음과 무식은 "익살극"에서 아들들을 패배
시킨다. "야간 수업"의 시작에서, 아들들은 상실되고, 그들의
부친의 여숙인, "술집의 맥주"를 되찾는 길을 발견하기 위해
더블린의 지도(地圖)(지리 공부)와 상담한다. 그들의 목적은 자
신들이 "익살극"의 종말에서 그랬듯이, 그를 달래고, 이어 그
를 전복하는 것이다. 여숙(旅宿)으로 가는 길은 배움의 환(環)

이요, 그에 의해, 만물의 비코적(Viconian) 특성 속에, 그들은 부(父)를 전복하는 시간에 당도한다. (이 시간은 다음 장에서 다가오며, 그 때, 유행을 좇아, 그들은 주점 안으로 대담하게 나아가, 소녀를 얻고, 부친을 사살한다-1천 편의 서부 영화 속에 행해지는 한 장면, 젊은 수완가는 늙은 사생아를 격추하나니) 그들이 보는 바, 지식은 힘이다. (우리는 아인슈타인의 수학을 공부할 것인가? 삼각 함수를 공부할 것인가? 두 번째 계단의 굽이에서 비밀의 관찰자의 이름은 무엇인가?) 그들이 올바른 지식을 얻을 때까지, 소년들은 "자연적, 단순한, 노예적, 효성의" 공포 속에 지낸다. 그러나 그들의 시간은 아직 아니거니와, 그리하여 그들의 아버지가 그들을 자신의 여숙인, 장소에로 불러드릴 때, 그들은 만나기를 피하고, 어머니 리피 강을 따라 서성이며, 이층 스튜디오로 가는바, 거기 그들의 자매가 앉자 뜨개질을 하고 있다. (비코의 설명에 의하여, 시민들은 아들들의 상황을 감수(減收)하면, 시(city)로 들어가 문명의 생활을 얻는다)

(266.20-272.8) 소년들은 과거로 강박되어 있는지라, 왜냐하면 과거는 그들의 아버지와 일곱 색깔의 자매와의 만남을 포함하기 때문이다. 그들의 공포에 질린 시선에, 조자(造者)는 고대 세계의 일곱 기적과 함께 교우한다. 아인소프(Ainsoph) [또한 아담 캐드만 참조]처럼 그의 방사물들과 함께 교우한다-신화적 및 다산의 결합이라. 리피 강을 따라 거류(居留)함은 그들의 관심을 여성에게 고정하는 것이다. 그리고 그들의 남성적 학문에 정착하기 전에, 그들은 자신들의 어머니가 그들의

자매로 하여금 신을 위해 식사를 마련하도록 부여하는 교육을 생각한다. 2부 2장에서 이씨의 주된 역할들은 레다(Leda)와 알리스 리델(Alice Liddell)이라, 고로 나(필자)는 필시 신과 수학자를 위한 음식이라 말해야 하리라. 2부 2장을 예이츠(Yeats)의 "레다와 백조"(Leda and the Swan) 및 "학교 아동들 사이"(Among School Children)라는 말로 생각하는 것이 유용하다.

(272.9-281.29) 어머니는 아들로 하여금 유령의 과거를 빨리 떠나, 워터루에서 처럼 독력으로 싸우는 법, 그의 경야에서 추락한 아버지를 칭찬하는 법을 배우도록 권장한다. 첫째로 그들은 그들의 편지(문자)를 배워야만 한다.

편지는 뮤트와 쥬트가 퇴비 더미에서 빈둥거리며, 알파벳을 발견하고 사용할 때 사악한 것으로 느껴졌었는바 - 이는 지식의 나무를 먹는 것과 등가의 행위이다. 우리들의 "기하 학자"(geomater)인, 대지를 배우는 것, 포타주의 식사를 마련하는 것, 곡물로부터 위스키를 양조하고, 진흙으로 도시를 건립하는 것 - 이들은 질투자인, 골난 아버지와 경쟁하는, 창조의 행위이다. 가인과 아벨, 야곱과 에서의 이야기들은 가르치나니, 올바른 효성의 행위는 인간적, 또는 성스러운, 아버지에게 요리된 음식을 조달하는 것으로 이루어지는 것이니 - 이것이 미덕이요, 이것이 예속이라. 나쁜 효성의 행위, 자유인의 행위는 어머니인 대지를 알고 있기에 - 사냥꾼들은 농업 전문가를 더 좋아하도다. 달리 말하거니와 - 부족(部族)의 여성들은 부친에 속한다.

셈은 자신의 편지를 알고 있는바, 그가 악마, 또는 악마의 아들, 가인이기 때문이다. 이씨는 그녀의 편지를 알고 있나니, 그녀가 과일을 먹었고, 그녀로 하여금 과오 하도록 가르쳤던 그 교수에 감사하면서, 그녀의 분리된 자신의 부분[셀리 (Sally) 참조]이 흐무러진 노트를 글 쓸 때, 그녀의 지식의 나무를 증명한다. 그녀의 개성의 다른 부분은 매사추세츠의 보스턴으로부터 온 편지에 기초한, 모델 편지를 쓴다. 그들의 어머니는 소년들에게 젊은 여성의 마음을 알도록 말해왔다. 이씨의 편지로부터 그들은 그녀의 마음이 보석이요, 꽃이요, 구름[뉴보레타(Nuvoletta) 참조]임을 배울 수 있었다. 그러나 브루터스나 카시어스, 오셀로와 이아고, 가인과 아벨처럼, 소년들은 사랑 아닌, 전쟁을 행하고, 소녀의 마음에 보다, 서로 싸우고, 그들의 아버지와 싸우는 것에 더 관심을 보인다.

(282.1-287.17) 이씨-이브와 사탄은 편지를 알지만, 숀-아담은 그렇지 않다. "익살극"은 숀에게 여성에 의하여 동요되지 않음을 보여준다. (260-287)의 오른 쪽 가장 자리 주석들은, 마치 밀턴의 아담이 천사가 그에게 준 연설을 재생하듯, 그를 가르친 공론가의 논평을 단지 재생하고 있음을 보여준다. 눈물로서(사탄을 슬퍼하며) 그러나 기력으로, 셈은 자기 자신의 지식을 숀에게 가르침으로써, 공론가를 전복하는 일을 맡는다. 셈의 가장자리 주석은 그에게 조야하고, 조소적이며, 비

교육적 애송이 임을 보여주는데, 그이-셈은 자신이 저들 타고난 상실자들인 사탄과 가인의 역을 하고 있기 때문에, 스스로 파괴 될 것 이라는 사실에 무관한 채, 자신의 형제의 파괴 이외 아무것에도 마음을 쓰지 않는다.

숀-아담-아벨은 자신의 손가락들을 헤아릴 수 있으나, 어떤 문제를 "혼동"으로 줄이면서, 대수와 기사에는 수완이 없다-그는 창조자가 아니기에. 그는 자신의 형제로 하여금 자기를 위해 문제를 행하도록 요구한다. "등각의 삼문자를 조작할지라,"

셈은 동의하고, 숀에게 어머니 리피로부터 가진 진흙 위에 두 원을 그림으로써 시작할 것을 말한다. (아마도(286.25-287.17)은 벽돌공인, 공제 조합원의 의식적 지시이리라)

등각(等角) 삼각형은 기하학의 숫자이다, 희랍 알파벳의 한 문자. (델타 또는 A) 에이펙스 업(上)(apex up), 그것은 삼위일체의 신호이다. 에이펙스 다운(下)(apex down), 그것은 음경의 여성적 대용이다. 그것은 아나 리비아의 기호이요 조이스의 〈경야〉 1장 8장에 대한 비공식적 기호이다. 그리고 그것은 그 장의 시초에, 196페이지에 있다. "델타"(delta)는 어머니의 퇴비-더미이다. "진흙"(mud)을 가지라, 어머니(mother)를 택하라, 하고 농부 셈은 사냥꾼-푸주-요리사인 그의 형제에게 말한다. 연방 군주들은 그들의 땅이 농노들에게 빼앗기는 것을 원치 않는다.

(287.18-292.35) 학습은 리피 강으로부터의 라틴 메시지에 의해 중단되는지라, 형제와 아버지를 전복하는 예술에서 야곱을 교육했을 때처럼 셈을 교육할 목적이다. 소환이 재차 있는바-과거를 떠나, 예감이 좋은 미래 속으로 움직일지니. 그녀는 승려들인, 비코와 브루노를 위안적 효과를 위해 인용하는 도다-만사는 강처럼 흐르도다. 무더기 속에 있던 것(즉 편지, 지식, 힘의 도구들)은 강 속에 남으리라. 만사는 그것의 반대자에 의해 뜻대로 인식된다, 모든 강은 강둑에 의해 포용된다. 그것은 가인과 아벨의 상호 파괴적 역할에서 나와, 야곱과 에서의 역할로 움직이는 일종의 부름이다. 그들은 과연 움직인다.

라틴어는 일곱 절들의 긴 문장의 일부요, 바다를 넘어 애란으로 온 사람들을 다루는데(003.3-14처럼), 그들은 트리스탄, 패트릭, 파넬이요, 그리하여 그들의 가르침의 세계 창조 이전의, 모순당착적 특질에 의해 전적으로 원주민들을 좌절시킨다. "성당까지 신을 신을지라"(Weaar shoes to church) 한 침입자가 말한다. "내게 그대의 여인의 나(裸)수수로 목욕하게 하라"(Give me a bath with your bare female hands) 또 다른 자가 말한다. 이제 침입자는 구애하고, 이제 냉하고, 이제 기독교를 가르치니, 이제 가톨릭교도를 목 조른다. 하지만 반대자의 가르침은 외관상 꼭 같은 사람에 의해 표현 된다-모든 침입자들은 잦은-피침입자들에게 닮아 보이는 듯, 상상하거니와. 문장의 단락을 통하여, 비교(比較)가 피침입국과 반시간도 변함없는 소녀 간에 이루어진다. 그녀는 기꺼이 즐기나니, 그러나 이 과오의 코미디에서 위치를 바꾸는 동등한 쌍둥이에 의하여 좌절 된다. "어머니가 되라!" "창녀가 되라!" "자색 실의 얼레치기가 되라!" 그녀는-자신을 캐슬린 니 호리안 또는 영원의 여성으로 부르나니-여기 전적인 남성의 불친절의 희생자가 아닌지라, 왜냐하면 소년들이 절반 위치를 바꿀 때(II부 2장 절반, 〈경야〉를 통한 절반), 그들은 언제처럼 그녀를 좋아한다. 천만에, 그녀는 단지 당황하고 있나니, 마치 반대의 명령이 그에게 발(發)해진 미궁의 저 쥐들 마냥. 그녀는 승려들인 브루노와 비코의 역사적 심리적 결정론을 적용함으로써, 자기 자신들을 유지할 수 없는 지위로부터 쫓겨내는 기회주의 사내들보다 더 놀랄 것이 없는 자들에 의해 혹사당한다. 비코의 환들은 교차하고, 쌍둥이들은 역할들을 교환함으로써 그들의 교육을 한층 멀리 추구할 시간이다. 브루노가 말하기를 "모든 자연의 힘은 그 자체를 실현하기 위해 반대자를 도출해야 한다".[〈서간문〉, I, 225 참조] 〈경야〉의 목적을 위해, 287-293의 변화는 연구의 변화요,[프리마돈나와 나사로 참조] 그것은 가르침의 장에 올바르게 놓여지니, 왜냐하면, 예이츠가 "이고 도니너스 투스"(Ego Dominus Tuus)에서 말하듯, "독서는, 가장 있음직하지 않는 것", "나의 반(反)자신이 되는 것"에 비유하건대, 무(無)일뿐이기 때문이다.

(293.1-304.4) 기하 수업은, 같은 것이 다르게, (286-287)로부터 계속한다. 유클리드를 가르친다는 구실 하에, 셈은 숀

을 그들의 어머니의 성기적(性器的) 지리(地理)의 여행으로 안내한다.[파스칼, 메노(Meno) 참조], 숀은 잘못된 곳으로 숀을 탈선시키지만, 그러나 잘못된 곳이 도덕적인지, 수학적인 것인지, 더블린적인지, 성적인지 혹은 모든 그것들인지, 알 수 없는 노릇이다. ((율리시스)는 우리에게 가리켜 줄지니: 분명히 행하거나 혹은 해부적 지역에 관해 말하지 말라) 여행의 지도는, 추측컨대,(293)의 도안이다. 그것은-기독교적, 비교적, 메이슨적, 플라토닉, 신 플라토닉적, 연금술적, 비코적, 브루노적 예이츠적, 많은 의미를 지닌다. [주석: 〈조망〉(A Vision)으로부터 많은 전문적 술어들이 II, ii에서 사용되는 바, 이씨는 레다(Leda)와 꾸준히 연결된다] 조이스는 예이츠적 선회(旋回)와 비코적 환들과 혼합하는가? 〈경야〉의 두 절반들이다. 하트(Hart) 교수는,(293)에서처럼, 셈은 왼쪽, 숀은 오른 쪽 환임을 보여 준다. 또는 아무튼 환들은 〈경야〉를 통한 한 길들인지라, 그들은 형제들을 삼각형을 건설하기 위하여 역할을 서로 교환하고 협동하는 곳으로 데리고 간다.(텍스트의 도표에서) 덕망을 상실한 채, 지식을 득한 채, 그들은 자신들의 부친의 경계 받은 장소로 그들의 길을 발견했고, 여인에게 손을 뻗었다. 그들은 흙으로 집을 짓고, "삼각형"의 건축을 해결했다.

그들은 편지의 표절에 대해 또한 협동하는바, 숀이 "친애하는"을 포함하여, 편지를 만드는 법을 과연 아는 것을 증명함을 뜻했다. 필자는 이러한 묘술의 자초지종에 관해 불명하거니와, 그러나 다음과 같음을 생각하나니, 즉, 숀은 그의 편지를 알지만, 지식을 거절함으로써, 그리고 그의 형제가 알고 있다고 말함으로써, 자신의 위선의 생애를 시작한다. 셈은 편지를 갈기는데, 그것은 악마와의 파우스트적 계약이요, 에서-숀(Esau-Shaun)으로부터 포타주 식사를 위해 그의 생득권(生得權)을 파는 제의를 포함한다. 숀은 편지를 서명하지만, 자신이 형제의 이름을 서명함으로써, 그가 읽을 수 있음을 증명한다. 숀의 편지에 대한 첨가는 자신을 포기하는 잘못된 철자들로 넘친다.[피곳(Pigott) 참조] 셈은 많은 이름들, 모두 잘못 철자된 것들을 씀으로써 빈약한 표절을 조롱한다.

(304.5-306.7) 셈은 구타에 반응하지 않는지라, 그것은 그로 하여금 무지개를 보게 하고, 그녀의 부친을 꿈꾸면서, 싸움을 쳐다보았던 그의 꼬마 무지개 자매를 회상한다. 소년들은 그녀에게 매력과 태도에 관한 충고를 제공한다. 그들은 자신들에게 그의 "노벨상"-독(毒)의 당과(糖菓) 또는 TNT를 제공할 부친을 스스로 만나야함을 기억하며 공동 전선을 편다. 이러한 위험에 맞서 그들은 "죄를 삼킨다."(singulfied)

(306.8-308.30) 아버지가 안으로 들어와 묻나니-그들이 무엇을 배우고 있었는지? 자연스레, 단순히, 노예처럼, 효성으로, 거짓으로, 그들은 대답한다: "미술, 문학, 정치, 경제, 화학, 인문학, 이는 그들이 사실상 공부하고 있었던 양친의 두 문자의 이합체를 이룬다. 그들의 아버지는 그들에게 작문을 내는데, 이는 의심할 바 없이, 노벨의 이원론의 동적 감각을

표현함을 뜻한다. 그러나 그들은 실례하거니와 - 시간은 짧고, 차(茶)가 기다리고 있다. 차 다음으로, 아이들은 그들 셋에 의해 서명된 "삼각형" 또는 밤 편지를 꾸민다. 그것은 자신들의 양친에게 메리 크리스마스를 원하는 늦하지만, 사실상, 그들에게 죽음을 바란다. 그것은 그들의 부친에게 살인적 욕망을 나르도록 계획된 채, 지옥의 기계 또는 텔레비전 세트의 선물을 동행할 것이다.[햄릿의 "곤자고의 암살"의 사용, 율리시스의 트로이의 목마의 사용을 비교] 편지는 또한 셈, 숀 및 꼬마 이씨가 서명되어 있음은 주목할 가치가 또한 있는지라, 이는 JJ 및 S 또는 제임슨 위스키, 팀 피네간을 넘어뜨린 주류(酒類)를 만든다.

II부 3장

(309-382) 맥캔의 이야기는, 존 조이스에게 이야기된 것이라, 이는 상부 색필 가 34번지의 J. H 커스(Kerse)인, 더블린의 양복상으로부터 주문한 등 굽은 노르웨이 선장에 관한 것이다. 완성된 양복이 그에게 맞지 않자, 선장은 재봉이 서툰데 대해 재단사를 나무랬다. 이에 골이 난 재단사는 양복에 맞출 수 없는 몸매 때문으로 그를 탄핵했다.[엘먼, 〈제임스 조이스〉, 22 참조]

버클리와 소련 장군에 관한 그의 아버지의 이야기 - 버클리는 소련 장군을 겨냥했던 크리미아 전쟁에서 아일랜드의 군인이었는데, 그러나 그가 장군의 멋진 견장과 장식을 관찰했을 때, 그는 몸소 총을 쏠 수가 없었다-그는 재차 총을 들었으나, 바로 그 때 장군이 배변(排便)을 위해 바지를 끌어내렸다. 너무나 어쩔 수 없는, 인간적 궁지의 적을 보자 버클리에게는 그 관경이 너무 지나친지라, 재차 총을 내렸다. 그러나 장군이 풀 잔디로 자신의 행동을 마무리했을 때, 버클리는 그에 대한 존경을 모두 잃고, 총을 쏘았다.[엘먼, 〈제임스 조이스〉, 411 참조]

그때 그는 버클리의 이야기를 서술했는바, 그가 한 조각 잔디의 문제에 제 정신이 들자, 베켓은 말했나니, "애란에 대한 또 다른 모욕이다"[엘먼, 〈제임스 조이스〉, 411 참조]

HCE의 주막, 여관, 또는 극장은 그가 할 수 있는 만큼의 이름들로 거의 통하지만, 그것은 그의 아들들이 튼튼하고 명석하기까지 피하는, "한 잔의 문지기 장소"(pint of porter place)이다. 주막에서, 여관 주인과 단골손님들은 문 닫기 전 시간을 보내며, 두 가지 놀이(셈의?)와 TV세트의 음악 프로그램을 살핀다. 이것은 그의 단호한 아이들에 의해 아버지에게 주어진, 아일랜드의 침입자들에 관한, 세트이다. 필자는 TV세트를 일종의 경고, 도전으로 간주하는바, 또한 야곱 같은 술책, 트로이의 목마, 햄릿의 쥐틀 같은 것이다.

TV연극들은 〈노르웨이 선장〉, 〈어떻게 버클리가 소련 장군을 쏘았던가?)이다. 이들과 음악은 솀, 숀, 이씨에 의해, 각자, 아버지를 전복하는 것에 관한 것이다. 솀은 그의 아버지의 딸을 그로부터 뺏는다. 숀은 그를 쏘아 죽인다. 이씨는 달(月)의 여승(女僧)(노마처럼)으로, 그를 거세한다.

그 뒤로-"진짜"(real)이든 또는 TV생명이 아니든-HCE의 아들들은 문을 노크하며, "오레일리의 민요"의 또 다른 각본을 노래하며 다가온다. 그의 딸은 다가와 자신은 한 젊은 사내와 떠난다고 말한다. 아들들은 HCE를 붙잡고, 조롱하고, 위협하고, 놀리고, 그를 시도하고, 그의 죄 때문에 때린다-폴스탭(Falstaff), 소크라테스(Socrates)를 비교하라.

홀로 주방에서, HCE는 애란의 마지막 원주민 왕인 로더릭 오코노(Roderick O' Connor)역을 하는지라, 왕은 노르만 침입자들에 의해 전복 당했다. 그는 손님들이 남긴 술 찌꺼기를 모두 마시고, 왕좌에서 죽도록 취한 채 추락한다. 아나 리비아는 그의 추락 후 그를 안정시킨다. 맥주 선(船)인 〈낸시 한스〉(Nansy Hans)처럼, 그녀는 바다를 넘어 별 빛에 의해 "야토"(野土)(Nattenlaender)(380.6-382.30)를 향해 그를 나른다. 이것은 세트 극인(a set piece) 죽음과 노인-이요, 그것은 죽음과 노 여인을 균형 잡는다. 노인, 노 여인을 위해 죽음은 바다로 나아가고, 새벽과 함께 꼭 같은 성당 창문들은 햇빛으로 비친다.

〈노르웨이 선장〉(The Norwegian)은 사랑-음모의 코미디로, 그 음모의 자초지종을 따를 수는 없으나, 몸에 맞지 않는 양복의 의미를 한층 덜 설명한다. (의복으로서 양복-피터 잭 마틴 참조? 구애로서 양복?) 이야기는 거친 이교도의 바다 항해자(모두 애란의 바이킹 침범자들)에 관한 것으로, 애란 여관 주인인, 선부(船夫)(Ship's Husband)의 딸을 그녀의 아버지로부터 그리고 커스 양복상인, 경쟁의 구혼자로부터 훔친다. 어떤 여성 전략에 의해, 선장은 마지못해 풋내기 뱃사람, 기독교도, 애란 인으로 전환하고, 존경하올 남편이요 아버지가 된다. 선부는 그이 및 커스와 화해한다. 선장은 곱사등을 하고, 험프리라 불리며, 소녀는 안나(Anna)이다. 그들은, 고로, HCE와 아나 리비아를 회상시키며, 아버지(TV연극 속의 여관주인이 아닌, TV를 바라보는 여관주인)를 경고하나니, 그가 딸을 뺏듯, 고로 그의 딸은 뺏길 것이다. 선장과 딸의 결혼은 아일랜드를 위한 기쁨, 평화, 다산의 분출이다.

〈어떻게 버클리가 소련 장군을 쏘았던가?〉(How Buckley Shot the Russian General?)(워터루의 사건의 재 상연)는 "우화시"(寓話詩)의 느낌을 지니나, 그것은 또한 총을 쏘는 아들(이를테면, 브루러스 또는 왕자 할(Hal))을 위한, 총을 맞는 아버지(이를테면, 그는 줄리어스 시저 또는 폴스텝)을 위한 연민과 공포로 가득하다. 프로이트가 등장하거니와, 왜냐하면 애란의 명예를 위해 죽이는 버클리는, 또한 아버지, 우상인 조상, 신비스런 사슴, 사람들의 꿈을 왕래하고, 심지어 방아쇠 손가락보다 한층 값진 백경(白鯨)(흰 고래)을 죽인다.

〈버클리〉(Buckley)가 끝나자, 고객들은 버클리가 총을 쏜 것은 정당하다고 말하고, 여관주인이 동의한다. 이리하여 스스로 죄지었음을 평결하는지라-그러나 동료 피의자들은-그리고 동료 피의자들, 고객들, 아들들이 그를 공격한 다음, 그는 독약을 마시고, 그의 왕좌에서 추락한다. "모든 남자들이여," 아나 리비아는 말하나니, 또 따른 경우에, "뭔가 중대사를 행했도다. 때 맞춰 모두들 늙은 생령(生靈)의 중요성을 이루었도다."

II부 4장

(383-399) 당신의 편지에 대한 많은 감사 그리고 4인의 에피소드에 대한 친절한 감상. "붉은 바다의 나쁜 게를 먹은" 다음 사자(死者)를 위한 안락원에 앉아있던 애란 대학의 유약한 역사 교수의 사진을 내가 당신에게 보내다니 이상한 일이오.[〈서간문〉, I, 205 참조]

이야기의-화자들은 늙었고, 그들의 상상력은 유년 시절의 상상력이 아닌지라-그의 마음은 유약하고 졸리도다. 그는 이야기를 시작하고, 그로부터 다른 이야기에로 이동하나니, 이야기들 중 아무것도 어떤 만족스런 총체를 갖지 않는지라,(그리고) 설명하는지라 - 그것의 노쇠의 충만을. [조이스: "아일랜드의 연혼" 레이디 그레고리의 〈시인들과 몽자들〉(Poets and Dreamers)에 대한 조이스의 리뷰는 "마마루요"에 대한 중요한 요소이다]

"마마루요"(Mamalujo)는 짧고, 마태 마가 누가 요한[복음자, 4대가들 참조] 또는 마태 그레고리, 마가 라이온즈, 누가 타피, 조니 맥도갈을 위해 집합적이다. 홍수 전후로부터의 이들 무시무시한 늙은이들은 베켓(Beckett)의 고대인들의 가장 친근한 원인이다. 〈경야〉에서 언제나 그들은 늙고 떠들썩하지만, 기념비적 노쇠함을 지닌, 여기 가장 늙은 자들이다. 자신들의 성마르고, 미친 듯한 기억의 흐름에 의해, 그들은 역사적 훈련을 괴물적이요, 작은, 기어오르는 뭔가의 속으로 움츠리게 한다. 우리는 그들을 판사들, 검열관들, 입법자들로, 아담이 고함치며 일어나려할 때 그를 끌어내리는, 억압으로 보아왔다. 그리고 우리는 억압의 다른 얼굴을 보아왔는지라, 추잡하고, 시기하는 위선자로, 〈수사나〉(Susanna)의 노인들처럼, 베디어의 〈트리스탄과 이솔드〉(Tristan and Isolde)의 4늙은 남작들처럼, 천박한지라. 4노인들은 〈경야〉의 간음자요, 독을 지닌 살상력이다.

"마마루요"에서 그들은 바다의 중얼대는 파도들로서, 그를 가로질러 배는 아일랜드로부터 움직인다. 배 위에는, "그의 남편의 요트 상에는," 콘월의 마크 왕의 견해를 집합적으로 구성하는 무능하고, 해체적인 4인들에 의하여 추파 당하고,

염탐 받는 트리스탄과 이솔드가 있다.

이 청중은 너무나 육감적인, 완전한, 스타일화된, 있을 법하지 않는 성교로 대우받는지라, 인쇄된 페이지로부터 사랑, 죽음, 및 호색을 영원히 추방(우리는 그렇게 생각하려니와)할 정도이다. 그 광경은, 그러나, 노인들을 얼마간 재생시키고, 차례로(아일랜드의 4주를 대표하며) 그들은 이솔드를 세레나데로 노래하나니-처음 그녀를 유혹하며-이어 노인들처럼 그녀를 이미 범했을 것을 요구한다.

작품의 2부는 유년 시절로 시작하고, 제2의 유년시절로 끝난다. 〈경야〉에서 여기 그리고 그 밖 다른 곳에서 트리스탄과 이솔드의 중요한 전거(典據)는 바그너[또한 밀디우 리사 참조]가 아니고, 베디에(Bedier)인지라, 그의 신경적, 매너를 띤, 나이브한 이야기를 조이스는 홍미로운 용도로 사용했나니-일종의 반(反) 버그너 용도라고나 할까? "마마루요"의 많은 세목들은 베디에를 읽음으로써 분명해진다.

베디에(Bedier)에 있지 않은 것은 트리스탄의 신분으로, 그는 아일랜드의 공주를, 그리고 아모리 트리스트람(Amory Tristram)을 훔쳐 도망치나니, 후자는 애란을 훔친 침입자들을 의미하거니와, 왜냐하면 애란 자신의 남자들은 4노령들과 마찬가지로 소녀에게 위안을 제공하지 않기 때문이다. 한 때 4노령들은 아일랜드가 낯선 자에 의해 포옹되는 것을 보았듯이, 그들은 그녀로 하여금 자신들에게 오도록 청한다. 그리하여 조이스가 세레나데를 부르는 4노령들을 저들 탁월한 저자들-조지 무어, AE, 쇼, 예이츠와 결합시키다니 비참하고 우스꽝스럽다. 예이츠의 모드 곤(M. Gonne)에 대한 제의와 그녀의 딸, 이슬트는 특별히 조롱당한다.

조이스는 정복하는 낯선 자의 성적 성공에 대한 아란 남성의 상처를 언제나 알고 있었다. 〈율리시스〉에서 "키크롭" 장의 한 부분인 로버트 에멧(Robert Emmet)을 참조하라-반도(叛徒)는 아일랜드를 위해 죽고, 그의 소녀는 돈 많은 영국 남자와 결혼한다. 또한 "태양신의 황소들"에서 "아드안 상찬"(Laudabiliter)인, 황소의 이야기 참조.

III부 1장

(403-428) 숀은 이미 서술된 사건들을 통해 밤에 뒤쪽 방향으로 여행하는 우체부에 대한 서술이다. 그것은 14정거장들의 십자로의 형태로 쓰이지만, 실제로 그것은 리피 강을 굴러 내리는 단지 한 개의 통일뿐이다. [〈서간문〉, I, 214 참조]

이 장은 당나귀와 헤르메스(Hermes), 셈과 숀 간의 대화이다. 만일 그것이 뒤쪽으로 여행하는 길로-검은 십자로라면, 헤르메스가 그의 형제 태양의 암소들을 훔쳤을 때 그에 의

해 뒤쪽으로 여행했던 길이다. 〈율리시스〉의 "태양신의 황소들"에서처럼, 신들에게 도둑맞고, 도살되고, 희생되는 소들은 〈경야〉의 2부 2장에서 아일랜드의 여성 다산인 젊은 소녀들로서, 그들에게 숀-헤르메스는 지상의 정절, 천국의 면허를 설교한다. 3부 1장을 통해 그걸 주목할지니, 숀은 모든 맛있는 음식과 음료를 게걸스럽게 먹는지라, 왜냐하면 때가, 고대로 유럽에서 풍부한 음식의 향연인, 사순절 전야의 사육제 시기이기 때문이다. 그러나 특별히 그리고 가장 사악하게, 숀은 자신이 도살했던 빕-스테이크 또는 새끼-암소들을 먹고 또 먹는다. 셈-아폴로(당나귀로 변장한)는 숀으로 하여금 자신의 범죄를 배신하게 하는 목적으로, 마치 형사처럼 질문한다.

호머의 "헤르메스에 대한 찬가"(Hymn to Hermes)는, 아마도 셸리(Shelley)의 번역에서, 3부 2장, 3장의, 아마도 3부 전체의 중요 서술의 원천이다. 헤르메스는 고대로 머큘리(Mercury) [주석: 벅 멀리건은 〈율리시스〉에서 머큘리인지라, 거기 "태양신의 황소들"(395-396)에서 그는 아일랜드의 여성들을 훔치거나, 빼앗은 계획을 갖는다. 멀리건의 계획은 황소(Laudibiliter)의 대화를 열심히 따르는 바, 그는 또한 아일랜드의 모든 여성들을 빼앗거나, 그들을 볼모로 삼는다, 토드, 헤르메스 트리스메기스터스(Hermes Trimegistus)와 동일시된다] 그리고 성 마이클처럼, 헤르메스는 영혼들의 지도자요, 수사(修辭)의 신으로서 자신의 힘에 의해 그들을 죽음으로 설득한다.

십자로 상(上)의(on the via-crucis) 후향(後向)하는 여행자로서, 숀은 또한 반(反)그리스도, 그리스도교의 "거짓 메시아" 또는 "그리스도의 원숭이," 마법사(시간은 밤중이다)이요, 그는 모든 그리스도의 기적들을 행사하기를 요구하나, 천국에 들어갈 수 없다. 3부 2장의 끝에서, 숀은 천국 또는 아메리카로 가려고 애쓰나, 할 수 없음을 주목하라. 당나귀는, 필자 생각으로, 변장한 그리스도[제리, 제리 고돌핀 참조], 밤의 어두운 구름 아래 숨은, 태양-신, 아폴로이다. (단테는 하느님과 아폴로를 동일시 한다) [〈낙원〉 I, 13 참조]

숀(Shaun)은, 다음 장에서 죤(Jaun)으로, 존 맥콜맥에 모델을 한 육체적 외모(나는 언제나 그를 기도 레니의 성 마이클처럼 통통하고, 무정형의 천사로 보는 바) 그리하여 그는(숀과 헤르메스처럼) 아주 빨리 자라고, 자신의 노래로 모든 마음들을 샀다-최저주(最咀呪)의 카리스마. III부 1장에서, 숀은 또한 우체부 숀, 고가티(Gogarty), 번(Byrne) 및 윈덤 루이스(Wyndham Lewis)에 많이 빚진다.

(409.8-419.11) 호머의 "찬가"(경쾌한 시)에서 아폴로는 헤르메스가 "암소 도둑 음모자"임을 시작부터 알고 있지만, 헤르메스로 하여금 육체적 지식을 허락하도록 하기 위해서 아폴로로 하여금 길고, 고된 시간을 요하게 한다. 헤르메스는 회피하고 항의하고, 매력과 아기 말(baby talk)을 소환하고, 엄숙한 맹세를 서약한다. 마침내, 자신이 얼마나 예민한지를 보이

면서, 그는, 소도둑의 "절묘한, 사기꾼 아이"로서, 여전히 살아있는 자신의 소들에게 아폴로를 인도한다.

비슷하게, 3부 1장에서, 당나귀는 숀에게 일련의 날카로운 질문들을 부과하는지라, 이는 편지의 지식, 성적 여성의 편지 델타의 지식, 숀이 "야간 수업"에서 얻고 부정했던, 지식을 숀으로 하여금 인정하도록 계획된 것이다. 숀은 먹고 성장하며, 우쭐하거나, 세심하게 성장하지만, 그러나 아니, 아니, 아니, 그는 돈과 섹스에 관해 아무것도 모른다 - 아니, 아니, 아니, 그는 그것을 결코 쓰지 않았다! 어느 날 그는 자기 자신에 대한 옹호, 냉담으로 죽이는 여인인, 스위프트의 스텔라에게 헌납된 "저금통장"(saving book)을 쓰리라. "여우와 포도"(디브스와 나자로를 또한 참조하라)의 자매편인, "개미와 베짱이"에서, 숀은 자신이 천국에서 미인을 가질 수 있도록 이 세계에서 소녀들을 보류하는 신중한 개미이다.

(419. 12 - 424. 22) 당나귀는 숀이 그가 다산의 편지를 나르고, 그가 그것이 의미하는 바를 알고 있음을 인정하도록 계속 압박한다. 숀은 편지를 설명할 것인가? 아니다, 그것은 숀에게 온통 희랍적(델타)이지만, 그는 편지가 오물이요, 그의 어머니와 형에 의해 쓰인 쓰레기임을 알고 있다. (여기 편지는 〈율리시스〉의 금지판(禁止版)처럼 들리기 시작한다) "한 더블린이 - 한 권을 텅빈 기네스 맥주 통에 에워싸여 - 유람선을 타고 애란 바다를 가로질러 그리고 리피 강을 거슬러 운반했다."(고만(Gorman),

304) 숀은 편지가 HCE에게, 그러나 주소는 언제나 잘못이요, 혹은 집으로부터 HCE에게 쓰였다고 말한다. 그러나, 숀, 그대는 유명한 형처럼 나쁜 말을 쓸 수 있었던가? 솀은 오히려 편지 쓰는데 어머니를 내세우거나, 편지가 부분적으로 숀의 작업이라고 말하는 악명으로 유명하다. 어떻게 그럴 수가? 글쎄, 그것은 부분적으로, 나의 작품이라, 숀은 말하기를, 숀은 솀을 파문선고(破門宣告)하리라. 왜? 그의 뇌우(雷雨)의 "뿌리 언어"(root language)(조잡하고 예수 십자의 초(超)언어, 부당한 언어, 성스러운 언어) 때문에.

　(424.23-426.4) 숀은 단지 편지의 선(善)만을 알기를 주장해 왔다. 이제 그는 잠시 쉬었다가, 뿌리의-조잡한-십자가 언어의 뇌우를 모방한다. 그대는 마찬가지로 거의 할 수 있는가, 숀? 숀은 이제 편지의(왜냐하면 2부 2장에서 역할의 변화 이래 숀은 편지를 발명한 토드 신의 역할을 취해 왔기에) 편지의 유일한 저자임을 대담하게 요구한다. [주석: 스태니슬로스 조이스 및 윈드함 루이스는 조이스가 허가 없이 그들의 문학적 발명을 사용한 것을 비난했다. 루이스는 말하기를, 그의 "별들의 적"(Enemy of the Stars)이 〈율리시스〉의 "키르케" 장의 어떤 극적 기법들을 공급했다고 했다] 숀, 그대는 너무나 머리가 좋은지라, 그대는 형보다 나쁜 편지를 쓸 수 있는가? 나는 한층 나쁘게 쓸 수 있으리라, 나는 그걸 할 수 있을지니, 그러나 그건 지나친 수고요, 그리하여 나는 불 위에 어머니를 올려놓으려고 애쓰는 누구에게든 불로 보낼지라. (성적으로 호색적 책에 의한 불 위에?)

(426.5-428.27) 숀은 자신의 범죄 지식을 인정해 왔다. 이제 그는 자신이 세발 의자 위에 서있을 때 자신의 친애하는 노모를 위해 우나니, 그것은, 그로스의 말대로, 교수대에 대한 빈 말이라. 올가미가 숀의 목둘레에 처 있고, 그의 팔목은 묶혀 있지만, 그러나 그는 도망치나니, [머큘리를 위한 찬가 참조] 왜냐하면 그의 통의 무개 자체가 그를 전도하고, 그리하여 그는 아메리카의 송금인으로서 생에를 위해, 뒤를 향해 리피 강을, 굴러내려 가기 때문이다 - 숀은 우리들의 애자였다. (숀은 기네스 수출용 맥주, 알콜 음료의 통(桶)인지라, 알콜 음료가 금지된 "메마른" 땅을 향해 나아간다. 그리고 숀은 한 개의 통인지라, 금지된 〈율리시스〉를 함유한다. 소도둑은 밀조제화자(密造製靴者)가 되고, 밀조제책자(密造製冊者)가 된다)

III부 2장

(429-473) 숀, 자신의 자매, 이씨에게 길고도 불합리한 그리고 오히려 친족상간적 사순절의 편지를 쓴 다음, 그녀를 떠나가는지라 "자신의 평행 눈썹의 보풀 아래로부터 애란의 경쾌함의 반 시선을 주나니." 이들은 독자가 볼 말들이나 그가 들을 것들은 아닌지라. 그는 또한 셈을 나의 "soamheis" 형제로서 암시하는 바, 그는 샴인(人)을 의미하도다. [〈서간문〉, I, 216 참조]

"두 번째 망보기"는 대부분 십자가의 8번째 정거장이다. 예수는 예루살렘의 딸들에게 말한다. 그것은 또한 자신의 형제 태양이 잠자는 동안 아폴로의 소들을 훔치고 도살하는 헤르메스이다[위의 3부 2장 참조]. 그것은 또한 〈돈 지오바니〉(Don Giovanni)와 저 비흐워드의 〈성 존의 정렬〉(St John Passion)의 혼성을 노래하면서, 오페라 무대로의 존 맥콜맥의 작별이다.

숀-이제 죤으로 불리거니와-는 수사(修辭)[조지아스 참조]의 뜨거운 김을 내뿜는 한 개의 통(桶)이요, 그의 난센스는 디오니서스(Dionysus)의 알약처럼 젊은 여인들에 영향을 끼친다. 쥬앙은 돈 주앙, 헨리 8세, 스위프트, 오셀로, 멋쟁이 잭-"친절로서 모두 죽이는 여인 살자(殺者)"-의 혼합이다. 그는 자신을 양보하지 않고, 한 자매에게 정절을 설교하기 때문에, 성 베네딕, 케빈, 패트릭 [주석: 괴상하고 불결한 책인, 〈3부 인생〉(Tripartite Life)에서, 패트릭은, 아일랜드의 한 노예인지라, 그의 주인에 의해 미지의 한 소녀와 강제로 결혼하도록 강요되었다] 그의 결혼야(結婚夜)에, 그는 정절을 기도했는지라, 아침에 그의 신부(新婦)가 자신의 노친 자매 주피터였음을 발견했다. 또 다른 이야기에서, 그는 한 노예를 만나자 그녀가 임신했음을 보고, 그녀가 죽을 때까지 그녀 위로 꽃마차를 몰았다. 패트릭의 정절의 결혼야(結婚夜)는 [〈백수(白手)〉(White Hands)의 트리스탄과 이솔드의 결혼야에 묵혔다] 파스칼, 에얼터즈, 등이다. 그는 신(紳), 어둠, 겨울, 불모, 사순절의 마귀요, 카니발적 인물이다. 그리고 그는 여전히 우체부 숀, 존 맥콜맥, 반 그리스도, 영혼을 죽음으로, 온통 친절에 의해, 인도하는 헤르메스이다. 아름답고, 정절의, 암소-소녀들 간의 크리시나처럼 뭔가 중요한, 바람둥이 여자로서, 그는 금발의 순경에 몸을 기대는 동안 설교하는지라, 순경은 죽도록 술 취하고, 흙 속에 곧추 매장되고 있나니-통나무, 심자가, 흉상, 남근적 상징?

때는 사순절(Lent)이다. (453.36) 쫀의 청중은 29신경질적 소녀들, 망령든 매나드, 암탉, 암소들, 2월[성 브리지드 소녀들 참조로 구성되고 있다. 혹은, 정확히, 그들은 춥고, 불모의 2월의 28딸들이요, 정절의 달(月)의 28국면들이다. 29번째 소녀는 쫀의 자매인, 이씨이요, 그녀에게 그는 자기 혼자만을 위해 예약된 정절과 정신적 사랑을 위해 탄원을 연설한다. 이씨는, 그러나, 윤여(閏女)이요, 독력으로 선택한다.

(431.21-457.24) 쫀의 설교 또는 연설 또는 "저금통장"은 스위프트의 죽은, 차가운 스텔라에게 헌납한지라, 그가 자기 자신의 형보다 더 사악한 편지를 쓸 수 있고, 쓰리라는 자신의 자만을 정당화한다. 그것은, 쫀이 말하나니, 마이클 신부의 충고에 기초하는지라, "안돼, 안돼, 절대로," 그것은 마이클 신부가 여성의 유혹에 꺾이는 순간에 언급된다. 그리고 그것의 말들은, 쫀이 가로대, 셈으로부터 의기양양 취해진다. 모든 것은 파생적이요, 모든 것은 미니교도적이라 통상 불리는 사상의 양상, 즉 그것이 정절 및 / 혹은 열매를 맺고 증식하는 것을 멈춤으로써, 종말에 달하는 것을 보는 육체적 세계와 결정의 혐오에 도달한다.[엘리엇의 〈황무지〉와, 조이스의 〈율리시스〉

및 〈경야〉처럼], 고대의 진술이 기록되어 있나니, 즉 육체적 비옥과 정신적 비옥은 문학적 게임에서 상교할 수 있는 만남이다. 이러한 만남의 인구 성장에 맡겨 세계의 시민들로부터 심미적 반응을 가져올 수 있는가? 조이스가 과잉 인구가 무엇인지 알지 못했음을 말할 수 없다. 애란인들은 서부 유럽의 나머지 이전에 그것을 알았다. [주석: 1845년에 인구는 8,295,061명으로 부풀었는바, 그것의 보다 큰 부분은 감저(甘藷)(potato)에 달렸다] 이것은 헤르메스 트리스메기터스(Hermes Trismegistus)의 주된 주제로서, 그의 말들은-내가 읽은 것들-지력의 결핍 때문에 두드러지다.

  죤은 델타, 또는 여성의 성적 특질을 알고 있음이 수립되었다. 그의 젊은 소녀 청중에게 그는 지식을 전시하고 부패시키나니, 이등변 삼각형, 십자가, 그리고 "태양신의 황소들"에서 니코라스 신부의 황소 의해[여우와 돌파구 참조]처럼, 다산적이 아닌, 황폐한 애란을 만들기 위해서다.

  비(非) 다산은 악마의 바람이라고, 〈경야〉와 〈실낙원〉(X. 979-1046)의 저자들은 말한다. 개인적 탐닉과 편애로부터 벗어나, 죤은 아일랜드의 여성들에 대한 정절을 권고한다. 그리고 무한히 한층 무모한 것, 그는 신중한 신뢰의 문제로서 그것을 권고한다. 이 세상에서 소년들을 포기하고, 이후, 모든 영혼의 상장(賞狀)인, 나를 즐길지라.

(457.25-461.32) 죤이 이야기를 멈출 때, 이씨는 그가 말한 모든 말에 동의한다. 베로니카(십자가의 6번 째 정거장)로서, 그녀는 손수건을 충실의 사랑의 증표인양 준다. 그것은 셈에게, 숀이 없는 동안 그에게 요구하는 편지로 들어난다. "뎅구는 법을 내게 코치하라, 지미여-여기 그리고 이후의 사랑은 이씨를 위해 아주 잘 행사하리라."

(461.33-468.22) 죤은 그가 자신의 뒤에, 위안자로서, 성령 또는 셈(여기 또한 죤 조나단에 대한 키릴로스의 사이먼 및 데이비드로 행사하는지라)을 언제나 두는 것을 의도하는 척 함으로써, 배신을 최대한으로 이용한다. 죤은 그러나 뚜쟁이 혹은 결혼 중개인 역을 행하는데, 가장 야비한 야유로서, 셈과 이씨가 서로의 팔에 안길 것을 권고하며, 자신은 그들의 결혼의 침상 곁에, 언제나 지키고 있을 것을 약속한다. 죤은 생명의 소녀 속의 섹스를 타도하는데 실패했었다. 그러나 남자들은 신경초(神經草)들이라, 수치스럽게도, 아일랜드의 "민족의 비개화(非開花)"는 셈으로부터 "송장처럼 인사하며" 다가온다. 이씨와의 그의 융합은 일어나지 않는다. 생각건대, 그와 죤은 재차 하나가 된다. (조이스는 데이비드와 조나단의 함께-짠 영혼을 성자로부터 성령의 불완전한 소유에 대한 유추로서 사용하고 있다는 생각이 든다)

(468.23-473.25) 만일 죤이 셈의 성적 가려움을 해친다면, 셈은 그가, 천국으로 그리스도처럼 날라 감을 암시함으로써, 죤의 신두(神頭)에 대한 허세를 해친다. 두 번, 죤은 날려다 추락

한다. 소녀들은 죽어가는 오시리스로서 그를 울며, 칭찬하지만,[조이스의 이 페이지에 대한 설명 참조,〈서간문〉, I, 263-264 참조] 작일(昨日)인, 자(者)를 밀폐하기 원한다. 세 번째로 죤이 천국에 도전하려 할 때, 그리고 분명히 강 속으로 굴러 떨어지려 할 때, 이씨는 그에게 노란 레테르 또는 스탬프(잎의 티켓? 패스포트? 수출 허가장?)를 준다. 고로 그는 아메리카로 갈 수 있다. 그는 그것을 그녀의 자신에 대한 믿음의 증표로 간주하고, 그것을 그의 이마에 부친다. 다시 그는 작별의 손을 흔든다. 소녀들은 29개 언어로 평화에 답한다. 이번에 그는, 천국으로 가 아닐지라도, 날라 오르는 바, 이어 별들로, 그러나 그들은 유해하고 골난 별들이다.[스텔라 또한 참조] 죤은 혜성 머쿠리(Mercury)이거나, 그가 우편 배달부인양 넘어져, 발로 걸어 떠난다. 소녀들은 그를 칭찬하고, 어느 날 그에게 돌아오도록 기도한다.

III부 3장

(474-554) 숀-죤은-3부 3장에서 욘으로 불리는데, 성장하여 마침내 공간을 채운다. 아일랜드를 온통 덮을 정도로 크게 성장한지라, 거기서 그는 양귀비 들판에서 잠든 채, 거대하고, 천사의 아이로, 달갑게 애통하며 누워있다. 이는 "인민의 아편제"로, 한 종교의 정연한 번안처럼 느껴지는지라, 그리하여 서술은 호머의 "찬가"의 잠자는 아이 헤르메스에 크

게 빚지고 있다. 유아네크(Uisnech)의 언덕(전통적으로, 아일랜
드의 중심으로, 거기서 4주들이 만난다)로, 4대가들은 그들의 당나
귀와 함께 욘의 구유로 온다. 당나귀는 미드(Meath)요, 이는
잃어버린 5번째 주(州)이다. 그리고 그는, 욘-죤-숀의 생활
의 보다 나중의 무대에서 그를 질문하는데 어떤 성공을 갖는
다.(3부 1장) 그러나 그는 3부 3장에서 몇몇 질문들만을 일러
받는바, 한편 4대가들은 심문, 부분 심리(審理), 부분 회의를
지닌다. 여기 조이스는 예이츠의 이야기. "매기의 숭배"(The
Adoration of the Magi)를 따르는바, 여기서 매기는 구유로 온
다. 한 매기는 중용이요 그를 통한다. 헤르메스 트리스메기스
터스(Trismegistus)는 이따금 개(dog)의 형태로 말한다. 더블
린의 신비주의자들을 훈련시키는 한층 더한 지식이 3부 3장
에서 빛을 던진다.

4대가들은 늙었고, 어리석으며, 싸우기 좋아하지만, 아무것
도 2부 4장에서처럼 그토록 노쇠하지는 않다. 각자는 좋아하
는 말들을 가지며, 각자는 아일랜드 특수 지역의 말투로서 말
한다. 당나귀는 이따금 그들 사이에서 통역하는바, 왜냐하면
그는 안내원이기 때문이다. 3부 3장에서 잠자는 거인 아이 욘
은 심령술사의 중재자이라, 그의 말의 장비로(헤르메스는 달변
의 신이었다) 많은 목소리들은 그것을 전화 교환이나 혹은 라
디오 방송국처럼 사용하면서 말한다.

이것은 검시관의 심문인바, 그것은 아담과 팀 피네간의 죽

음과 같은 과격하고, 비설명적 범죄에 대해서 뿐만 아니라, 해안이나 씻긴 해변 근처에서 잡히는 보물-수집품 및 왕어 (汪魚)에 대해서 그대로 재판권을 행사했다. 그들은 복음자들 이기 때문에, 4대가들은 물고기를 잡는데 관여하지만, 검시 관의 의무[477.18-30, 524-525 참조]는 이러한 관여를 보강한 다. 보물-수집품으로서는, 4대가들은 전적으로 하나로서 친 밀 해진다(477.35-501.5) 그 다음으로 젊은 두뇌 고문단에 의 해 환치(換置)될 때까지(529.5), 그들은 HCE의 죽음의 상항을 심문한다.

(497-499) 보물 수집품은 물론 손수레, 분지, 또는 퇴비더미 의 내용물인바, 거기는, 뮤트가 쥬트에게 말한 대로, 무수한 "생화(生話)들", "고지로부터의 들것들", 그리고 아나 리비아 와 HCE, 모든 보석 탐색의 대상물이 매장되어 있다. 검시관 의 최초의 염려는 이것이 과연 편지-축적, 이 잠자는 우체부 임을 수립하는데 있다. 그들은 자신들이, 그녀의 남편을 전시 하거나, 옹호하면서, 아나 리비아에게 관심을 나타낼 때까지 편지들과 생화(生話)들에 관해 질문한다. 이어 그들은 토루 속 에, HCE가 그의 경야에서 피네간인양 누워있는 자신에 관심 을 보인다.

(477.31-486.34) 양친에게로 나아가는 길이 아이들에 관한 암울하고 무질서한 경로들을 통해 놓여있다. 첫 편지 혹은 목 소리는 〈3부의 생활〉의 패트릭보다 아주 딴판의 보다 나은 사

람인, 〈참회〉의 성 패트릭으로서 말하는 셈의 목소리이다. 관자놀이 위의 탄트리스 T, 입술들, 가슴은 패트릭으로 하여금 3비전을 갖게 하는데-트리스탄, 스위프트, 그리고 내가 알아마칠 수 없는 제3자이다.

(487.7-491.36) 우체부-로서-숀이 다음 말한다. 앞서 페이지에서, 그는 패트릭의 류(類)다 그리고 가짜 케빈으로 나타났었다.[또한 빅토 참조] 이제 숀은 셈과 언쟁하고 그를 짓밟는다. 이어, 필자가 알지 못한 구절에서, 그는 자기 자신과 그의 형을 브라운과 노란으로 말한다.

(492.1-501.5) 우리는 HCE에 대한 아나 리비아의 증언 대신, 경야의 피네간으로 되돌아오거니와(497-499), 여기 모든 이가 목적하는 현현(에피파니)이 있다. 그는 움직인다-그대는 내가 죽었다고 생각하는고?-그러자 4대가들, 언제나처럼, 그를 말하게 하지 않으리라. 그들은 말을 중단시키고, 자력적(磁力的) 폭풍우 속에서처럼 잼 라디오 보도, "그이 위에 소리의 소리"인양 우쭐대고, 전쟁을 예언하거나, 그것을 재연하는 조상의 회오리바람 같은 목소리들-크롬웰, 패트릭, 스위프트, 파넬-을 풀어놓는다. 그리고 그 뒤로 라디오의 침묵이 있다.

(501.9-528.26) 막이 내리고, 보물-수집품에 대한 심문은 성공 직전에 좌절 된 채, 끝난다. 심령술의 라디오가 이제 HCE 의 추락으로 조율된다. 우리는 1부 2-4장의 인물들과 사건

들의 복귀를 통해서 되돌아가나니 - 의심할 바 없이 꼭 같으나 다르도다. 4대가들에 의해 질문된 최후의 증인인, 이씨로서,(143-148)에서처럼 아주 많이 "그녀 내부의 스스로와의 독백"을 부여할지라도, 한층 점잔빼는, 호색적, 그리고 자기도취적이라.

4대가들은 점진적으로 어리석고, 싸움을 좋아하여, "신품두뇌 고문단의 명석한 젊은 녀석들"(bright young chaps of the brandnew braintrust)에 의해 대치되는데, 후자들은 우리들이 보다시피, 생선으로서 - 부친을 잡으려고 진짜 노력한다. 그들은 "모친의 재가(裁可)"에 부속돼 있으니, 왜냐하면 추문(醜聞) 폭로자 또는 백세녀(白洗女)로서 아나 리비아는 그녀의 남편이 알려지기를, 먹힌다고 말해지지 않기를 바란다.

(528.26-532.5) 불만스러운 가족 하인들(남자 하인은 방주를 폭발하고 싶은이)로부터 소식을 들은 다음에, 젊은 두뇌 고문단은 이전의 프로그램을 *끄고*, "일어나, 유령 나리"(Arise, sir ghostus)라고 말하며, 그들의 부친의 목소리를 불러낸다. 아들들은 4대가들이 하지 않을 것을 행한다. 그들은 가장 중요한 증인을 스탠드로 호출한다. 그러나, 2부 3장에서처럼, 아이들은 TV세트를 주점 안으로 들어 보내고, 그들이 사적으로 들어가는 대신, 고로 이제 단지 그들의 아버지, 라디오 유령. 한 목소리를 겨우 되 불어 올 뿐이다. 그것은 단지 부분적 에피파니이다.

(532.6-534.2) 암스테르담 또는 신교도로서, HCE는 로마에게 말을 걸며(헨리 8세 인양), 경솔하고 설득력 없는 방법으로, 자신은 한 충실한 남편에 불과하다고 항의한다. 그는 소녀들을 추적하지 않았다. (우리는 무덤으로부터 그를 불러 이를 우리에게 말하도록 했던가?)

(534.7-535.21) 이제 그는 대정(大靜)으로서 계속하고, 더 많은 공격을 부정하며, 푸른 앵무새의 저 범인, 목 조르는 자(샴페인 병따개), 캐드를 비난한다, 소녀들로 말하면, 그들은 창녀들이었다.

(535.26-539.16) 노(老) 백구(白丘)(화이트 호우드) 또는 세바스티안 또는 오스카 와일드로서[화이트헤드, 트라버스 참조], 그는 자신의 작품 〈심연에서〉(De Profundis)의 슬픈 푸념을 띠고(확실히 이때껏 쓰인 가장 당혹스런 책) 자신의 죄를 인정하며, 벌 받아 마땅하다. 그러나 감옥 임기는 모든 사람들이 죄를 지었기에 가벼워야 한다. 그는 "모든 관행들을 전적으로 중지" 하리라. 그에 대한 모든 공격은 사실이 아도다. 그리고 그는 후회한다.

(539.16-554.10) "후회"(repent)라는 말은 그를 좀처럼 피하지 않았다, 그리고 그 때 덕망의 나약한 댐이 터졌다. 그는 고매한 정신적 소년다운 자만, 건축청부업자 다이더러스의 자만 속으로 진수한다. 〈내가 작업한 것〉(WHAT I HAVE WROUGHT)의 휘트만다운 카타로그(Whitmanesque catalogue)에서, 그는 1906년의 파르테논 신전과 뉴욕의 빈민굴을 허풍떨며[론트리 참조], 지상의 한 가지 저주사(咀呪事)를 위해 결코 사과하려 하지 않는다. 더블린은, 물론, 가장 허풍떨었 던 도시이다. 왜냐하면(헨리 제임스가 발자크에 관해 쓴 것을 적용 하면) 자신의 활동적 의도에서 H.C 이어위커는 그가 할 수 있 는 한 열심히 그리고 크게 더블린 시(市) 속으로 우주를 읽으 려고 애쓰기 때문이다.

자만의 첫 부분(546. 24까지)은 남성적이다 - 이브의 탄생 전 하느님 또는 아담[아담 카드몬 참조]그 후로, HCE는 아나 리비 아 관에, 대해, 위해 창조하며, 그녀가 의지하든 안하든, 자 연적 세계를 개혁한다. "나는 그녀와 단호했도다."(I was firm with her)

나는 HCE가 결코 후회하지 않을 것이요, 저주받을 것을 확 실히 느낀다. 그것은 그가 죄책감이 없거나, 사회적 의식이 없어서 그렇기 때문이 아니요, 자연을 강탈했기 때문이 아니 다. 그는 자신이 우리들의 남성적 문화 - 벽, 가족, 도시, 특히 도시의 건축청부업자이기 때문에 저주받는다. 그리고 그 자 체로, 그는 하느님의 창조의 특권과 다툰다. HCE는 건축하 고, 그런고로 추락한다. "우리는 이들 굶주리는 도시들과 건 립자들을 존중하도다. / 그의 존중은 우리들의 슬픔의 이미지 이다."

III부 4장

(555.13-558.31) 그림 앨범의 또 다른 진행은 우리를 3부의 처음에서, 침실의 아버지와 어머니에게로 인도한다. 때는 한밤중이요, 그들은 오베론(Oberon)이요 타이타니아(Titania)이다. 이제 시간은 거의 아침 6시요 그들은 요정 같은 쌍이 아니라, 단지 일버트와 빅토리아 일뿐-리피 부두들이요, 두드러지게 세속적 왕족의 내외이다.

(558.35-560.21) 이 장은 만인 건축자의 자랑의 감정적 정상으로부터 내리 인도하여, 우리에게 HCE 역시 인류의 단일 멤버임을 상기시킨다. 이런 목적을 위해, 조이스는 블룸의 것처럼 검소한, 채프리조드의 검소한 여관, 침실을 보여준다. 이 소박하고 아름답지 못한 가정은 진짜임을 틀림없다고 생각하거나, 이곳으로부터 덩치 큰 여관주인과 그의 작은 아내가 이장에서 그토록 풍성한 왕과 여왕의 역을 위해 일어서는 것을 상상 하는 것은 당연하다. 그러나 주목할지니, 소박한 인생은 무대 위의 한 장면처럼 특별히 보여 진다. 우리는 이어위커 가족이(여기 포터 가족으로 불리거니와) 왕의 위엄을 행사하거나 또는 왕의 위엄이 삼두정치에서 마리 안토네트(Marie Antoinette)처럼 저속한 생활을 행사하는지는 확신할 수 없다.

침대의 모퉁이에, 4대가들은 서 있는지라, 각자 차례로 그의 특별히 유리한 점으로부터 염탐의 행동을 서술한다. (영향을?) 상상컨대, 네 번째 망보기는 4막들, 각 막을 위해 다른 비평가와 함께, 일종의 결혼 놀이인 듯하다. 마테는(559.22), 마가는(564.2), 누가는(582), 요한은(590.23)에서 시작한다.

(558.32-563.36) 양친은 꼬마 셈-젤리로부터의 한 가닥 부르짖음에 의해서 잠에서 깨어난다. (그것은 "세 번째 망보기"의 종말에서 당나귀의 부르짖음이기도 하다) 어머니가 새벽처럼 그녀의 침대에서 일어나, 등불을 들고, 이층으로 돌진하고, 그녀 뒤를 남편이(새벽처럼, 아나 리비아는 샛노란 도복을 입고, 차가운 침대에서 빛과 함께 일어나, 젊은 사내를 뒤따른다) 그들은 아기 이씨가 귀여운 잠 속에 누워있는 첫째 방으로 들어간다. 그녀의 아버지는 경이와 욕망으로 그녀를 쳐다보자, 구절은 잠자는 이모겐(Imogen)에 대한 언급들로 충만하다. 이어 그들은 쌍둥이의 방으로 간다. 아버지는 왼쪽에 천사 같은 케빈을, 오른쪽에 악마 같은 젤리를 본다. 그들을, 악에서 선으로, 분리해서 말하기는 쉽지 않은지라, 양자 뭔가 값진 것으로 보인다-고로 HCE는 그들 사이에 자신의 축복을 남기나니, "케리제빈"(kerryjevin). 이것이 I막의 끝이다.

(564.1-565.32) HCE의 축복은 그의 운이요, 남자의 재산이다. 그것은 저 재산의 꿈의 비전-아버지의 둔부처럼 보이는 피닉스 공원-첫 번째 장소의 저 놀란 젤리-셈(that frightened Jerry-Shem)이다. 이제 그의 형제는 고함에 합세하고, 그들의 아버지가 자신이 그들의 친구임을 확신할 수 없자, 그는

그들에게, 수치-닥쳐! 외치며, 자신의 저주를 그들 사이에 나눈다. 어머니가 셈을 위안하나니-그건 모두 꿈이야, 마족(魔族) 같으니(magic nation), 표범은 없는지라, 방에는 나쁜 아비들은 없고, 내일이면 부친은 사업상 더블린으로 가리니-나쁜 부친을 타(打)할지라.

(565.33-570.25) 어머니가 무릎을 꿇고, 소년을 위안하는 동안, 이층의 진짜 높은 생(life)이 부친의 "마족"(magic nation)속에 시작한다. 그의 가정은 왕실의 만족스런 장면을 형성하는데, 거기 아들들은 탑의 왕자들이요(암살 될), 어머니는 수동적으로 무릎을 꿇고, 딸은 그의 뺀 칼에 머리를 굽힌다. 군주의 진행이 뒤따르는지라, 평화, 축하, 화창한 날씨의 시간. 이제 시장(市長)이 된, HCE는 왕을 배알하고, 작위를 받고, 연설을 한다. 종의 울림, 음식, 음악, 놀이들, 귀부인들이 마련된다. 그래요, 포운터페미리아스 경(Lord Pournterfanilies)은 두 아들과 한 딸을 가진 착한 기혼남이라.

(570.26-572.17) 딸에 대한 생각이 성적으로 아버지를 발기시키나니, 그는 스스로, 이솔드를 알아차린 채, 스스로를 트리스탄으로 상상한다. 그의 아내의 목소리가 그를 방해하는지라(미티 부인처럼)(like Mrs Mitty's), 셈을 말하면서-이제는 한층 조용하다. 원망스럽게, 아버지는 자신이 아내에게 합법적으로 권리가 주워졌고, 야수(野獸)(표범)가 아님을 생각한다. 그들이 소녀들의 방을 떠날 때, 어찌 곧 보다 젊은 세대가

문을 노크하며 다가올 것인가. 그는 자신의 딸의 문을 열고, 재차 그녀를 바라본다.

(572.18-576.9) HCE의 가정은 또 다른 궁전으로 변모하는데 - 가정의 관계. 그는 궁전의 만족할 지배 속에, 특히 남성의 지배 속에 있었나니, 이제 그의 아내는 그에게 무실(無實)의 부담을 가져온다. 호노프리우스(Honuphrius)와 아니타(Anita)(아나 리비아)의 상황이 가톨릭 성당으로 해결되는 마토란 신부(Father Matharan's)의 결혼 문제집 위에 노령을 이룬다. 필자는 잇따르는 문제 혹은 재판을 이해할 수 없기에, 거기 문제는 의류 체크의 형식으로 논의 될 것이요, 하원(下院) 앞에 제출지라.

(576.17-582.27) 양친은 아래층 침대로 그들의 진행을 계속하는 바, 한편 조이스는 그들을 우리들의 조상들, 모든 남자와 모든 여자를 이루는 타이틀과 성취물로 목록한다. 한때 층계 아래 그들은 재차 작은 사람들이 되는지라, 그들의 후손들은 사양과 무성의로 그들을 받아드린다. 이는 2막을 끝낸다.

(582.28-590.22) 재차 침대에서, 양친의 교접이 크리켓-시합처럼 이야기되고, 그에 대한 뉴스가 전 세계 및 혜성 위로 뻗적인다. 그것은 수탉의 새벽을 위한 울음으로 끝난다. 애초에 공공연하게 알려지지 않는 것은 HCE가 탄생 방지물(콘돔)을 사용해 왔다는 것이다. 그의 교접 후의 슬픔 속에, 그는 이 실패를 3군인들과 2소녀들에 대한 저 스캔들이 알려지고 모든

그것으로 합류함을 낳는 것이라 생각한다. 어떠한 황폐도, 어떠한 무권위(無權威)도 그를 구하지 못할지니 - 모두들 그를 무대 위에 올려놓을 것이요, 그의 아이들은 야유할 것이다. 그는 법원에서 재판을 받을 것이요, 그의 딸은 그를 떠날 것이며, 그는 선거에 질 것이요, 그는 재차 여인, 등등과 성공하지 못할 것이다.

IV부

(593-628) 4부는 사실상 3부작이다 - 비록 복판 창문은 거의 비치지지 않을지라도 환언하건대, 마을의 가상된 창문들이 점차로 새벽에 의해 비치는지라, 즉, 이는 한쪽에 성 패트릭(일본의) 및 (중국의) 대 드루이드 버클리의 만남을, 그리고 성 케빈의 점진적 고독의 전설을 대표하나니, 셋째는 노르망디의 이유에 매장된, 더블린의 수호 성자, 성 로렌스 오툴이다,

조이스가 프랭크 버전에게(구술된 바): 4부의 성인전의 3부작(the hagiographyic triptych)(성 L. 오툴이 단지 개관되고 있거니와), 한층 많은 것이 대 드루이드와 그의 상업영어 및 패트릭(?) 및 일본 영어 사이의 대담 속에 의도되고 있다. 그것은 또한 작품 자체의 변호이요, 고발로서, B의 색깔론과 패트릭의 문제에 대한 실질적 해결이다. 따라서 이전의 뮤트와 제프의 바투어(語)(아프리카 흑인어)구절: "Dies is Dorminus master."(때가 낮일 때, 낮은 잠을 넘어 주님이라)[〈서간문〉 I. 406 참조]

(600-606.12)#1 "성 케빈의 고립", 이는 "아나 리비아의 저 부분(202.35-204.20)을 재화하거니와, 거기 강-소녀는 위클로우 군, 러그로우의 정절의 승려를 자신에게 수태하도록 성공적으로 유혹한다-그녀를 위한 아이들, 그이를 위한 죽음을, 4부에서 성 케빈은 글렌다로우로 이사하고, 완전한 정절의 고립에 집착하여, 컵의 술을 마시지 않는다. 대신 그는 욕조를 발명하고, 이 성배 속에 정제된, 성수를 붓고, 그 속으로 들어간다. 이러한 은퇴 속에, 암살되고, 영원한 정절로 선고받는 것은 여성이다. 남성은 그녀를 자기 자신을 깨끗하게 하고, 그의 정신성을 도모하고, 마리아의 처녀 자궁에도 돌아가게 하는 탁월하게 실질적 목적을 위해 사용한다. 조이스는 아일랜드의 성자는 그들 자신의 영혼을 새척하고, 카슬린 니 호리한의 육체적 및 정신적 필요로부터 그들 자신을 고립하는 것을 말하는 듯하다. 조지 무어(George Moor)의 소설, 〈호수〉(The Lake)는 이 구절의 원초적 전거이다.[〈서간문〉, II, 154 참조]

(609.24-613.14)#2 리어리 왕 앞의 성 패트릭과 대 드루이드 버클리간의 대화는 뭔가 중요하지만, 필자는 알지 못한다-아무튼 〈초고〉를 참조할지니, 거기 구절은 가장 분명한 형태로 부여된 바, 그 곳에 색깔은 그것이 일어나는 빛의 특질에 의해 결정됨을 말하는 듯하다. 해거름의 불확실한 빛 속에, 셈은 "익살극"에서 이씨의 색깔인, 연보라를 맞추는데 실패한

다. 새벽의 불확실한 빛 속에서(그것의 색깔은 일몰의 반대인지라) 셈-패트릭은, 올바르게 추측하거나 혹은 아무튼, "실질적인 해결"을 성취한다. 낯선 자, 패트릭은 상(賞)을 타는데, 그것은 아일랜드임에 틀림없다. 성 케빈과 패트릭이 물-로서의-여인 그리고 일곱-색깔로서의-여인에 대한 실질적 해결을 발견함을 주목하라. 또한 주목할지니, 양 전설들은 이전에는 반대로서 이야기 되었다. 이제 그들은 받아진 것으로 이야기 된다.(그들의 대낮 양식으로?) 성 케빈은 여인의 유혹에 굴하지 않았다. 성 패트릭은 대 드루이드를 극복했다. 다음이 가능한지라(나는 알 수 없다), 즉, 리어리 왕(King Leary)은 성 로렌스(라리) 오툴과 결합하는지라, 그 이유는 그들 양자는 낯선 자들-즉 패트릭, 앵글로-노르만인들을 아일랜드로 들여보냈기 때문이다.

(613.15-628.16)#3 3부작의 한 가운데 창문에는 아마도 성 로렌스 오툴, 아마도 그의 죽음, 아마도 프랑스에서 그의 무덤이 그려져 있을 것이다. 필자는 그가 더블린을 앵글로 노르만인들에게 항복하도록 권유한 것 말고는, 더블린의 수호 성자에 관해 아는 바가 없다. 아마도 거의 설명되지 않은 채, 윤곽이 흐린 S. L 오툴은 배경에 놓여있는 반면, 전면은 더블린의 보다 늙은 수호 성자들인 HCE와 아나 리비아-언덕과 강이 놓여 있다. 필자는 다음과 같이 상상하는데 어려움이 없거니와, 즉 조이가 자기 자신을 더블린의 수호성자로서, 더블린에서 희미하게, 대륙에 매장된, 이국땅의 망명자로서 생각했을 것이다.

성 케빈은 위클로우 군에서 유혹을 격퇴했다. 성 패트릭은 슬래인(Slane)에서 유월절의 불을 지폈고, 타라(Tara)에서 대 드루이드와 논쟁했는지라 - 양자 미드 군에서. 성 로렌스. HCE, 아나 리비아는 더블린 군에 속한다. 잘은 모르지만, "성인의 3부작"은 호우드, 채프리조드 또는 이유(Eu)의 마을 성당의 "진짜" 불결한 유리 창문이다. 위클로우, 더블린, 미드 군들이 인접해 있어서, 그들의 윤곽이 아주 아름다운 3부작인지는 모를 일이다. 고로 3부작은 성당의 부분(의심할 바 없이 건축설계업자인 피네간에 의해 세워진) 그리고 풍경의 부분인바, 즉, 새벽에 차차로 비치는, 애란 공화국의 3극동의(easternmost)주들이다.

새벽이 소환되고, 애란에 당도한다. 그러자 더블린 시와 애란의 모든 주들이 태양이 다가옴을 또한 기도한다 - 잠자는 자여 깨어나라! 태양은 오지 않는지라, 시민이 서서 기다리는 한, 또는 갑작스런 공황 속에 숲 속에 숨기 위해 도망치는 한, 말이다.

"이 세상의 전질 2절판을 쓴 극작가 - 그걸 서툴게 썼나니, 처음에 우리에게 빛을 그리고 이틀 후에 태양을 주었다." - 4부에서 극작가는 아나 리비아에게 빛 혹은 새벽을 있게 한다. 이제 그것은 그녀인지라, 그 밖에 아무것도 작동하지 않을 때, 그녀는 태양 또는 남편에게 그의 침대에서 일어나도록 그리고 그녀와 함께 호우드 꼭대기로 돌아서 가도록, 그리고 이어 그녀와 함께 리피 골짜기 속으로 내려오도록, 감동적이요 아름다운 호소를 한다. 그녀는 죽어가는 여인, 바다로 나아가는 강이다. 그녀의 궁지 속에 그녀는 부른다. 그는 예스(예)혹은 노(아니)를 대답하지 않는다.

아나 리비아의 백조의 노래는 끝나는바, 추측건대, 죽음의 바다 속으로 "비치는 흐름의 긴 마지막 도착을" 위해 나아가는 시인의 영혼이다. "죽은 사람들"과 〈율리시스〉의 모습을 닮아, 〈경야〉의 종말은 우아하게 모양내는 바, 고로 그것은 수많은 방도로 읽힐 수 있다. 필자가 제일 좋아하는 종말은 문-밖이요, 일종의 동화를 닮았다. 그것은 언덕을 오르는, 강을 따라 걷는, 바다 속에 빠지는 한 여인에 의하여 말해지는, 일종의 극적 독백이요, 그 동안 내내 그녀는 그녀 곁에 묵묵히, 걷는 거대한 남성 인물에게 말한다.

또는 그 밖에 그녀는 홀로, 내적 독백으로, 밖을 걷는다. 혹은 그녀는 침대 속에 있는지라-깨어나며, 꿈꾸며, 죽으며, 극적 또는 내심적 독백, 한편 그녀의 남편은 그녀 곁에 누워있거나-혹은 아니다.

"일어날지라, 가구(家丘)의 남자여, 당신은 아주 오래도록 잠잤도다!" 생각하기에 아주 진저리나게, 그는 아무것도 말하지 않는다. 생각하기에 견딜 수 없도록, 그는 그녀의 멋진 수사(修辭)가 강도(强度)와 번민 속에 증가할 때 그것에 전혀 답하지 않으리라. 그러나 우리는 오래 전에 보아왔나니, 〈경야〉

의 첫 장에서, 팀 피네간은 늙은 아내를 위해 일어나지 않았다. 모든 독자는 그 질문에 독력으로 답해야 하리라. 수사(修辭)는 부활의 게임에 적절한고?

〈율리시스〉의 종말에서, 몰리 블룸은 "그래요"(yes)를 말할 수 있고, 〈경야〉에서 아나 리비아는 "핀, 다시! 가질지라"(Finn, again! Take)를. 그러나 태양-그는 솟을 것인고? 〈율리시스〉처럼, 4부는 독자를 정적(static), 마비된 채, 단단히 고착되어, 남성 의지의 신비의 수령에 빠진 채, 남긴다-그것의 욕망과 결의의 이중의 의미 속의 "의지를!"

〈경야〉의 첫째 페이지에서, 분명한 것이란-비코의 환이야말로 자상하게도 순환했음이. 우리는 그것이 그럴 거라 생각했나니. 첫 페이지에서 피네간은 추락하도다. 그리하여 뒤따를지니, 마치 낮 밤처럼, 4부의 종말에서 피네간이 침대 밖으로 일어나지 않거나, 혹은 〈경야〉 끝 페이지(628)쪽에 인쇄된 문자들과 〈경야〉 3에 인쇄된 문자들 사이에 존재할 어떤 간격 속에 그가 일어나지 않는 한, 그가 추락할 수 없음이. 그런고로, 만일 4부가 1부의(또는 I부 1장의) 첫 절반의 환(環)이라면, 피네간은 과연 일어나고, 그리하여 우리는 조이스의 언명을 사실로서 받아드릴 수 있다: "사자(死者)의 책은 또한 낮의 다가오는 4번째의 장들이라." [이상 글라신 저의 〈경야〉: 세 번째 통계조사(Third Census of Finnegans Wake(xxiii-lxxi) 참조]

James
Joyce
The Illicit
FINNEGANS
WAKE

3

불법의 〈경야〉

The Illicit Finnegans Wake

사람은 꿈을 전혀 꾸지 않거나,

혹은 홍미로운 양태로 꿈을 꿈꾼다.

우리는 같은 양상으로 깨어나기를 배운다

전혀 않거나, 혹은 홍미로운 양태로.

프리드릭 니체

우리들 독자들은 양자를 서로 대조하고 있다. 즉, 율리시스)는 조이스의 서책들의 여타 위에 탑 격이요, 그것의 고상한 독창성과 사고(思考)와 문체의 선명에 비교하여, 불행한 〈경야〉는 위조의 민속적 무형의 그리고 둔한 덩어리 이외에 아무것도 아닌 듯하다. 그것은 옆방의 한결같은 코골이며, 불면증적 가장 악화한 책의 차가운 푸딩이다. 〈경야〉의 거짓 모습(정면)은 아주 인습적 그리고 칙칙한 공동 주택을 가장하고, 천국의 음률단지요, 휘기한 편취(騙取)들은 전적인 무미로부터의 해방한다.

블라디미르 나보코브(Vladimir Nabokov)(1899-1977)는 러시아 태생의 미국 소설가요, 시인으로, 12살 난 소녀에 대한 중년 남자의 강박관념에 관한 소설인지라, 〈로리타〉(Lolita)로 세상에 널리 알려졌다. 그는 〈경야〉를 부정한다.

1924년에, 에드먼드 고스(Edmund Gosse)는 조이스의 〈경야〉의 무가치성, 후안무치, 그리고 외설성을 노정했는지라. 그는 영어의 비평가들의 수석(dean) 이지만, 필경 무재(無才)

의 인간으로 질서의 문학적 협잡꾼(literary charlatan)임을 들
어낸 셈이다. 고스는 계속하기를, 〈율리시스〉는 취미에 있어
서나, 문체상으로, 만사에 있어서 - 그리고 무정부적 생산품으
로 노정했다. 조이스 만큼 어느 중요성의 저자로서, 영국적이
요, 생각의 중량과 판결의 비평가는 없다. 이러한 언급들은
그 당시에 보수적 의견으로 두드러지다. 심지어 보다 젊은 비
평가들도 때때로 조이스를 등한히 했으며(무시했으며), 혹은,
그들이 그를 지목했을 때에도, 얼마간 영락(零落)하기도 했다.
이는 〈경야〉를 등한히 한다.

〈경야〉를 모더니즘 및 포스트모더니즘의 수많은 비평가들,
이를테면, 소련의 바크친를 비롯하여, 한편 타국의 비평가들
인, 바스, 리오타드, 케빈, J. H 데트마르 등 비평 이론들의 카
테고리에 집약하여 조이스를 가혹하게 분석한다. 특히, 초창
기의 에즈라 파운드는 조이스의 〈경야〉에 대한 윌리엄 포크
너의 부정적(무시하는)(Ignorring) 평가에 초점을 맞춘다.

〈경야〉는, 물론, 평론가들의 거의 모든 자들에 의해 초창
기 포스트모던 텍스트의 사악(邪惡)으로 사료되는 책이다.
즉, 아하브 하센(Ihab Hassen)이 부르는 "우리들의 후기현대
성"(Postmodernity)의 엄청난 악한 예언이요, 우리는 지금까지
조이스를 그렇게 발견하기 시작해 왔다. (많은 심오한 독자들에
게 반영하게도) 그러나 우리는 유의할 방법을 결정하지 못했다.
그는 조이스를 포스트모더니즘에 대한 책의 작가로서, 그럼,

이 글은 거칠한 행보(行步)임에 틀림없다. 그리고 이 글의 제목이 암시하다시피, 그것은 크게 무시되어 왔다. 〈경야〉에 관한 비평적 글이 성장하는 몸체는 많은 대륙의 계속적인 이론가들에게 행사되는 계속적인 나쁜 매력으로 입증되고 있다. 그들은 마이클 부토(M. Butor), 제크 데리다(Jacques Derrida), 움베르트 에코(Umberto Eco), 이탈리아 태생의 소설가요, 기호학자인, 그의 소설 〈장미의 이름〉(The Name of Rose)을 비롯하여, 〈고답적 현실의 여로〉(Travels of Hyperreality)가 있다. 줄리아 크리스테바(Julia Kristeva), 자크 라캉(Jacques Lacan)(프랑스 정신분석학자 및 작가)을 비롯하여, 뛰어난 포스트구조주의자, 특히, 구조주의 언어학의 견지에서 프로이트의 심리학 및 무의식의 이론자, 필립 솔라스(Philippe Sollers) 등의 선창(癬瘡)의 비평가들이 수다하다.

그리고 그 밖에 타자들 및 하브 하센(Hab Hassan)의 〈오필스의 해체: 포스트모던 문학을 향하여〉(The Dismemberment of Orphgeus: Toward a Postmodern Literature), 그의 〈실증비평(實證批評): 세월의 7가지 명상〉(Paracriticism: Seven Speculations For the Times)(1975)은 그가 모든 선량한 구조주의자들, 포스트구조주의자들이 〈경야〉의 천국으로 가는 도중이라 했다. 확실히, 〈경야〉의 원천은 조이스 지역사회에서 마찬가지로 지난 25년 동안 비상하게 강건해 왔다. 노만 O. 브라운(Norman O. Brown)의 〈닫히는 세월〉(Closing Time)(1973)을 시작하여, 마고 노리스(Magot Norris)의 〈경야〉의 탈중심의 우주〉(The Decentered Universe of 〈Finnegans Wake〉)(1976), 존 비숍(John Bishop)의 〈조이스의 어둠의 책〉(Joyce's Book of the Dark)(1986), 대이비드 해이먼(Danid Hayman)의 〈통과의 경야〉(The Wake in Transit), 킴버리 J. 데브린(Kimberly J. Delvin)의 〈피네간의 경야의 방랑과 귀환〉(Wandering and Return(1991), 그리고 존 캐이지(John Cage)의 〈피네간의 경야를 통한 서체〉(Writing through Finnegans Wake)((1976-1981)의 선량한 5개의 창창(蒼蒼)한 할부(割賦)의 호평들이 있다.

만일 포스트모던의 순간을 위해 쓰인 방대한 책이 한 권 있다면, 그것은 〈경야〉인 듯 보일 것이다. 과연, 의심하기 시작할지니, 만일 조이스가 〈경야〉를 쓰지 않았다면, 당대의 문학 이론은 그것을 발견해야 할지니, 왜냐하면 그것의 의지적으로 지나친 결정적 구조와 자기 의식적 바벨의 언어들과 포스트구조적 이론은 포스트모던의 〈생마〉(生麻)(ecriture)의 모든 양상을 위한 이상증(理想證)을 발견한다. 마고 노리스(Margot Norris)가 서슬 하듯, 제임스 조이스의 〈경야〉는 전반적으로 포스트모더니즘의 발명과 더불어 소유된다-우리는 논증할 수 있을지니, 그것을 다룬 활발한 회로(回路)가 있다. 다시 말하건대, 포스트모던 이론은 〈경야〉를 뉴 크리티시즘(신비평)에 의한 그것의 주변화(周邊化)(marginalization)로부터 구출했다. 〈경야〉의 반항적 모든 것을 비평적 지배로-그것의 비의지성(非意志性), 그것의 유사논리적(類似論理的)인 언어, 그것의 필연적 언급성(言及性)으로 전환함으로써, 형이상학적 발명의 증표로, 포스트모던 비평은 〈경야〉를 철학적으로 혁명적 잠재성적 문학의 창두(槍頭)로 만든다. 그러나, 여기서 노리스의 논리는 〈경야〉가 포스트모던 문학의 만신전(萬神殿)(pantheon) 속에 그것의 자리를 획득하지 못한다. 오히려, 그녀는 논하거니와, 우리가 특권을 지닌 〈경야〉에 관한 필서(筆書)에 있어서 현대 유럽의 역사를 가지고 텍스트의 종사(從事)를 말살하고 희생하면서, 데리다적(Derridean) 개념을 특권짓는 바, 노리스는 그녀의 수필에서 과도시력(過度視力)을 교정하기 시작한다.

그러나 이러한 엄청난 반대의 면전에서 필자는 여기, 짧게 암시하기를 원하는지라-〈경야〉의 문체적 대변동은, 아주 독선적이게도, 조이스가 〈율리시스〉에서 생산한 것보다 덜 혁명적으로 문체적이다. 왜냐하면 외부적 구조적인 방법들과 그것의 표면의 절충성에도 불구하고(호머의 평행), 〈율리시스〉는 단지 법의 문자를 복종시킨다. 그것은 정신적으로 무법의 텍스트요, 유니테리언 파(派)(Unitarian)의 목소리 혹은 문체에 의해 부과된 폭군 아래서부터 출현함으로 부과된다. 〈경야〉는 다른 면에서, 인물, 이야기 줄거리, 서술, 그리고 조이스의 초기 텍스트들의 문체적 연습의 전통적 개념과 예리하게 붕괴하는 동안, 수취한 법(法) 밖의 그곳 자체의 법을 수립하고, 그것들을 자유로이 파괴하고-그들 자체의 법이 된다. 〈경야〉는, 그것의 "초기의 문체"(initial style)인 동시에, 그것의 최후의 문체이기도하다. 변화무상한 〈율리시스〉는 그것의 다층적 전술들에 습관화되기에 기다렸거나 동일한 텍스트가 결코 아니다. 그것은 갈릴리적(Galilean) 텍스트이요, 그것의 서술적 실험들의 토대를 한결같이 변화한다. 〈경야〉는 온통 정당히 행하지만, 〈율리시스〉가 상관하지 않는 식으로 그것 자체 속에 한결같이 남는다. 〈경야〉는 우리를 웃게 만들고, 우리들 자신을 조롱하지만, 우리들이 〈율리시스〉에서 행하는 범주까지 그것 자체를 비웃는 텍스트를 비웃지 않는다. 〈경야〉는 말(語), 구(句), 문장에 과격하다. 〈율리시스〉는 〈책〉의 개념 자체를 폭발한다. 이러한 있을법한 억압은 모더니즘과 포스트모더니즘의 틀 속에서 개발될 수 있다. 〈율리시스〉는 〈경야〉의 거기에 맞지 않는 모더니즘을 위한 공간을 밝히는 포스트모던의 작품이 될 것이다.

〈경야〉의 초(超) 언어에서 조이스는 어느 민족적 언어 혹은 어느 방언, 혹은, 바크친(Bakhtin)이 그들을 부르듯, 방언적 고유의 한계를 극복하려고 시도한다. 그러나, 바크친, 바스(Barthes)(프랑스의 작가 및 비평가. 문학의 비평에서 구조주의자 및 기호학의 영도적 설명자)는 그의 후기의 작품들은 탈구조주의 및 후기구조주의의 영향자 및 리오타드(Lyotard)(프랑스의 철학자 및 문학 비평가 자신의 Economic libidinale(1974)에서, 니체의 정책에 기초를 둔, 욕망의 철학을 개관한다) 등은 이러한 제스처를 유토피아로 발견한다. 젊은 예술가 스티븐 데덜러스(Stephen Deda-lus)를 기초한 조이스마저도 이러한 계획을 수여하지 않은 듯하다. 이 글의 서문에서 필자는, 데덜러스의 지적 "활력"(活力)

에 대한 가정(假定)으로 짧게 아이러니로 토론했다. 사실상, 〈경야〉의 언어적 투영이 〈영웅 스티븐〉(Stephen Hero)의 저자가 데덜러스의 천진난만을 아이러닉하게 노정했을 때 보여주었는바, 후자는 경험의 세계를 붕괴하지 않을 분명하고도, 과학적 언어를 원했다. 〈경야〉에서 조이스는 그 대신 표현주의적 종합적 언어를 원하는 듯했으며, 그 언어는 그러한 세계를 붕괴하지 않으리라. 크리스토퍼 버틀러(Christopher Butler)는 조이스의 텍스트를 전반적으로 "현실적, 진실의 서술"을 향한 본질적으로 상대성원리의 태도를 "문체의 다양성을 비장(秘藏)한다고 썼었다." 여기서 바벨의 파산적 자세는 그러한 상대성의 인식을 폭발하는 듯하다.

〈경야〉를 싫어함이 필자를 오히려 감탄자들의 그룹으로부터 차단하는 반면-그들 사이에 어떤 극히 스마트한 비평가들은 또한 훌륭한 친구들로서-필자는 정확하게 여기 바깥에 홀로가 아니다. 불행히도, 그러나, 필자 생각으로, 〈경야〉에 대한 초기의 반항적 대부분은 원론적이라기보다 반응적이요-그리하여 〈더블린 사람들〉, 〈젊은 예술가의 초상〉 그리고 〈율리시스〉는 동등한 안이(安易)로서 제시될 수 있을 것이다. 그러나 두 가지 예들이 독자들의 마음에 떠오르거니와, 그들은 대부분 확실히 조이스의 최후의 계획에 틀림없이 동정적임에 틀림없지만, 애를 쓸지라도, 〈경야〉에까지 준비할 수 없다. 한 사람은 조이스의 아우 스태니슬로스(Stanislaus)이다. 〈경야〉의 값을 초월하여 그들의 부동의 완전한 기록은 3권의 〈서한〉(Letters)으로부터 바로 한편의 편지 속에 기록된다. 온당한 환경을 창조하기 위해 조이스에게 1924년 8월 7일의 편지로부터 "약간의 맛"(tasty bits)를 인용할지니, 그것은 〈트란스어트랜틱 리뷰〉(Transatlantic Review)에서 〈경야〉의 초기 할당을 읽은 다음이다:("Mamalujo")

나는 〈트랜스어트랜틱 리뷰〉에서 아직 당신의 무명(無名)의 한 할당을 수령했소. 나는 절반 높은 모자와 귀부인들의 현대 화장실에 관한 바보같이 군침 흘리는 장담(나는 이 악몽 장담(壯談) 생산에서 내가 이해하는 실체적으로 유일한 물건들) 독자의 다리를 끌거나 혹은 아니냐의 궁극적 의도를 가지고 쓰이느냐를 알지 못한다-혹은 아마-보다 슬픈 가정(假定) 그것은 두뇌의 연골(軟骨)의 시작이다. 최초의 할당은 희미하게 〈4거장들의 책〉(the Book of the Four)과 가상된 가부장적 제도 위에 일종의 〈브룬더랜드의 비디〉(Biddy in Blunderland)와 가정적 제도 위의 가설을 희미하게 암시한다. 그것은 어떤 것의 시작의 특징이야말로, 운무(雲霧), 카오스적, 그러나 어떤 요소들을 포함한다. 그것은 절대적으로 내가 만들 수 있는 모든 것이다. 그러나 그것은 무언적(無言的)으로 피곤하다. 당신에 관한 고만(Gorman)의 책은 현대 문학에서 최후의 말로 당신의 실질적으로 선언한다. 그것은 다른 의미에서 최후이리라. 그것은 그것의 최후의 절멸 전에 문학의 무기지(無氣智)의 방랑이다. 나는 문학이 인간들이 말하고 쓰는 언제가 사망할 그러나 그들은 이러한 것들을 읽거나 혹은 적어도 이러한 것을 읽으리

라. 나는 내가 만일 몰랐다면, 나로서 한 패러그래프 이상을 읽지 못하리라. (L 221. 21)

만일 문학이 당신의 최후의 작품의 글줄을 따라 발전한다면, 셰익스피어가 수 세기 전에 암시했듯이 그것은 무(無)에 대한 많은 소동이 되리라. 당신이 내게 보낸 포드(Ford)의 기사는, 만사가 무의미의 율동으로서 취급될 것이요, 독자는 그것의 동요로 스스로 포기할 것이다. 그러나 나는 항목이 당신의 인식을 가진 듯, 그가 높은 절반을 통해서 그가 말하는 것을 무의미 음률로서 택하리라 아무튼 나는 문학적 탁발(托鉢) 수도승에 의한 광무(狂舞) 속에 나 자신의 회오리치기를 거절한다. (L 3:102 - 3)

분명히, 여기 단순한 문학적 비평이 진행되고 있는지라, 스태니슬로스와 조이스 간에 어떤 균열을 경험했었으니, 그리하여 적어도 여기 불거져 나온 악의적 최소한의 부분은 개인적이지, 전문적이 아니다. 마찬가지로, 진실한 것이란, 이것은 초기의 반응이다. 그것은, 그러나 - 아마도 무의미적으로가 아닌 것으로 - 스태니슬로스는 〈경야〉에 대한 유일한 논평이 〈서한〉(Letters)에 보존되었다. 조이스는 1939년에 그것이 출판되었을 때 〈경야〉 한 부를 스태니슬로스에게 선사하려고 시도하자, 그는 그것을 거절당했다. 〈나의 형의 보호자〉(My Brother's Keeper)에서, 그것은 2차 세계 대전 동안에 쓴 것으로, 형의 최후의 소설은 거의 완전히 무시당했다.

나는 이 편지에서 나의 마음에 가장 오락가락 하는 한 행의 글줄을 상상하거니와, 그것은 내가 인용하는 마지막 패러그래프의 마지막 행이다. "나로서는 내가 그대를 알지 못했다면, 그것의 한 패러그래프 이상을 더 읽으려 하지 않았을 것이다. "휴 케너"(Hugh Kenner)는 쓰기를, 〈율리시스〉가 없었던들, 〈더블린 사람들〉은, 오래 전에, 또 다른 책이 되었을 것이다. 나는 생각하거니와, 〈더블린 사람들〉이나 혹은 〈젊은 예술가의 초상〉보다 〈경야〉가 더 진실하다. 스태니슬로스가 암시하기를, 〈경야〉는 나이 많은 형제의 옷자락을 타는 소설이요 - 일종의 현대 문학의 빌리 카터(Billy Carter) 혹은 로저 크린턴(Roger Clinton) 말이오. 작품의 제1장의 한 노트에서 나는 어떻게 우리의 선입견이 우리가 조이스의 텍스트에 접근하는 방법에 영향을 주었는지에 관해 약간 명상했다. 거기, 나는 어떻게 조이스로 하여금 〈초상〉을 아이러니의 텍스트로서 우리가 읽는 결과의 이익을 가진 방법으로 허락했는지에 관해 케너는 말했다. 꼭 같은 것이, 보다 큰 스케일로, 〈경야〉의 수취(受取)로 작용한다고 본인은 믿는다. 그리고 〈경야〉가 출판되었을 지음에, 거의 15년 동안, "진행으로" 나타난 뒤에, 조이스는 서책을 위한 위치에, 문학적 - 비평적 / 전진의 기계 장치를 두었는지라, 그가 1929년에 조직한 페스트쉬리프트 (Festschrift)에 확실히 한정하지 않고 포함했나니 - 소설이 출판되기 10년 전 - 〈진행 중의 작품의 정도화를 위한 그의 진상성을 둘로 싼 우리들의 중탐사〉에 쓰였다. 이 글을 스태니슬로스는 본인이 인용한 두 번째 패러그래프에 암시하거니와,

거기 그는 포드 매독 포드(Ford Madox Ford)의 논문에 언급하자, 논문은 그의 형에 의해 그에게 우송되고, 그리하여 그것은-그의 형의 도장이 찍혀 있지 않았나 의심한다.

　두 번째 초기 두드러진 호통은 에즈라 파운드(Ezra Pound)에서 나온다. 파운드는, 물론, 〈율리시스〉의 보다 거친 에피소드들의 약간에 관한 보존을 표현했으나, (스태니슬로스가 그렇게 했듯이), 궁극적으로 조이스의 사물들을 보는 방법으로 돌아왔다. (〈경야〉의 원고 페이지에 대해), 〈경야〉에 관하여, 비록, 그가 결코 그렇게 하지 않았지만 그의 최초에 쓰인 대답은 1926년 11월 15일의 편지인 즉, (그리고 이리하여 스태니슬로스에 잇따라 어렵게 뒤따르며), 다음처럼 보인다: 원고는 오늘 오전에 도착했소. 내가 할 수 있는 모든 것이란, 그에게 모든 가능한 성공을 바라는 것이오. 나는 그에 대해 또 다른 진행을 가질 것이요. 그러나 현재까지, 나는 아무것도 이루지 못하오. 내가 이룰 수 있는 한 아무것도, 성스러운 비전의 아무것도 혹은 타작(打作)을 위한 새로운 치료도 주위 환경의 말초적 가치도 이룰 수 없소. 의심할 바 없이 인내의 영혼들이 있소, 그는 가능한 농담을 위하여 어떤 것도 성공할지라-그러나-저자의 목적이-몽유(夢遊)에서-흥미 있거나 혹은 교시(敎示)할지 어떨지의 암시도 없다오-현재까지 나는 트리스탄과 이솔트 패러그래프에서 전환(轉換)을 발견했는지라, 그것을 당신은 수년 전에 읽었고-그리고 여하간 나는 무엇인지를 보지 못하오-어디와 관계하는지-어디에고(L 3:146; 원고의 생략)

그(파운드)와 조이스는 크게 선량한 타협으로 머물었지만, 파운드의 〈경야〉를 위한 의견은 〈뉴 리뷰〉(New Review)를 위한 일편(一片)에서, 파운드가 그들의 의견의 차이들을 경시하려고 애썼다. "나는 실험을 하는 조이스 씨를 철저히 시인하오. 그는 내가 싫어하는 식당에서 자유로이 식사하지요. 어떠한 사람인들 두 개의 "율리시스"를 하나하나 쓸 수는 없소-나는 그가 쉬운 길을 택하지 않은 저자로서 조이스의 성실을 존경하오. 나는 그의 상식이나 혹은 지력을 더 이상 결코 존경하지 않아요. 나는 작가로서 그의 천부(天賦)를 떠나, 전반적 지력이 있잖소." 시간이 흘러가자, 그러나, 파운드는 그의 인내를 잃었소. 1934년에, 그는 〈뉴 잉글리시 위클리〉(New English Weekly)에 썼다: 조이스의 마음은 너무나 오랫동안 그의 시력을 약탈당해 왔다. 그대는 그것이 전적으로 닫혀졌다고 말할 수 없으나, 조이스는 그가 "율리시스"를 끝마친 이래 대체로 그래왔던 것보다 아주 덜 알고 있다. 그는 자신의 사상의 삼림(森林) 속에 앉자 있었으니, 그는 혼자 사물들을 중얼거려 왔다. 그는 음탕에 관해 자신의 목소리를 들어왔고, 소리와 음향을, 중얼중얼 불명한 소리를, 중얼중얼 생각해 왔다. 고로 그것은 〈경야〉를 헐뜯는 조이스 비방자들을 단지 편견 시켰을 뿐만 아니라, 사실상 그의 생장(生長)의 지지자들의 누군가 윌리엄 포크너(William Faulkner)의 〈경야〉에 대한 비명(碑銘)은 아마도 나의 호담(豪談)이라: 제임스 조이스는 나의 세대의 위인들 중의 하나였다. 그는 성화(聖火)에 의해 감전사(感電死) 당했다-그는 아마도 가장 위대했을지니, 그러나 그것은 그를 감전사 시켰다. 그는 자신이 통제할 이상으로 한 층 천재를 지녔다.

우리가 지금 필요한 것은, 그러나, 단순한 개인적인 공격도 아니요, 다른 작가들의 있을 수 있는 질투의 공격도 아닌지라, 그러나 〈경야〉의 원칙적, 지적, 반항적 독서이다. 우리가 필요한 것은, 그러나, "〈율리시스〉에서: 장광설(독백)"이라 칼 융(Carl Jung)이, 〈율리시스〉에서, 칼빈 베디언트(Calvin Bedient)가 위대하게 반항적, 마지막으로 감사하는 수필이라 부르는 것이라 〈경야〉를 심각하게 충분히 생각하는 것, 반면에 조이스를 그의 실험을 모두 성공이 아닌 사실을 곧게 바라보는 것이다. 하나의 가능성이었으니, 조이스 자신은, 비록 소설이 그로 하여금 17년의 어렵고 고통스런 세월을 소모했을지언정, 면식(面識)을 두려워하지 않았던 것이다. "나의 작업에 대항하여 최고의 고발을 수립할 수 있었음은 나 자신이다",라고, 그는, 예를 들면, 자크 머캔턴(Jacqes Mercanton)에게 말했다. 의식적 작업에 의하여 혹은 아이들의 경기를 통하여 밤의 생활을 표현하려 함은 전단적(專斷的)이 아닌가? 만일 하나의 분명한 지면이 있다면, 조이스 연구가 그것 자체를 포스트모던하기를 이렇게 거절한 분명한 구역(장소)이 있거니와, 그것은 이런 것이니, 즉, 아주 적게나마, 만일 얼마만큼 있다 해도, 평자들이, 조이스의 점진적 정보기구나 명성의 강력한 영향을 기꺼이 거역하리라.

조이스에 관한 포스트모던 재평가의 한 가지 중요한 요소, 혹은 영국이나 아메리카의 문학적 모더니즘에서 생명 인물의 어느 한 가지 중요한 요소는, 조이스의 실패뿐만 아니라 그의 아주-선구적 성공을 지적하는-제왕(帝王)이 그의 의상(衣裳)이 없을 때 부르짖는 한 가지 의향(意向)이여야 한다. 조이스의 작품 속에, "여분의 실라볼(철자)이 없음을 베케트가 암시할 때 그와 동의하지 않음은"-그의 작품 속에 조이스가 예술가로서 전지(全知)와 박식(博識)을 향하고 있다. 혹은 안소니 버저스(Burgess)와 더불어, 앵무새 같은 말 많은 베케트, 그가, 〈경야〉는 총체적으로 절단을 거역하는, 세계에서 몇 안되는 거체(巨體)임을 주장한다. 그것의 거구임에도 불구하고, 그것은 한 단어가 너무나 많은 의미를 포함한다거나, 한 가지 실(絲)로서 총체적 편물을 푸는 것은 위험하다. 조이스는 하나님이 아닌지라, 오히려, 그는 우리들의 나머지처럼 잘못하기 쉬운 "가련한 개의 몸뚱이(dogsbody)"요, 그는 그의 승리뿐만 아니라 그의 실패의 가록을 보존 한다. 우리가 그러한 단순한 사실을 인지함은 과거 오래 전의 시간이다. 만일 우리가 말하듯, 조이스가 착하다면, 그는 온통 그로부터 탈출한다.

나보코브(Nabokov)는, 단지 절반 놀리나니,(이 장의 비명(碑銘)에서) 암시하거니와, 그는 〈경야〉의 중요성에 대한 견해에 대해 불찬성할지라, 그리고 필자는 그의 이해의 중대 사건을 분담하도다. 그리고 필자는 자신의 공포를 나르기 위한 은유를-고회로부터 파문(추방)의 은유를, 특히 용이함을 믿는다.

잠시 동안, 〈경야〉의 세 다른 연구들의 초기 페이지로부터 취한, 이러한 선언들을 볼지니, 그것은 〈경야〉 비평의 거의 4분의 1세기를 함께 한다.

조이스의 〈경야〉를 최초에 답사하건데-오래 전, 〈진행 중의 작품〉으로서, 그것이 〈트랑지숑〉 잡지에서 출판되고 있으니-나 역시 당황했는지라. 왜냐하면 나는 또 다른 〈율리시스〉를 기대했었기 때문이다. 내가 그것의 가독(可讀)을 발견한 것은 "개미와 배짱이"가 나타나고서였다. 그리고 내가 그것이 멋진 것을 발견한 것은 1939년 〈경야〉가 드디어 출판되고서였다.

〈경야〉를 읽는 것을 배우는 것은 필자가 읽는 방법을 변경함이다. 필자는 그것이 〈경야〉의 다른 독자들을 위한 마찬가지나 아닌가 한다. 필자는 형상(形象)과, 의미를 만드는 것과 그렇지 못하는 것과는 결코 안락한 구별인 오식(誤植)이 되지 못했다. 그리고 〈경야〉는 그러한 염오를 강화했다. 그것은 내게 지리멸렬 속에 응집의 뿌리를 그리고 응집 속에 지리멸렬을 보여주었다. 그것은 형상(形象) 속에 너무나 철저하게 그리고 형상 속에 응집을, 아무것도 재차 "청결하게" 나타나지 않았다.

필자가 〈경야〉를 시도하려한 것은 불가피하게 되고 있었으니, 그것을 처음 본이래 자신의 일(작업)의 예상 속에 스스로 심리적 유산을 보존하고 있었다. 필자는 여름에 새 출발을 했다. 자신의 기법은 약간 광신적이었다. 스스로 너무나 불쇄(不鎖)의 경험을 포착하려고 너무나 근심했는지라, 제1장이 끝나는 29페이지(펜귄판)를 읽자마자, 자신은 스스로 우연히도 앞을 보기를 금지하기 위해 모든 페이지들 주위에 한 가닥 실을 매었다. 매(每) 몇 달마다 실(絲)의 엄숙한 풀기가 있을지라. 자신이 새 장을 읽을지니, 이어 나머지 것들을 묶어 매리라. 〈경야〉의 종말을 읽는데 2년 반이 걸렸다.

이러한 논평자들은, 각각. 윌리엄 요크 틴달(Tindall), 수잔 쇼 세일러(Susan Shaw Sailer), 그리고 로란드 맥휴(Mchugh), 〈경야〉의 많은 다른 논평자들은 유사한 음조로, 유사한 선언들을 했으며, 필자는 확실히 자신의 회의주의를 위한 이러한 세 텍스트를 하나로 골라내는 것을 의미하지 않는다. 그러나 이러한 구절은 적어도 두개의 공동의 특징들을 갖는바, 그것은 여기 우리의 주의를 명하리라. 〈경야〉에 관해 쓰는 자들은 우리에게 그들의 증거를 강제로 제공하리라 느낄 듯하다. 한번만 그들은 소설을 충분한 힘으로 경험하기 전에 주름 밖에 불신(不信)으로 서 있었다 - 어떤 에피파니(epiphany)라 필자는 상상한다. 그들은 〈경야〉의 놀라운 은총의 무가치의 수용자들이었다. 즉, "나는 한 때 상실했다. / 그러나 이제 발견했다. / 장님이었으나 이제 나는 본다." 맥휴의 작은 책은 전체로 스티븐 데덜러스의 정신적 자전처럼, 양면적인 배반의 제스처를 가지고 〈경야〉 독자의 정신적 자서전처럼 투하된다. "조이스의 작품들을 오래도록 무시하면 할수록, 그들은 따라서 더욱 만족하게 된다. 고로 현재로서 필자는 〈경야〉더러 휴식을 제공하고 있다."

이러한 초록(抄錄)이 암시하듯 의미하는 〈경야〉의 대부분의 글쓰기의 두 번째 특징은 세계 문학의 표적(canon)에 있어서 소설의 유일한 상황 속에 흔들리지 않는 신념이다. 이리하여 〈경야〉를 읽는 것은, 우리가 이해하듯, 어떤 다른 텍스트를 읽는 것 같지 않다. 그리하여 사이비 신성한 텍스트인, 〈경야〉로서, 특수화된 어휘를 마찬가지로 요구한다. 소설은 한결같이 〈경야〉로서 언급되지 않는다-조정하기에 충분한 타이틀로, 우리는 생각했으리라-그러나 규칙적으로 "경야"로 불리거나 혹은 맥휴의 책, "F"에서처럼. 그것은 그것 자신의 형용사(Wakean)를 확립한다. 즉, 그것은 분명히 그것 자체의 대표형(代表型)(citation format)을 요구한다. 마치 그것이 신성한 텍스트 혹은 서정 시-혹은 하나의 어두운 용의자, 마치 작가가 문제의 구절을 탐색하여 전체 페이지를 통해서 읽을 독자의 의향을 의심하듯. 수년을 걸쳐, 〈경야〉는 그것 자체에 두 간행물, 즉 〈웨이크 뉴스리터〉(A Wake Newslittler) 그리고 〈피네간의 경야 인용〉(A Finnegans Wake Citation)이 생성되었다. 첫 간행물은, 이제 사장판(死藏判)은 암시하거니와, 비평가들은 〈경야〉의 신조어를 그들의 작품의 타이틀에다 접근 시킨다-〈경야〉를 〈율리시스〉의 대용으로 한정하지 않을지라도. (이클레스 가의 그의 무용한 〈율리씨(栗利氏)스〉의 독서 불가

불법의 〈경야〉

한 청본(靑本)), (his usylessly unreadable Blue Book of Eccles) (F 179.26) 등등. 그리고 그것의 열성가들의 서술-양자 이야기들 속에 그들은 말하고, 그리고 자신들에게 말하도록 선택한 언어로서-우리는 이것이 가장 홀로만이 시도 되는 한 권의 책이 아님을 이야기 된다.

존 캐이지(Cage)의 것이 개념적 음악이듯이 〈경야〉는 개념적 소설이다. 이렇듯, 그것은 개념적 예술의 직업적 위험으로 고통을 겪는다. 즉, 그것은 예술로서보다 개념으로서 한층 흥미롭다. 그리고 오히려 자신은 〈에토데스 오스트레스〉(Etudes Autrales) 그리고 〈보릴스〉(Boreales) 뒤의 관념상의 캐이지를 그들에게 귀담아 듣기보다 차라리 읽기를 감탄한다. 그리고 스스로 조이스의 편지들을 오히려 읽고 싶고, 〈경야〉에 대한 논평을 보도했다-그리고 〈경야〉가 휴 케너, 버나드 벤스톡, 마고 노리스, 움보코 에토, 존 비숍, 존 캐이지, 자크 데리다, 더렉 마트리지, 그리고 등등과 같은 생생한 사고자(思考者)들을-〈경야〉 그것 자체를 읽기보다 야기 시켰다. 아마도 자신은 이에서 홀로이지만 스태니슬로스 조이스, 에즈라 파운드, 윌리엄 포크너 그리고 볼디미어 나보코브-내가 여기 시연하기를 괴롭힌 〈경야〉의 많고, 많은 다를 유명한 탄핵과 더불어-스스로 그러지 않음을 암시한다.

마지막으로, 필자는 〈경야〉가, 우리들 대부분이 〈율리시스〉보다 덜 만족스런 텍스트 이유를 믿는다. 〈경야〉는 산업

적 힘, 포스트모던의 문체이요, 그것은 99 그리고 44 / 100%
순수한 것이다. 그러나 필력에 있어서, 그것은 최후로 아주
충만한 혼성이 아니다. 포스트모던의 문체성은 그것의 다량
의 피자를 한층 착실한 언어에 대항하여 그것의 몸차림으로
부터 얻는다. 그것은 그것 자체의 연금술적 언어로 오히려
정적으로 부친의 언어, 문화의 언어로서 동적으로 대화적으
로 상호 작용함에 틀림없다. 제2장에서, 필자는 크리스테바
(Kriseva)가 지적한 한계 텍스트(limit test)의 관념을 짧게 언
급했다. 모더니즘과 포스트모더니즘이 대용품(모던/포스트모
던)으로 존재하지 않고, (모더니즘/포스트모더니즘)의 필력의 계
속적 두 종말이다. 만일 한 막대에 삼륜차를 세우도록 집합하
는 교시(敎示)인 즉, 〈경야〉의 문체적 무정부는 거의 다른 막
대이다. 혹은 예이츠의 마이클 로바테스(Michaqel Robartes)
가 또 다른 문맥에서 말하듯, "인간의 생명이 한껏 없거나 혹
은 어둠" 축복의 모든 텍스트-지옥, 심지어 향락의 텍스트-
순수한 모더니즘과 포스트모더니즘의 불모의 막대 사이에서
산다.

　최후로 바드(Barthes)를 인용하건대, 그림자 없는, '지배적
이데올로기' 없는, 텍스트(예술과, 페인팅)를 원하는 자들이 있
다, 그러나 이것은 다산(多産)이 없고, 생산성 없는, 불모의
텍스트[그림자 없는 여인의 신화 참조]를 원한다. 텍스트는 그것
의 그림자가 필요하거니와, 즉 이러한 그림자는 약간의 이데
올로기, 야간의 묘사, 악간의 주체, 유령, 포켓, 자국, 필요한

구름, 즉 전복은 그것 자신의 명암을 생산해야 한다. 이것은 1960년대-1970년대의 다량(多量)과 더불어 따위, 그들은 모든 텍스트요, 무(無)그림자, 모든 포스트모더니즘, 무-모더니즘. 이러한 텍스트는 일종의 분류법의 작용을 수행한다, 〈경야〉 자체는 포스트모던 문체의 일종의 박물관 전시, 그림자 속에 사는 저러한 포스트모던 텍스트의 순수성을 위한 촉석(矗石)(touchstone)이요, 그것은 그늘에서 산다. 그러나 그것은 우리가 탐내는 최후로, 그늘진 텍스트들이다.

우리는 본 장을 마감하면서, 본서를 한결같이 흐르는 "모더니즘"과 "포스트모더니즘"의 비평이론을, 특히 로버트 스콜스(Robert Score)(브라운 대학 교수)의 구조주의 및 포스트구조주의, 기호학(semiotics)을 적용하여 주맥의 사상을 훑어내려 왔다. 특히 수많은 첨단 비평가들인, 바크친을 비롯하여, 바스, 리오타드, 버틀러, A. 버저스, 데트마를, 특히, 조이스 자신(스티븐 데덜러스)의 비평이론을 본인 자신의 작품들인, 〈더블린 사람들〉, 〈젊은 예술가의 초상〉, 〈율리시스〉 및 〈피네간의 경야〉 등이 스스로 품은 이론을 적용해 왔다. 이들 비평가들은 조이스를 한결같이 들추어 왔으나, 그중에서도 조이스의 초기 동료들인 E. 파운드와 W. 포크너의 이론, "이미지즘"을 비롯하여, 엘리엇의 "신화 구조" "객관적 상관물"(objective correlatives)을 비롯하며 "아인슈타인의 상대성 원리" 등을 적응해 왔다.

여기서 결과하는 평가 가운데 조이스의 초기 평가에서 그의 초기 작품들, 특히 〈율리시스〉 및 〈경야〉를 몇몇 평자들은 이 장을 "포스트모더니즘의 불법의 조이스"(The Illicit Joyce of Postmodernism)로 단죄하고 있어, 작품 분석의 부정성(negativism)을 평가하거니와, 이러한 부정성이 지금까지 이 연구의 특성의 평가로서 일관되어 왔다.

James
Joyce

The Illicit
FINNEGANS
WAKE

4

〈경야〉와 현대 신양자물리학
Modern New Quantum Physics

〈경야〉에는 현대(現代) 신(新) 양자(量子) 물리학(物理學) (Modern New Quantum Physics)에 대한 조이스의 지식이 수없이 산재(散在)되어 있다. 그의 개론을 아래 적는다. 아래 지식은 〈학원 출판사〉〈학원출판 공사〉에서 주로 발췌(拔取)한 것임을 여기 밝힌다.

양자量子(quantum): 양자역학에서 물리학의 고유 값이 어떤 최소 단위의 정수배(定數倍)로 될 때, 그 최소 단위, 진동수(振動數)의 빛의 에너지의 정수배로 주어진다. 이처럼 물리량의 진가가 주어지는 경우 그 기초량(基礎量)을 양자라 한다. 또 전자기장(電磁氣場)에 대한 광자(光子), 중간자장(中間子場)에 대한 중간자처럼 장을 양자화(量子化)할 때 나타나는 입자를 양자라 하기도 한다. 고전론(古典論)에서는 일반적으로 물리량이 연속적인 값을 갖는다고 생각한다. 양자의 발견은 고전론에서 양자역학으로 발전해 가는 데 결정적인 사건으로, 양자역학이라는 명칭에도 이 사실이 단적으로 나타나 있다. M. 플랑크는 공동(空洞) 복사의 분포를 바르게 나타내기 위해서는 빛을 복사하고 흡수한 때 원자의 진동 에너지가 연속적이 아니고 정수배의 값으로 주어져야 된다고 주장했다.

또 아인슈타인은 빛 에너지가 정수배로 생각함으로써 비로소 빛의 흡수에 의하여 전자를 방출하는 광정 효과를 이해할 수 있다는 것을 제시했다. 이들은 모두 에너지의 양자가설(量子假設)이 고전론(古典論)으로는 이해 불가능한 현상에 새로운 이해를 줄 수 있음을 보여 주고 있다.

N. 보오(Bohr)는 그의 원자모형(原子模型) 중에서 수소 원자 상 전자의 정상상태를 규정하는 조건으로 양자 조건을 제시한다. 이 조건은 전자의 작용, 즉 운동량을 그 좌표에 대하여 운동의 1주기(週期)에 걸쳐서 적분(積分)한 양이 플랑크 상수의 정수배가 된다는 양태를 취하고 있다.

〈경야〉는 텍스트의 의미를 창조하기 위하여 독자의 참여에 의지함에 있어서, "신물리학"에서 양자 물리학(量子 物理學)(Quantum physics)의 에너지 반사는 이산적(離散的) 양가(兩價)들에서 반사한다는 물리학적 원리(quantum theory), (F 149.35) 즉 확률곡선(確率曲線)(probability wave)의 개념에 의존한다.

(F 149.35) 유량(類量)은 많은 도처인(到處人)에 의하여 자주 남용되는 말인지라. (나는 그것이 정말로 가장 감질나게 하는 상태의 일이기에 그에 관한 유론(類論)을 작업하고 있거니와) 열정인(熱情人)은 종종 그대를 방문하여 다음과 같이 말하리라 그대는 당시:

Talis is a word often abused by many passims(I am working out a quantum theory about it for it is really most tantumising state of affairs). A pessim may frequent you say:(F 149.35)

(F 150.01-14) 이러한 유량(類量)과 유량의 많은 것을 보아오고 있는고? 낙친밀(樂親密)한 뜻으로 그대는 아이리시의 3인들을 투숙할 용의가 있는고? 아니면 그대가 숙녀식자(淑女食者)를 은밀히 발끝으로 유혹했을 때 그녀가 아마 뜻밖에도 임시 고용했을지 모르나니 미안하지만 접시를? 이러한 유량류(類量類)의 모모씨(某某氏), 검(劍)을 삼키는 자, 그는 하늘의 컵자리(天)에 있는 꼭 같은 유량류(類量類) 모모씨(某某氏)로, 필분쇄자(筆粉碎者), 아니 천만에! 누가 그의 적당한 마일을 달리는자 인고? 혹은 이는 아마도 보다 분명한 예(例)이나니. 만성적 가시(荊) 병(病)의 결정화(決定化)된 경우에 관한 최근의 후기와권파(後期渦卷派)의 적충류적(滴蟲類的) 작품 혹평에서, 학질에 관하여 강의를 행한 어떤 공개강사(公開講師), 그자는 형식의 문제에서 자신의 가위 천리안, 예절박사를 시험하고 있었나니, 차용(借用)한 질문인 즉 왜 그러한 시자(是者)는 유량유질(類量類質) 인고? 그이에 대하여, 힘의 비대자(肥大者)로서, 건대(健帶)의 사고박사(思考博士)인, 그는 술잔을 비우고 있었나니, 냉배(冷杯)로서 재배대구(再杯對句)했도다. 한편 그대 짐승의 창녀 자식 같으니!(이러 이러한 유량(類量)은 본래 꼭 같은 것을 의미하거니와, 적평(適評)컨대: 유질(類質)이라)

(F 150.01-14) Have you beensweeing much of Talis and Talis those times? optimately meaning. Will you up at hreeof irish? Or a ladyeater may perhaps have casualised as you temptoed her a la sourdine: Of your plates?

Is Talisde Talis, the swordswallower, who is on at the
Craterium the same Talis von Talis, the penscrusher, no
funk you! who runs his duly miles? Or this is a perhaps
cleaner example. At a recentpostvortex piece infustigation
of a determinised case of chronic spinosis an extension
lecturer on The Age who out of matter of form was try-
ing his seesers, Dr's Het Ubleeft, borrowed the question:
Why'swhich Gedankje of Stoutgirth, who was wiping his
whistle, toarsely retoarted; While thou beat' one zoom ofa
whorl!(Talis and Talisorig finally mean the same thing, hit it's:
Qualis.)

　위의 신물리학 원리(theory of new physics)에서 곡선은 그 역
학에 따라, 그것의 가장 기초 수준에서 현실의 과학적 서술이
사건들에 관한 어떤 지식으로 구성되지 않고, 오히려 그들의
발생의 확률에 의한다. 이러한 확률을 존재와 비존재 사이에
절반 매달려진 채, 단지 "존재를 위한 경향"을 표현한다. 과
학자는 한 가지 한정된 형태를 현실에 부여하기 위하여, 그의
실험에 적극적으로 참여해야 하는지라, 그리하여 실험적 과
정의 선택에 의하여 불가피하게 그 결과에 영향을 준다. "양
성자적"(陽性子的)(subatomatic) [주석: 원자 내에서 생기는, 원자보
다 작은(입자적)] 실험 과정의 확률에서 확실성으로의 확률곡선
의 변형은 〈경야〉의 독해(讀解)에서 바로 행위 자체를 평행하
거나, 닮았다. 여기 텍스트의 복잡성, 풍요성 및 부정성(不定

性)의 성격은 그것의 의미의 정확한 해석을 제외한다. 책은, 그러나, 텍스트가 읽히고, 그것은, 요소들이, 독자 자신의 심적 이미지들 및 과정들과 혼성된 채, 그것 자체의 동적연속(動的連續)(dynamic continuum)을 형성한다.

(I) 〈경야〉와 현대 새 양자 물리학

조이스의 우주는 원천적으로 더블린이요, 그러나 그는 우주야말로 특수성 속에 발견될 수 있음을 믿었다. "나는 언제나 더블린에" 그는 아서 파워(A. Power)에게 말했다. "왜냐하면 만일 내가 더블린의 심장부에 도달할 수 있다면, 나는 세계의 모든 도시의 심장에 도달할 수 있기 때문이오."[엘먼의 〈전기〉참조] 조이스는 그의 책에서, 신물리학을 비롯하여, 양자(quantum), 뉴-크리시티즘, 언어학, 한자(漢字)의 구성, 신과학, 그리고 수많은 과학자들 및 심리학자들을 포용하고, 그들을 하나씩 해설한다.

조이스는 〈율리시스〉에서 주인공 블룸(L. Bloom)을, 세계의 미로(maze)속에 그의 길을 발견하도록 애쓰는 〈경야〉의 주인공 "차처매인도래"(HCE)(Here Comes Everyone)를, 각각 우주의 방랑인들이 되도록 그의 그러한 목표를 성취했다.

더욱이, 조이스는 그의 이 최후의 작품 속에서 한층 더 멀

리 나아갔는지라, 그의 주인공을 우주적 "동양지재"(棟梁之材)
(Bymester finnegan)(F 004.20)로 만들었고, 모든 세계의 도시
들에 문자 그대로 도달했다. 시간과 공간의 경계를 가로지르
면서, HCE는

신화발기(神話發起者)요 극대조교자(極大造橋者)라,

myther rector and miximost bridgesmaker, (F 126.10)
이 나무통 운반 신공(神工)은 중국의 황하(黃河) 곁에 생자들
을 위하여 그 뚝 위에 극성(劇性)의 건축물을 쌓았도다.

piled building supera buildung pon the banks for the
lives by the Soangso. (F 004.27-28)

그리고 그 밖에 어딘가 전탑적(全塔的)으로 최고안(最高眼)
의 벽가(壁價)의 마천루를 자신이 태어난 주액(酒液)의 순광(純
光)에 의하여 보았는지라. 그리하여 그의 바벨탑 꼭대기 저쪽
불타는 관목을 모두 합하여,

도도한고승걸작물(滔滔漢高僧建築傑作物)

hierarchitectiptitopoloftical: hierachy+archtect+tipsy+toplp-
fty(F 005.01)

이 기다란 〈경야〉 어는 합성어로서 높은 벽을 의미한다.

통산적(通算的) 에스컬레이터로 히말라야 산정 및 층계를, 덜커덕거리는 노동구(勞動具)를 든 바쁜 노동자들 및 버킷을 든 총총 타인들과 함께, 산정(算定)했도다.

a waalworth of a skyerscape of most eyeful hoyth entowerly, erigenating next to nothing and celescalating the himals and all, hierarchitectitiptitoploftical, with a burning bush abob off its baubletop and with larrons o'toolers clittering up and tomblers a'buckers clottering down. (F 004 - 36, F 005. 04)

〈경야〉는 그의 I부 2장에서 HCE의 딸 이씨(Issy)가 조립한 II부 2장의 각주의 우편 주석에서 논급하기를,

특별한 우보편(宇普遍)을 통한 가능한 여정(旅程)이라

imaginable itinerary through the particular universal(F 260. 03)

인물들은 소수지만 그들의 얼굴은 다수이다.

〈경야〉의 등장인물들은 서로 변신하면서, 사건들 및 객체(客體)들은 한결같은 유동 속에 상호적으로 피차 의존적 요소들의 독립적인 연속을 형성한다. 그것의 환적(環的)인, 끝없는 형태로서 결합 된 채, 작품의 내용의 흐름은 우주의 짜임새의 아인슈타인적 "상대성의 원리"(The Theory of Relativity)와 평

행한다. "신물리학"의 4차원적 시공간은 인간의 마음속에 현실을 구성하는 모든 사건들의 세계보선(世界保線)(world lines)의 복잡한 환적 직물로서 상상된다. 세계선들은 조이스의 책에서 사건들처럼, 한결같이 유동하고 있다.

프랑스의 종교 세례자 쟌(Jean Baptiste de la Belle)은 〈경야〉와 현대적 새 물리학과의 관계를 다음과 같이 피력한다:

커다란 몸체의 세계보선은-무수한 보다 작은 세계보선들로 형성된다. 여기 그리고 저기 이러한 섬세한 실오라기들은 직물을 들락날락하는 바, 그의 실오라기들은 원자의(of atoms) 세계보선들이다-우리가 직물을 따라 시간을 향해 움직일 때, 그의 다양한 실오라기들은 공간 속에 영원히 이동하고, 고로 서로서로 나름의 장소들을 변경한다. [쟌:〈신비의 우주〉, P 125-26]

위에 인용한 예처럼, 조이스의 책의 어느 페이지에서든 그만큼 많은 물리학적 운동이 담겨 있는 책은 드물다. 그것은 우주를 짜는 실오라기의 구조를 지닌, 세계의 〈경야〉에서 또한 이미지들과 주제들은 한결같이 움직이는지라, 상호 변형하고, 새로운 형태로 재현하기 위하여 단지 살아진다. 조이스는 그의 많은 시간을 많은 원천상(源泉上)의 요소들을 위해 지지하고, 그들을 텍스트 속에 합동하기를 탐색함으로써, 그의 책의 영역을 확장하는데 이바지 했다. 이러한 원천들은 지

극히 다양했었을 뿐만 아니라, 그들은 조이스에게 또한 동등한 정체들을 누렸다. 〈경야〉에서 자장가의 음률은 〈성경〉처럼 멋졌고, 농담은 사실처럼 흥미롭다. 그는 다양한 요소들을 혼성함으로써, 그것의 무한한 풍요와 복잡성을 온통 현실로 재창조하려고 애를 썼다. 그는 현실적 어느 한 견해에 흥미를 갖지 않았다. 대신에, 그는 복수-수준의 현실이 마음속에 우리의 개인적 지각을 형성하기 위하여 어떻게 스스로 구성하는지를 세계적으로 보여주려고 노력했다. 마음속에 직감적 및 합리적 과정들을 구성하는 다양한 충격들이 한결같이 상호작용하고 있기 때문에, 그들을 통해서 모두는 현실의 단순하고, 유일한 경험을 창조한다.

〈경야〉는 이리하여 보어(Bohr)(덴마크의 원자 물리학자)의 상보성 원리(相補性 原理)(complementarity principle)를 지지한다. 양자 물리학(quantum physics)은 빛의 파동적(undulatory) 및 개념이야말로 일단 우리가 물리학이 우주가 아니고, 오히려 우주에 관한 우리의 지식을 연구함을 인식할 때, 혼란스럽지 않다. 두 자산(資産)은 빛 자체의 특질이 아니라, 오히려 빛과 우리들의 상호작용(interaction)의 그것을 표현한다. 비슷하게, 〈경야〉는 그것에 관한 우리의 관념이 언어에 있어서 그러한 관념들의 표현만큼 세계 자체를 서술하지 않는다. 문자 상으로, 당장의 동기는 세계의 문학, 단어의 가장 넓은 의미에서, 인간의 지식뿐만 아니라, 〈경야〉 그것 자체를 대표한다. 책은 텍스트의 그리고, 확장하여, 그것이 서술하기를 시도하는 우주의 의미를 단조롭게 해석하는 시도에 함유된 어려움에 관해 광범위하게 평한다.

〈경야〉의 이러한 특징은 조이스의 목적이 책 속에 상대성 (relativity)과 양자(量子) 물리학(物理學)에 의해 소개되는 우주의 개념을 재창조하는 것임을 반드시 의미하지는 않는다. 그들은, 그러나, "신물리학"과 〈경야〉의 우주 간에 유사성의 복수성을 지적한다. 상대성과 양자 물리학의 요소들을 합치시키려는 조이스의 의향은 그의 세계 견해의 집중과 세계의 새 과학적 개념을 반영한다.

조이스는 〈경야〉를 양자 물리학적으로 제작하면서 유사한 언어적 어려움과 대면했었다. 그의 목표는 꿈의 세계 또는 원초의 신비적 의식을 개척하는 것이었다. 그러한 목표를 실현하기 위해 그는,

후속재결합(後續再結合)의 초지목적(超持目的)을 위하여 사전분해(事前分解)의 투석변증법적(透析辨證法的)으로 분리된 요소들을 수취(受取)하는지라.

the dialytically separated elements of precedent decomposition for the verypetpurpose of subsequent recombination. (F 614.33-35)

언어들의 원초적 사건을 분쇄하려 하고, 이리하여 새 유동

적 및 아주 명시적 언어를 창조하려고 결심했다. 더욱이 그는,

모든 그의 육신(肉新)을 신조(新造)하는 총림녀(叢林女)들을
진실로 복수적(複數的)이고 그럴싸하게 하고 싶은 것이었다.

an yit he wanna git all his flesch nuemaid motts truly
prual and plusible. (F 138. 08 - 09)

영어(英語)의 단철어(單綴語)의 유동과 풍요의 부재는 그의
작업을 용이하게 했다. 조이스는 철자를 변경하거나 혹은 단
어들의 부분들을 새로운 실체로 혼성함으로써, 풍요롭고 다
양한 어휘를 창조하려고 조정했다. 그의 이 말은 무(無) 니이
체식(式)의 어휘로서,

선험적(先驗的) 어근(語根)을 후험적(後驗的) 변설(辯舌)에 공
급하는 것이니, 세상의 어떤 어미(語味)로도 야언어(夜言語)인
지라.

in the Nichtian glossery which purveys aprioric roots for
aposteriprious tongues this is nat language at any sinse of
the world. (F 083. 10)

예스페르센(Otto Jesperson)(덴마크의 언어학자, 1860-1943)의
책 〈국제 언어〉(An International Language)는 Dr. Sweet를 인
용하고 있다. "후험적 언어를 구성하는 이상적 방도는 어근
을 단철로 삼는 것이요 - 그리고 문법을 정신상 우선으로 삼는

것이다"의 패러디 보다 이전 어떤 생애에 기피했던 전리품이, 혹자가 생각하는 한 개의 항아리처럼, 뭐랄까, 가소(可燒)될 수 있는지 여부를 확인하는데 실패하듯, 아일랜드 방언에 당면한다.

아일랜드 방언에 당면하여 우리는 분명히 무식한지라.
one might as fairly go and kish. (F 083.10-11)(앵글로-아이리시 유행어)

한 버킷의 방언처럼 무식하도다.
ignorant as a kish of brogues. (F 051.25)

이는 아주 효과적이요 집중적인 새 언어를 결과하게 하는 바, 그 속에 복수의 명시적 의미는 원초적으로 중요하다. 그런고로 그대는 내게 어떻게 하여 단어 하나하나가 이중(二重) 블린(Dyoulong)(F 013.4) 집계서(集計書)를 통하여 60내지 10의 미처 취한 독서를 수행하도록 편찬될 것인지를 자세히 설명할 필요가 거의 없나니(이탈하려는 자의 이마를 진흙으로 어둡게 하소서!),

그것을 열게 했던, 세순영겁(世循永劫), 델타 문자 문(門)이 거기 그를 폐문 할 때까지. 문(門). (Deleth, mahomahouma, who oped it closeth thereof the Dor). (1) Deleth. 히브리 문자 (2) delta. 문(door). (3) dor. i)세대 ii)거주 (4) 코니시 어(Cornish language) 콘월 말(지금은 사어)지구. 더블린의 이 책 〈경야〉 속의 모든 단어들은 세순 영겁의 종말 가까이 델타 문자 꼴이 되는지라, 끝없는 독서의 종말을 야기하도록 서약할 것이다. (F 020. 13-18)

조이스가 언어의 최소한 단위를 붕괴하는 그의 결심과, 언어의 분자로서의 그의 실험은 양자계(quantum mechanics)의 목표와 방법에 현저한 평행을 형성했다. 조이스와 양자 물리학은 공히 지금까지 언어나 혹은 물리학의 최소한의 비(非)분할로 간주되었던 것을 삼투하려고 시도하고 있었다. 〈경야〉의 원자기계(原子機械)(atom mechanics)와 언어 간의 대응은 책의 다음의 뉴스 통신에서 개발 된다.

또 다른 방송 사살부(父)의 격변적 효과-원자의[무화멸망] 루터장애물항의 최초의 주경(主卿)의 토대마자(土臺磨者)의 우뢰폭풍에 의한 원원자(源原子)의 무화멸망(無化滅亡)은 비상공포쾌걸(非常恐怖快傑) 이반적(的)인 고격노성(高激怒聲)과 함께 퍼시오렐리를 통하여 폭작렬(爆炸裂)하나니, 그리하여 전반적 극최상(極最上)의 고백혼잡(告白混雜)에 에워싸여 남성원자가 여성분자와 도망치는 것이 감지될 수 있는지라 한편 살찐 코번트리 시골 호박들이 야행자(夜行者) 피커딜리의 런던 우아기품(優雅氣稟) 속에 적절자신대모(適切自身代母)되도다. (F 353. 22-29)

〈경야〉의 세계는 또한 정신적 실체로서 존재한다. 그리하여 그것은 독자의 마음과 텍스트 사이의 상호작용의 산물이 된다. 책의 이러한 비물질적 성격은 세계의 새 과학적 해석에 관한 것 보다 오히려 조이스 자신의 형이상학에 관한 반영이다. 그러나 양자 물리학은 전신의 구성으로서 조이스의 현실적 관념에 대한 부수적 지지를 마련한다. 예를 들면, 〈경야〉의 I부 3장에서 힘의 분야에서 물질적 분자의 용해-순수하게 정신적 본체(本體)는 젊은 욘(Yawn)을 발견하는 도중이요, 그레고리(Matt Gregory)는,

깊은 시야(時野)를 통하여 자취를 탐한다.
seeking spoor through the deep timefield. (F 475.24)

조이스는 분야(分野)의 무확정의 천성에 관해 언급하는데, 그것은 단지 물질이 되기 위한 잠재성과 더불어 확률 곡선으로 구성한다.

[돌프의 화해]아주 많이 감사하도다. 목적 달성! 그대[케브]가 나[돌피]를 골수까지 친 것이 중량(重量)인지 아니면 내가 보고 있었던 것이 붉은 덩어리인지는 말할 수 없어도 그러나 현재의 타성(惰性)에, 비록 내가 잠재적이긴 할지라도, 나는 내 주변에 광내륜(光內輪)의 환(環)[무지개]를 보고 있도다. (F 501.21)

위의 글은 "과학의 조이스, 〈경야〉의 신과학, 결론"(The

Joyce of Science. New Physics in finnegans Wake. Conclusion)에
실린 글의 번안적(飜案的) 해설임을 여기 밝힌다.

(II) 조이스와 양자 역학(Quantum Mechanics)

〈경야〉에는 당대의 양자 물리학 이론이 텍스트에 산재해
있는지라, 아래 그의 이론을 텍스트에서 솟구어 본다.

〈경야〉 I부 4장의 초두에는 바다 새들이 트리스탄과 이솔
테가 연애하는 장면을 조롱하는 "퀴크!"라는 가사가 담겨 있
다. 이 말은 새 물리학의 구성요소인 입자를 상징한다. 이는
1939년 원본에서 "Three quarks for Muster Marks"의 시행
으로 노래된 가사의 일부로, 1960년대 미국의 물리학자 겔만
드(Murry Gellmannd)에 의해 최초로 발명된 신물리학(New
Physics)의 입자 용어이다.

구미 과학자들이 〈경야〉가 세상에 출간될 당시 물리학 또
는 양자 물리학(또는 약학)이 번성하였고 조이스는 작가로서
그 계열에 속한다. 위의 "Quarks"라는 말도 조이스가 최초로
발명한 〈경야〉 어(Wakean Word)를 겔만드가 이를 최초로 물
리학의 한 단어로 삼았다. 〈경야〉에는 이 말 "퀴크"(quarks)
(hadron)의 구성 요소로 된 물리학의 입자가 적어도 1번 나온
다. 기존의 "quantum"이란 단어는 4번 출몰하거니와 [대문자

"Quantum"] 이는 1번 하늘의 큰 별처럼 빤작인다. 이와 유사한 많은 물리학의 단어들이 무수한 〈경야〉 어들 사이에 음식의 후추 가루처럼 흩뿌려 있다. (F 383.01)

"quantum"의 첫째 것은, (F 149.35)에 나오는 말로 "유량(類量)은 많은 도처인(到處人)에 의하여 자주 남용되는 말인지라 (나는 그것이 정말로 가장 감질나게 하는 상태의 일이기에 그에 관한 유론(類論)을 작업하고 있거니와)", 둘째 것은, (F 167.07) "이는 마치 초(超)화학적 경제절약학(經濟節約學)에 있어서 최대열당량(最大熱當量)이 양적으로 양자충동력(量子衝動力)을 광조발(光照發)하는 듯 하는 바", 셋째 것은, (F 594.14) "내게 찌르는 수자(誰者)는 찌르는 통봉음경(痛棒陰莖)과 같은지라". 그리고 넷째 것은, (F 508.06) 대문자 "Quantum"은, "단지 제12일째 평화와 양자(量子)의 결혼만의 경우를 위하여 겉치레", 등이다.

아인슈타인의 상대성 원리의 개발은 양자 역학의 소개에 의하여 평행되고 보존되었다. 당대 저명한 물리학자 막스 프랭크(Max Plank)는 1900년에 양자론을 선언했으나, 그것은 빛의 양자 성질에 아인슈타인의 논문을 의지한 것으로, 새로운 탐구에 그것의 방향과 동기를 부여했던 것이다. 이 무한히 작은 영력(靈力)은 편물을 서술하는 상대성적 시도보다 심지어 한층 어려움이 증면되었다. 난관들을 극복함에 있어서, 양자 역학은 거대한 집합적 사업이 되었다. 1905년과 1930년 사이에 최고의 과학자들은 사전의 본질을 위한 그들의 탐구에 협동하기 위하여 국가적 변경을 한결같이 드나들었다. 이 작업은 오늘 날도 여전히 진행되고 있거니와, 그러나 분자 물리학의 출현을 세계를 관망하는 한결같은 방법으로서 분자 물리학의 출현을 기록했던 신세기의 세 번째 10년이었다. "양자" 현상의 철학적 해석의 발전은 〈경야〉의 필서와 우연일치 되는 바, 그것은 1923년에서 1939년 사이를 간격 한다. 분자 물리학과의 그리고 그들의 철학적 함축의 발견에 관한 대중성은 아마도 상대성의 그것만큼 극적이 아니었다. 왜냐하면 양자 역학은 진화의 보다 긴 기간을 걸렸기 때문이다. 그럼에도 불구하고, 분자 세계를 이해하는데 있어서 중요한 성취에 관한 정보는 미디어에서 대중화 되었다. 조이스는 그이 자신 작업에 잠입했고 그의 관념을 지지할 수 있는 것은 무엇이나 민감했으며, 분자 물리학을 상대성 원리처럼 자신의 계획에 성실한 것으로 알았다. 이인슈타인의 작업에 있어서처럼, 그는 양자 역학에서 그이 자신의 작업의 형이상학과 방법들을 발명했다. 〈경야〉에서 조이스는 분자 물리학의 존재론적 및 인식론적 함축의(含蓄義) 뿐만 아니라, 또한 수많은 인유들을 마련했다.

이상의 양자 물리학에 관한 글들은 미국 털사대학에서 발간하는 국제 조이스 잡지 〈제임스 조이스 계간지〉(James Joyce Quarterly)에 수록되어 아래처럼 설명되고 있다.

[This project discusses the influence of the theory of

relativity and quantum mechanics on James Joyce's last
work. The background material includes a discussion of
the development of modern science and its philosophy.]
(Sylvia Beach P viii)

(III) 조이스와 입자설

19세기 과학의 풀리지 않는 문제들 중의 하나는 빛의 성질
의 문제였다. 뉴턴은 빛을 가지고 실험했으며 그의 결과를
〈오피딕스〉(Opidix)지에 발표하고, 빛은 작은 입자들로 구성
되었음을 믿었다. 이 입자이론(corpuscular theory)은 빛의 직
선의 전파로서 한결같았으나, 빛의 반사를 설명하는데 실패
했다.(한 중간을 또 다른 것으로 통과함에 굽이면서) 음파에 대한 유
추에 의하여, 빛의 파도의 혼은 다른 물리학자들에 의해 암시
되었으나, 뉴턴의 권위는 주의를 그것으로부터 전환하는 경
향이었다. 그러자, 1803년에, 토머스 영(Thomas Young)(1738-
1829)은 단순하고 성실한 테스트를 수행했는지라,("이중 분할
실험"이라 불렀거니와) 그리하여 그것은 빛이 과연 물결로 구성
되었음을 증명했다. 파도로서 여행하기 위해, 빛은 운동을 행
사하는 중개를 요구했는바,(공기는 음파를 위한 중개를 요구했다)
빛의 파도의 성질을 설명하기 위하여, 그러자, 에테르 이론이
창조되었다. 이론을 선언하기를, 즉 우주는 에테르에 의하여
삼투되고, 불가시적, 무미의, 무색의 및 부동의 물질은 광파

(光波)를 선전하는 목적을 위하여 유일하게 존재한다. 에테르 이론은, 그러나, 에테르의 탄성적, 고체 같은 자산을 위해, 새로운 문제를 창조하고, 빛의 파급을 요구하고, 행성들이 방해되지 않는 동작으로 타협되기 어려웠다.

에테르 이론에 의해 창조된 어려움은 1864년에 맥스웰의 자기(磁氣) 마그네틱 이론의 소개로서 만이 살아졌다. 맥스웰의 이론은 1831년에 파라데이(faraday)에 의해 실험적으로 발명된 맥스웰의 전자 마그네슘 이론의 분명한 수학적 서술을 마련했다. 맥스웰은 보여주기를, 즉, 만일 전자-마그네슘 행동은 에테르의 혼란으로서 여행한다고 가정하면, 그것은 횡단적(橫斷的) 파도의 형태로서 에테르를 통하여 보급되리라. 그리고 그것의 속도는 빛의 속도와 동등하리라. 맥스웰의 동등함은 일시 20세기 물리학자들이 마침내 개폐(改廢)하기를 요구하는 부(副)원자적 영력의 특수한 요소들을 증명하리라.

원자의 구조와 작업을 해명하는 과정은 길고도 지루하다. 물리학자들은 참신한 신과학을 구성하는 감각을 가졌다. 그러나 그들은 그러한 형태의 성질상 개념을 갖지 않았다. 전세기에 있어서 지리학적 탐험자들처럼, 무(無) 차트 영토에서 탐색하면서, 그들의 마음에 거칠게 한정된 목적을 가지면서도, 그러나 다음 단계는 그들을 어디로 데리고 갈 것인지, 그리고 그들은 거기서 무엇을 만날 것인지를 알지 못했다. 이러한 발명의 정신은 역시 〈경야〉의 필체를 특징짓는 것이었다.

조이스가 그의 최후의 책을 시작했을 때, 그는 단지 작업이 어떤 형태를 취할 것인지를 막연히 생각했을 따름이다. 그는 과연 전반적 계획과 방법을 가졌으나, 결과의 분명한 성질에 관해 아무런 생각을 갖지 않았다. 1923년 가을에, 그의 17년 간의 긴 문학적 실험으로 겨우 몇 달이 지나자, 조이스는 해리엣 쇼 위버 여사에게 다음을 썼다.

〈경야〉의 건설은 〈율리시스〉와는 완전히 다른지라, 거기에는 적어도 부름의 항(港)들이 미리 알려졌다. 나는 될 수 있는 한 많이 작업했다, 왜냐하면 이들은 단편들이 아니지만, 활동적 요소들로서, 그들이 한층 더 그리고 약간 오래되었을 때 그들은 스스로를 혼성하기 시작할 것이기 때문이다.[〈서한〉, P 204-205]

(IV) 작업 방법의 변화

조이스의 책의 방법과 영역은 비선례적(非先例的)이었고, 그리하여 그는 자신의 새로운 작업의 요구를 한층 과학적 과정의 요구에 맞추었다. 그의 목표는 여전히 예술가적이었으나, 그의 작업 방법에 있어서 그는 이제 소설가보다 한층 과학자를 닮아갔다. 그는 제도적으로 그리고 애써 몇몇 노트북들의 다(多)언어적 리스트로 편집했고, 그들을 〈경야〉에 사용한 뒤에 개별적 단어들을 지워버렸다. 그 자신이 다국적인으로서,

그는 알바니아어, 루터어 그리고 키스와힐리어와 같은 한층 암담한 언어들의 도움을 탐색했다. 그는 과학적인 분석적 방법으로 단어들에 접근하기 시작했으며, 그들을 음절들과 음소(音素)들로 분쇄하고, 이어 그들을 그의 자신의 목적에 따라서 재결합했다. 어원인, 단어들에 가장 과학적 접근은 〈경야〉의 텍스트를 형성하는데 중요한 요소가 되었다.

조이스의 언어에 대한 새 접근과 그의 작업 방법은, 그러나, 그의 쪽에서, 과학을 향한 새 태도로부터 결과하지 않았고, 오히려 그의 계획에 대한 언어의 전통적 대우의 부당성으로부터이다. 〈경야〉의 목적은 무의식 또는 꿈꾸는 마음의 작업을 재창조하는 것이나, 거기서 의미의 복수성 및 이미지의 한결같은 변화는 형식적 논리의 사용과 전통적 언어적 구조의 사용을 제외한다. 이러한 난관들로 직면한 채, 조이스는 〈경야〉 속에 그의 자신의 새 언어로서 효과적으로 작업하고 새 방법을 고용하지 않으면 안 되었다.

〈경야〉의 세계는 또한 심적 존재로서 존재하는데, 독자의 마음과 텍스트 간에 상호 작용을 생산한다. 책의 이러한 비물질적 성격은 세계의 새 과학적 해석에 대해서보다 조이스 자신의 형이상학의 반영이다. 그러나 양자 물리학은 조이스의 현실에 대한 관념을 심적 건설로서 부수적 지지를 증명한다. 예를 들면, 물질적 분자를 힘의 분야-순수한 심적 존재는-매트 그레고리가, 욘(Yawn)을 찾기 위해 도중에,

최초로 등단한 산지 원로원 그레고리, 깊은 시야(時野)를 통하여 자취를 탐하며.

first klettered Shanator Gregory, seeking spoor through the deep time(field). (F 475.24)

또 다른 구절에서, 아이들의 수업으로부터, 조이스는 분야의 무한한 성질을 암시하는데, 그것은 단순히 물체가 되기 위한 잠재력으로 확률 곡선을 구성한다.

〈경야〉에서 [돌프(Dolph)의 화해]아주 많이 감사하도다. 목적 달성! 그대[캐브(Cab)]가 나[돌프]를 골수까지 친 것이 중량인지 아니면 내가 보고 있었던 것이 붉은 덩어리인지를 말할 수 없어도 그러나 현재의 타성에, 비록 내가 잠재적이긴 할지라도, 나는 내 주변에 광내윤의 환을 보고 있도다. 그대에게 명예를 그리고 우리들의 노출성(露出性)에 대해 그대를 격찬하기를! 나는 그대를 부가부(附加俯) 이륜마차에 태워 만인을 위해 유홍하고 싶은지라. (F 304.05-09)

"목적 달성되다니", 수학자 쥬레스 포인캐어(Poincare)이지만, 단어는 물질화된 부원자의 운동을 또한 야기한다. 그러나, 사진 접시 위의 그림은 일연의 밝은 집중 환의 형태를 또한 취한다.

조이스는 한층 나아가 "우리들이 이 와일드 광계(廣界)를 통하여 유배방랑(流配放浪)했는데도"(F 588.03) 혹은 "나는 공허의 세계너머로 여행할지라"(F 469.10-11) "매(每) 저런 사장물(私場物)들은 여태껏 여하 장소이든 간에 비존(非存)한지라. 그리하여 그들은 온갖 금일(今日) 족극(族劇)에서 내외무변 바로 그대들의 취득 물 구실을 해 왔도다"(F 589.01) 그리고 양자 물리학의 "다수학적(多數學的) 비물질성(非物質性)의 구렁텅이 심연에 관해 감각하는지를". (F 394.31-394.32)

(V) 〈경야〉의 양자(量子) 세계

비물질적 세계의 새 물리적 개념은, 그 속에 물체의 분자들이 에너지로 변용하고, 반대로 또한 〈경야〉에서 개척되는지라, 수많은 인유들과 물리학에 대한 언급들을 통하여 양자 물리학의 분할 복원자에 대한 언급들은 전자파의 다양한 원자들과 반사에 대해 역시 개척된다. 사진판 잉크의 효과는, 예를 들면, 사물과 더불어 반사(빛)의 상호 작용을 포함하는 형상으로 "이러한 광감전지(光感電池)의 건전지(乾電池) 격인 무음(無飮)의 부름에"(Upon this dry call of selenium cell)(F 323.25)에서 뿐만 아니라 초기 텔레비전 튜브(관)를 잇따르는 서술에 의해 언급된다.

다프-머기(Duff-Muggli)(농아자)[교수], 그런데 그는 이제 아주 친절한 배려에 의하여 인용될 수 있으리라. (그의 초음파광선

통제(超音波光線統制)에 의한 음상수신감광력(音像受信感光力)은 명암조종가(明暗調整價)가 칼라사진애호 유한회사로부터 마이크로암페어 당 1천분의 1전(錢)에 제조되는 것과 동시에, 오히려 조금도 늦지 않을 가까운 장래에 기록을 달성할 수 있나니.)(F 123.12-16)

반사의 에너지를 발하는 과정을 부원자의 영력의 시기함과 직면한 채, 바로 반대를 행하는지라, 그들은 한층 예술적, 창조적 접근을 향해 움직인다. 고전적 과학은 그것의 주제에 간련하여 엄격하게 수동적으로 이해된다. 그것의 작용은 독립적으로 그리고 광활하게 잉태되는 현실을 관찰할 것이다. 과학자의 목표는 현실적 구성의 경우를 지배하는 기계주의를 발견하거나 서술한다. 이러한 수동적, 과학적 접근은 예술가의 한층 활동적 태도와 대조되거니와 그의 목표는 심미적으로 즐기는 태도로서 현실을 변용하리라.

과학과 예술의 목표와 방법 간의 고전적 차이는 건립되지 않고 오도된 채 양자 기계에 의하여 들어난다. 한편으로, 분자 물리학은 암시하거니와, 그것의 고전적 의미로 궁극적으로 과학의 목표와 객관의 이러한 적 현실 같은 것은 없으며 결코 실현되지 않는다. 다른 한편으로, 예술적 및 상상적 언어는 부원자적 현상을 서술할 수 있는 비수학적 매개로 만이 이루어짐을 증명 한다. 그들의 발견에 관해 이야기하기 위해, 물리학자들은 논리의 법칙을 포기해야만 하고, 과학적 언어의 엄격함을 대신하여, 예술가들처럼, 그들은 자신들의 상상에 의지해야만 한다. 그들은 주어진 언어 상속에서 현실을 더이상 서술하지 않고, 오히려 그들의 관념들을 전달하기 위한 이미지들을 창조해야만 한다. 선각자들의 언어는 새롭게 발견된 현상을 토론함에 있어서 비 타당하게 증명된다. 이러한 부적합성은 물리학자들을 새 원자를 개발하도록 강요하는지라, 그중에 적어도 부분적으로 그들의 실험과 수학적 발견을 서술할 수 있다. 맥스 프랭크(Max frank)에 의한 다음의 서술은 합리적 지적 그리고 과학적 언어를 향해 이러한 새 과학적 태도를 특별히 지운다. 과학은-불식의 노력을 의미하고, 계속적으로 목표를 향해 전진하며, 시인적(詩人的) 직관은 그것을 인식될 수 있지만 지력은 결코 쉽게 포착할 수 없다.

양자가설(量子假設)(quantum hypothesis): 1900년 M. 플랑크에 의하여 물체의 열복사(熱輻射) 에너지 스펙트럼을 설명하기 위하여 최초로 도입된 가설; 19세기 말부터 20세기 초에 걸쳐서 여러 가지 온도에서 열평형상태에 있는 물체로부터 복사되는 물체로부터 복사되는 여러 가지 파장인 열선(熱線)의 에너지 분포에 대한 정밀한 측정이 이루어졌다. 그 결과 주어지는 오도에서의 열(熱)에너지 복사는 모든 파장에 걸쳐 똑같지 않고, 절대 오도에 반비례하는 어느 특정한 파장에서 최대가 된다는 것. (빈의 법칙) 또 물체로부터 단위시간에 복사되는 열에너지 총량은 절대 온도의 4제곱에 비례한다는 것. (슈테판-볼츠만의 법칙) 등이 발견 되었다. 이러한 종류의 현상은 사료 물체의 특성과 관계가 없으며, 그러한 의미에서 복사

(輻射)를 완전히 흡수하거나 방출하는 이상적인 물체, 즉 흑체 (黑體)의 복사 현상으로서 이론적으로 취급할 수 있다. 이 흑 체복사의 이론에서 에너지 분포의 이론식을 유도하는 것은 W. 빈(1896), L. 레일리(1900)에 의해서 시도되었지만, 빈의 식은 저온과 단파장역(短波長域)에서만 적용할 수 있고, 레일 리의 식은 고온과 장파장역(長波長域)에서만 적용할 수 있다 는 것이 밝혀졌다.

이러한 이론에서 흑체를 흡수. 방출하는 복사의 진동수에 서 진동하는 진동자(振動子)로 구성되어 있는 것이라고 생각 하였으며, 파동으로서의 복사는 이러한 종류의 진동자에 의 해 연속적으로 흡수, 방출되는 것을 간주하였다. 플랑크는 물 체의 진동자 모형(模型)을 이용하는 한편, 에너지가 연속적으 로 흡수, 방출된다는 생각을 버리고, 물체는 각각의 진동자의 고유진동수에 비례하는 어느 일정한 양, 즉 양자의 정수배(整 數培) 에너지를 복수로 흡수, 방출한다는 가설을 도입하였다. 따라서 진동수 v의 복수에너지는 에너지 양자 e=h의 정수배 에 한정 된다. (h는 플랑크 상수 또는 작용양자라 한다)

이 양자 가설을 기초로 한 흑체복사의 에너지 분포의 이론 식은 실험 가능한 모든 온도와 파장에서 완전히 실험과 일치 하는 동시에, 장파장 또는 고온에서는 레일리의 식을, 단파장 또는 저온에서는 빈의 식을 재현하는 것으로 나타났다. 플랑 크의 이러한 양자가설은 A. 아인슈타인의 광양자가설(光量子

假設, 1905년)과 함께 N. 보어의 전기(前期) 양가론으로부터 합리적인 양자역학으로 발전한 양자론의 기초를 이루게 되었다. 플랑크의 양자 가설에 의하면 복사에너지는 에너지 양자 hv의 정수배의 값을 갖는데, 이 결과는 복수의 양자론, 소위 양자 전기역학(電氣力學)에 의해서 도입되었다. 플랑크는 처음에 에너지 소량(素量)이라 불렸으며, 양자라는 말은 그 후 아인슈타인이 도입하였다.

양자론(量子論)(Quantum Theory): 양자역학이나 양자역학의 기초 아래 설립된 이론의 총칭으로, 1900년 M. 플랑크가 공동(空洞)내의 복사에너지 분포 식을 제창한 이래, 물리량(物理量)의 값이 불연속성으로 특징지어지는 미시세계(微時世界)에 관한 연구가 거듭되어 이론의 체계가 세워져 양자역학이 확립되었다. 이와 같이 고전론과 상대되는 이론체계 전체를 양자론이라고 한다. 오늘날의 양자론은 소립자(素粒子), 원자핵, 천체, 원자분자과정, 양자유체(量子流體), 고체, 자기성(磁氣性) 등의 연구와 양자과학. 양자전자기학. 양자 역학의 기초 론의 전개 등 양자현상에 관한 광범위한 분야로서 발전하고 있다. 이 연구 분야들을 총칭하여 양자 물리학이라고 한다. 플랑크의 분포식(分布式) 이후 1905년 아인슈타인은 진동수가 V인 빛의 에너지는 에너지 h는 플랑크의 상수(常數)의 값을 갖는다고 가정하여 광전효과(光電效果)를 이해할 수 있음을 보여주었다.

또 1913년 N. 보어는 수소 원자 내 전자(電子)의 궤도로서 고전론이 주는 연속무한 개(個) 가운데 궤도의 작용(운동량을 운도의 1주기에 걸쳐 좌표로 적분한 짓)이 플랑크 상수의 정수배(整數倍)가 되는 것만 전자의 정상상태로서 실재한다고 생각하여, 수소원자의 안정성과 복사. 흡수되는 빛 스펙트럼을 이끌었다. 하이젠베르크는 이 보어의 원자모형에서 출발하여 1925년 양자역학의 행렬표시, 즉 행렬역학에 도달했는데, 이 이론에서는 물리량이 직접 어느 기초적인 소량(素量), 즉 양자의 정수로 주어지는 것이 아니라, 좌표와 운동량 사이에 주어진 새로운 관계, 즉 교환관계라는 양자조건에 입각하여 도출하였다.

한편 L. V 드 브로이는 1923년 전자에도 파동성이 있다는 것을 예측했는데, E. 슈뢰딩거는 1926년 이 전자의 파동성을 전자가 퍼텐셜의 작용을 받고 있는 경우로 확장하여 파동역학에 도달하였다. 여기서는 물리량이 플랑크 상수(常數)를 포함하는 연산자(演算子)로 되어 있으며, 에너지나 작용의 비연속성은 그 결과로서 도출되었다. 그 후 행렬역학(行列力學)은 파동역학과 같은 내용이 있다는 것이 나타났다. 그러나 양자 전기역학과 같이 장(場)의 양자론에는 이론 그 자체에 고유의 난점이 있어서, 양자론의 다음 이론에 대한 모색이 자주 행해졌지만 양자역학을 초월한 이론을 아직 발견하지 않았을 뿐만 아니라, 반드시 양자역학 이전의 고전론과 같은 막다른 곳에 봉착해 있다고는 말하기 어려운 것으로 생각된다.

(Ⅵ) 부(副) - 의미적(意味的) 분자(sub - semantic Particles)

〈경야〉를 작업함에 있어서 조이스는 유사한 어려움에 봉착했다. 그의 목표는 꿈의 세계 혹은 원초적 신화 의식을 탐험하는 것이었다. 그러한 목표를 실현하기 위해 그는 말들의 원초적 문제를 파괴하려고 결심했다. "일종의 문맥(門脈)을 통하여 후속재결합의 초지목적(超持目的)을 위하여 사전분해의 투석변증법적(透析辨證法的)으로 분리된 요소들을 수취하는지라."(F 034-035) 그리하여 새롭고, 유동적이요 아주 높은 외연적(外延的) 언어를 창조하려 했다. 그리고 영어의 단음적 단어들의 풍부함이 그의 작업을 용이하게 했다. 철자를 바꾸고 품사들을 새 실체로 바꿈으로써, 조이스는 풍요하고 다양한 어휘를 창조하려 했다. 그의 "이 말은 무(無)니이체식(式)의 어휘로서, 선험적(先驗的) 어근(語根)을 후험적(後驗的) 변설(辯舌)에 공급하는 것이니, 세상의 어떤 어미(語味)로도 야언어(夜言語)인지라."(F 083.10-11) 그는 고답적으로 고대의 그리고 집중적 새 언어들을 결과하게 했으며 그 속에 무수한 암시적 의미들이 원초적 중요성을 띠었다. "고로 당신은 나를 철자하지 말지라."(F 020.13-16)

아인슈타인의 빛의 새 원리는 양자 원리의 기초적 가정(假定)을 고착할 뿐만 아니라, 한층 먼 단계를 취했다. 플랑크는 에너지가 양자를 발산하거나 흡수했다. 아인슈타인에 따르면, 그것은 발산과 흡수의 과정이 아니라, 양자화 하는 에너지 그것 자체이다. 사진(寫眞) 전자의 효과에 대한 아인슈타인의 설명은 상당한 성취지만, 빛의 자연을 둘러싼 모호성을 해결하지 않았다. 영(Young)이 행한 1803년의 이중적 실험은 여전히 빛의 영류계수(瘿瘤係數)를 위한 증거로서 여전히 감수되었다. 새 전자 입자설 이론은 빛의 천성에서 다른 결론을 제공했으나, 그것은 영적 실험의 확인성을 직접으로 의문시하지 않았다. 더욱이, 재도약의 전자에서 에너지의 다른 수준의 설명에 있어서, 아인슈타인은 빈도의 개념에 의존하지 않으면 안 되었는데, 그것은 전파의 재산이다. 파도의 빈도라는 말에서 분자의 총알 같은 흐름의 상식은 의식을 부정했고, 하지만 그것은 사진 전자 효과의 단지 유용한 설명인양 했다.

(VII) 조이스의 언어의 작은 단위들

단위들과 언어적 분자들로서 실험은 양자 기계의 목표와 방법에 놀라운 평행을 형성했다. 조이스와 양자 물리학은 지금까지 물리학이나 혹은 언어에서 가장 적고 불가시의 단위로 생각되었던 곳을 삼투할 것을 시도하고 있었다. 양자 기계와 〈경야〉의 언어 간의 이 통신은 책 〈경야〉의 다음 뉴스 방송에서 개발 된다.

루터장애물항의 최초의 주경(主卿)의 토대마자(土臺磨者)의 우뢰폭풍에 의한 원원자(源原子)의 무화멸망(無化滅亡)은 비상

공포쾌걸(非常恐怖快傑) 이반적(的)인 고격노성(高激怒聲)과 함께 퍼시오렐일리를 통하여 폭작렬(爆炸裂)하나니, 그리하여 전반적 극최상(極最上)의 훌울루루(炊爛樓樓), 사발와요(沙鉢瓦窯), 최고천제(最高天帝)의 공라마(空羅麻) 및 현대의 아태수(亞太守)로부터 투사화(投射化)되는지라. 그들은 정확히 12시, 영분(零分), 무초(無秒)로다 올대이롱(종일)의 전(戰)왕국의 혹좌일몰(或座日沒)에, 공란(空蘭)의 여명에. (F 353. 22 - 29)

위의 구절은 1919년에 로드 루더포드(Lord RutherFord)에 의한 원자의 최초 성공적인 분할에 대한 언급이다. 그것은 파리, 로마, 아테네 및 다른 지역들에서 이 파열적 사건의 감수를 시험으로 생산된 바로 폭발을,(그리고 구절이 차단한 이야기에서 러시아 장군의 사살을) 전반적 혼란의 암암리의 의미를 비교하는 바, 우리는 계획들의 열편(裂片)과 도피 - "운동"(motons)과 "밀조 위스키"(mulicules) 시험에 의해 창조된 부(副)원자의 분자들을 관찰할 수 있다. 제국적 로마는 제정적(帝政的) 공간이요, 살인된 원자의 본래 희랍적 개념에 대한 반대로서 분할될 수 있다.

이리하여, 로드 루터포드의 문맥 속에서 그이 자신의 문학적 실험을 유락(愉樂)함으로써, 조이스는 원자의 분할을 그의 언어적 신 접근과 원자의 분할을 비교한다. 원자들을 분할하는 물리학자들처럼, 그는 말들을 분쇄하고, 그들을 무(無)로 감수하며, 그런 다음 무에서 그는 새 단어들과 의미들을 감수한다. 이리하여 그의 단어들은 그들의 본래의 원천을 유지하는 의미에서 그리고 새 단어들이 형성되는 구걸 요소로서 사용되었거니와, 조이스는 비코(Vico)를 따르기에, 후자는 어원으로부터, 단어들의 기원의 주의 깊은 사찰을 통해서 인간적 역사의 코스와 성질에로 일잠(一暫)할 수 있다.

어원과 원자의 이러한 경야적(經夜的) 통신은 한층 멀리 확장하여, 아담-또 다른 제일 원칙, 그리고 인간의 상징, 창조와 절멸의 주제를 확장하여 포함하자, 조이스는 〈경야〉의 내용을 서술하고 약성어(略性語)(acronym)인, HCE는 분명히 작품의 주인공과 함께 원자적 구조를 동일시한다. (F 616.05-07) 그리고 아담을 위한 "아담적"이 되나니, 그것은 HCE의 조문 (呪文)들의 하나가 된다. 인간과 부원자의 영역간의 통신은 작품 속에 그밖에 다른 곳에서 역시 배경막이 된다. 그때 HCE 집안의 캐이트(Kate), 청소부는 "원자를 분할하는 생득(生得)의 고통"(her birthright pang)(F 333.24-25)을 경험한다. 이씨 (Issy)에 대한 설교에서, 죤(Jaun)는 한층 멀리 아담과 원자 간의 연결을 지시 한다. "우리는 아담 원자와 이브 가설로부터 오고, 촉(觸)하고 경작 할지 몰라도 그러나 우리는 끝없이 오즈(불화不和신계神界)의 것으로 선확적(先確的)으로 숙명 되어 있는 도다. "(F 455.16-18)

(VIII) 상호연결성(interconnectedness)

다른 영력(營域)들의 이러한 연결은 〈경야〉에서 특별하다. 작품은, 심리의 비합리적 양상의 작업을 중복시키기 위해 계획된 채, 꿈꾸는 마음의 합치는 유동적 및 운동에 따라서 조직되는지라, 각성적 의식의 논리적 과정이 아니다. 결과적으로, 〈경야〉적 현실의 저변적(底邊的) 특징은 모든 요소들에서 본질적 단위이다. 이러한 단위는 합리적 지력에 의한 모든 요소들에 부과된 범주를 무시한다. 대신에, 그것은 존재의 형식들을 연합하는 연결의 원칙을 감수하는 존재를 암시한다.

〈경야〉의 본질적 특징은 또한 양자 기계의 발견에서 지지를 발견했다. 19세기에서 과학은 세계의 다양한 요소들 간의 상호 관련에서 순수하게 기계적 말로서 이해되었다. 고전적 물리학에 의해 서술된 우연한 상관관계는 사물들 간의 이산성(離散性)을 함유한다. 세계의 데카르트적 계획은 무수한 그러나 논리적 톱니바퀴의 운동으로서 깨끗하고 논리적인지라. 양자 물리학의 부원자적 실험은, 그러나, 진실됨이 오직 특수함을 지시하고, 궁극적으로 모든 물체는 심오한 방법으로 결합됨을, 단순한 우연의 상관관계는 하이젠버그베르크(Heisenburg)(주: 독일의 이론 물리학자, 양자 역학의 창시자)의 말로 암시되지 않는 심오한 방법으로 융합된다.

에너지와 물체 간의 상호작용은 우주적 사건들의 본질적

상호연관성을 암시했다. 물체의 분자들의 새 정의(定義)는 힘의 분야적 단순한 일시적 현실화로서 지시된 것으로, 우주의 어떠한 요소도 적극적으로 그것의 환경으로부터 분리될 수 없다. 사건들은 다른 사건들을 향해 더 이상 있지 아니하고, 그들은 언제나 다른 사건들을 향해 도달하는 바, 그로부터 개인적 요소들은 완전히 분리될 수 없다.

유사한 상호 연결성은 〈경야〉를 통하여 암시된다. 책(작품)은 복잡한 통신의 거대한 구조인지라, 그 속에서 어느 한 요소의 의미가 총체에 대한 그것의 상관관계 만에서 충분히 이해 될 수 있다. "비(非)분리된 현실"(undivided reawlity)(F 292.31)의 이 상호 해석은 〈경야〉에서 표현된다. 한편으로, 관념들 간의 접하는 단어의 형성은 유동적 점진적 연결을 강조한다. 그들의 전반적 형태로부터 해방된 채 단어들은 서로 사이를 삽입한다. 상징 또는 구체적 실체의 신호로서 그들의 전통적 역할 속에 정지하면서, 그들은 분명히 분리된 현상들 간의 유대를 대신 가장한다. 이러한 언어적 해석의 수준은 〈경야〉에서 재조(再調)하는 주제들의 한결같은 변천에 의해 동행된다.

그것의 유동성에 있어서 〈경야〉는 또한 총체적으로 신선하게 되고 책의 세계와 그 속의 모든 단어들은 조정된 존재보다 오히려 친숙한 원천에서부터 독창적 존재의 상태로 된다. 조이스는 한결같이 그의 독자에게 실제의 이 정교하나 본질적 특징을 상기시키거니와, 철학자들에 의하여 수 세기 동안 요구했어도, 양자 기계의 발견에 의해 재확인 되었다. 거의 그가 보조하는 만큼 자주, 공간은 시간의 공간과 협동하여, 그는 시간적 것들과 더불어 협동하고, 그는 "존재"를 한층 타당한 "존재성"을 가지고 그들을 보충함으로써 "존재"의 오도(誤導)된 함축어(語)를 수식한다. 그의 독자들의 좌절을 어려운 텍스트를 가지고 예상하면서, 예를 들면, 그는 이리하여 그들을 초조함을 주의시킨다.

인내(忍耐) 만일 이어위커의 존재 자체가 의심스럽다면, 그는 편지에 관해 말할 수 있을 것인가? 책의 해독을 위한 인내의 필수적 조건. 이제, 인내. 그리하여 인내야말로 위대한 것임을 기억할지라, 그리하여 그 밖에 만사를 초월하여 우리는 인내 밖의 것이나 또는 외에서 이루어지는 것은 무엇이든 피해야 하도다. (F 108.08-10)

자비(셈)는 그의 형제(아우)의 비난에 대해 옹호함에서 유사한 태도로 그를 타이른다. 그는 자기 자신을 보도록 그리고 자신이 미쳤음을 보도록 권고 받는다 – 정의(Justinus)는 자비(Mersius)를 향해 그의 연설을 끝맺는다.

자비(彼者)의 나의 실수, 그의 실수, 실수를 통한 왕연(王緣)! 신이여, 당신과 함께 하소서! 천민이여, 식인(食人)의 가인이여, 너를 낳은 자궁과 내가 때때로 빨았던 젖꼭지에 맹세코

예서(豫誓)했던 나, 그 이후로 광란무(狂亂舞)와 알코올 중독증의 한 검은 덩어리가 되어 왔던 너, 지금까지 존재하지 않았던지 또는 내가 존재할 것인지 아니면 네가 존재할 생각이었는지 모든 존재성에 대한 강압감(强壓感)에 마음이 오락가락한 채, 광란무(狂亂舞)의 알코올중독증의 한 검은 덩어리로 언제나 내내 되어 왔던 너(F 193, 343.36)

4노인들에 의한 그의 질문에서 욘(Yawn)은 관찰하거니와 나는 나 자신이 전혀 아닌바, 당시 나는 유쾌한 공포도 아니요, 그 때 나는 그이 자신을 이제 어떻게 내가 되려고 하고 있는지를 실현하기에. 그리고 질문자들은 응답하거니와

오, 그대에게는 그게 그런 식 인고, 그대 가재(動) 피조물이여? 애당초 숙어(宿語) 있었나니, 상습(常習)! 두건(頭巾)은 탁발형제(托鉢兄弟)와 친하지 않도다. (F 487.18-21)

세계는, 조이스의 단어들처럼, 유동상태에 있으며, "활생활(活生活)의 무진총체(無盡總體)들이 유생성(流生成)의 단 하나의 몽환실체(夢幻實體)인지라. 설화 속에 총화(總話)되고 제목잡담(題目雜談) 속에 화설(話說)된 채."(F 597.07-08)

단지 〈경야〉의 새 언어만이 동적 흐름과 변경의 본질을 표현할 수 있고, 전통적 단어들은 "그리하여 거기 도대체 모든 매시(每市)는-제발 평상북구(平常服句)로 이걸 읽을지

라"(please read this mufto)(F 523.10-12) 때문에 부적하도다.

볼지라, 성자와 현자가 자신들의 화도(話道)를 말하자 애란 (아일랜드)의 찬토(讚土)가 이제 축복되게도 동방퇴창광사(東邦 退窓光射)하도다. (F 613.01-613.16)

사람들이, 전환한 채, 패트릭을 갈채한다. 태양이 솟을 때 - 성 패트릭과 대 공작 버캐리의 토론이 끝나다 - 막간 바깥 일 광, 야생의 꽃과 다종 식물들이여, 근관류연(根冠類然)한 영포 (穎苞)(植)의 불염포(佛焰苞)(植)가 꽃뚜껑 같은 유제(蓁荑)(植) 꽃차례를 포엽윤생체화(苞葉(植)輪生體化)하는지라 버섯 균조 류(菌藻類)(植)의 머스캣포도 양치류(羊齒類)(植)목초종려(木草 棕櫚) 바나나 질경이(植), 무성장(茂盛長)하는, 생기생생한, 감 촉충(感觸充)의 사(思) 뭐라던가 하는 연초(連草)들. 잡초황야 야생야원(雜草荒野野生野原)의 흑인 뚱보 두개골과 납골포낭 (納骨包囊)들 사이 매하인하시하구(每何人何時何久) 악취 솟을 때 리트리버 사냥개 랄프가 숫놈 멋쟁이 관절과 암놈 여신(女 神) 허벅지를 악골운전(顎骨運轉)하기 위해 헤매나니. 땡. 염 화물잔(鹽化物盞). (F 613.13-613.26)

화두를 바꾸거니와, "인공두뇌학"(人工頭腦學)(cybernetics) 은 〈경야〉 속에서 발견될 것이다. 최근에 작품 속에 인공두뇌 학의 사전 윤곽을 발견하는데, 한편으로 〈계몽적 3부극〉(The Illuminatus Trilogy)의 저자인, 로버트 앤턴 윌슨(Wilson)은 분명히 포스트모더니즘 독자의 저자의 힘을 들어내는 그의 독서에서, 작품 속에 수소폭탄을 위한 공식과, DNA(생화학 분석)의 중복 나선(螺線)의 분자구조를 발견했다. 즉, 소립자화(素粒子化) 되어 있는 새 물리학적 요소 말이다.

위의 구절은 우리로 하여금 그의 장례에서 우둔한 이집트의 미이라(mummy)에 대해 경구적 경험을 충분히 감상하도록 허락하거니와, 여기, 이른 아침 시간에, 조이스의 "투텀칼멈"(Totumcalmum)(F 026.18) 묘진혼사(墓鎭魂士)가 홀로 장례 침대에 놓였으니, "유제(菜苐)(植)꽃차례"(Amenta)(F 613.18)의 깊이와 암흑으로부터 그를 나르기 위해 그이 머리에서 세계 속으로 솟는 태양이 구름바다를 헤쳐 노 젖는 보트 운항이다. 이는 신 모던 물리학의 원리를 설명한다.

나아가, 초창기 조이스 학자인, 아담(Robert M. Adams)은 〈뉴욕 타임스 서평〉(New York Times Book Review)에서 앞서 브리빅(Brivic) 교수가 〈계간지〉에 실린 비숍의 조이스 신간의 서평을 응당히 동조한다. 필자 생각으로, 비숍은 새 〈경야〉의 서문에서 그의 어느 선배들보다 혹은 후배들보다 한층 대담하고, 한층 철저하고, 한층 상상적이요 한층 유식한지라, 그의 정신분석적 글은 그것 자체에 대한 텍스트의 코멘트로서, 그것을 이루듯 확실하게 구성한다. 그러나, 필자 의견에, 〈경야〉 전체를 낭송하면서, 그는 한 독자가 인식하는 일치와 불일치를 1,000배 만큼 배가할 수 있는 것 같은지라, 그리하여 논리적 물리학의 회로소자(回路素子)의 인상적 배열을 통해서 그들을 확충할 수 있다.

필자는 본 소개서의 일부인 "신 모던 물리학"의 일부를 비숍(J. Bishop) 교수가 그의 최신 연구서인, 〈경야의 어둠의 책〉에서 명쾌하게 지적했음을 아래 알리고자 한다. 하지만 거기 존재 하지 않았던 몸체는 여기 존재하지 않는지라. 단지 질서가 타화(他化)했을 뿐이로다. 무(無)가 무화(無化)했나니. 과재현재(過在現在)라!

끝으로, 이 책이 수용한 총체는 제I부에 등장하는 원자 물리에 관한 지론인 즉, 버클리에 의한 소련 장군의 사살이 그에 의해 문학적 사건으로서가 아니라 사살 자체가 얼마나 과학적 이론으로 이루어지는지를 설명하는데 이바지한다. 이는 다분히 아인슈타인의 상대성 원리가 과학의 역할이 어떻게 이바지하는 가이다. 셰익스피어 역시 그러하리라.

James
Joyce

The Illicit
FINNEGANS
WAKE

5

미국의 조이스 남동부 대장정

밝은 햇볕 속에서, 사지가 가벼워지며 서늘해진 채, 그는
자신의 검은 바지를 조심스럽게 살펴보았다: 뒷자락, 무릎,
무릎의 오금. 장례식은 몇 시던가? 신문에서 찾아보는 게 좋
겠군.

하늘 높이 공중에 한 가닥 삐걱대는 소리와 음울한 윙 소
리. 성(聖) 조지 성당의 종들. 그들은 종을 울려 시간을 알렸
다: 높고 음울한 쇠 소리.

헤이호! 헤이호!
헤이호! 헤이호!
헤이호! 헤이호"

십오 분 전. 저기 다시: 대기(大氣)를 뚫고 뒤따르는 여음(餘
音). 세 번째. 불쌍한 디그넘! (U 57)

*

필자는 희망찬 미래를 위해 서한을 미국의 여러 대학에 보
내 지원하고 있었다. 우선적으로 조이스 연구가 강한 대학
들을 골랐다. 그 중에서도 오클라호마에 있는 털사 대학(The
University of Tulsa)을 골랐으니, 그곳은 조이스 자료가 풍부
한 대학 도서관과 저명한 학자 스탤리(Thomas F. Staley) 박사
가 있었다. 그는 그곳 대학원장에다, 유명한 전위적 국제 잡

지 〈조이스 계간지〉(James Joyce Quarterly)의 편집장이었다. 그는 패기와 재기 넘치는 젊은 학자였다.

기다리고 기다리던 필자의 편지 답장이 털사 대학의 대학원장, 큰 학자, 은인 스탤리 박사로부터 그의 수중에 당도했다.

…이곳 털사대학에서의 연구를 위해 안주하여 읽고 준비하는 작업을 위해 년 초에 될 수 있는 한 일찍 오기를 바라오.

토머스 F. 스탤리 1971년 12월 16일

구하는 자에게 희망은 오기 마련인가 보다. 기다리던 회소식을 실은 긍정의 답장이었다. 편지를 가슴에 안고 방바닥을 아마도 몇 번이고 껑충껑충 뛰었던가! 문은 두들기면 열리나 보다! 곁에 있던 김 화백도 (그 자신 반란자인양) 필자의 의지를 격려하며 후원하고 있었다. 창조적 반란이요, 도전이라고, 그리고 영원한 선의의 학구열이라고! 그래 여기 있는 캘리포니아의 아주사 대학(Azusa College)을 당장 떠나자. 학문의 사이비 전당 같은 현재의 실체는 싫다. 더 넓고 더 험준한 불타(佛陀)의 도장(道場)으로! 그것이 그대의 합당한 희망이요, 타당한 꿈이 아니더냐!

그리하여 필자의 가슴은 야망으로 불타기 시작했고, 들뜬 마음에 밤잠을 이룰 수가 없었다. 이 기쁜 소식을 고국의 아

내에게 보냈다. 이 희망 찬 소식에 그녀는 고된 일과를 마다
하지 않고 아련히 비쳐 오는 희망의 그림자를 쫓아 새벽에 일
어나 수업을 위해 등교 길에 올랐으리라. 그리고 남편의 앞날
을 위해 글 가르치는 일에 매진했으리라. 이제 필자는 꿈꾸는
실몽자(失夢者)로부터 꿈을 이룬 실몽자(實夢者)가 되었다. 필
자는 아래 꿈의 시를 지었다.

> 오! 우리들(실제의 필자와 환영(幻影) 상의 필자)은,
> 백무(白霧)가 고향의 〈수리봉〉과 강시 골과 계남들
> 위로 흐르는 것을 살피면서,
> 무수한 소들로 활기 찾은 앤지신 골을
> 구릉지의 초원 위에서 꿈꾸며 명상하도다.
> 암혈지사(巖穴志士)여. 속세를 떠나 깊은 산 속에 은거하는
> 선비여!
> 유년의 몽환거사(夢幻居士)여.

미국의 킹 목사는 그의 참신한 꿈의 도래를 부르짖다 죽음
을 당했다. 꿈은 그 동안 몽자(夢者)의 생각 속에 있었던 일들
로 주로 이루어지기 마련이다. 그대 노인(이제 87세의 늙은 필
자)은 꿈을 꿀지라도, 젊은이(당시 20대의 젊은 필자)의 찬란한
희망찬 비전을 보리라.

조이스의 〈초상〉 말미는 젊은 주인공-데덜러스가 갈구하
는 미래의 희망찬 꿈을 위한 하느님에 대한 소명이다.

노부(老父)여, 노거장(老巨匠)이여, 지금 그리고 영원토록 변함없이 나를 도와주오. (P 253)

여기 "노부요 노거장"은 희랍 신화의 미로의 창설자 다이덜러스 인지라, 친애하는 주여, 제발 그(늙거나 젊은 필자)에게 축복의 꿈을 하사하소서! 그리하여 그들이 온통 참된 꿈이 되게 하소서! 닥쳐 올 그의 청순한 꿈은 축복의 꿈이요, 그것이 그곳 만사의 연옥(limbo)을 향한 산보(散步)일지라도, 인간 지옥의 유사 구원이 되게 하소서.

나아가, 필자는 스탠리 교수에게 후안무치하게도 그의 재정적 어려움을 편지로 실토했다. 그러자 그 분은 자기 대학에 일단 와서 공부를 잘하면, 최소한의 재정적 어려움은 해소될 것이라 답장을 해주었다. 참 고마운 일이었고, 이제야 필자의 앞날에 서광(aurora)이 빛이기 시작하는구나 싶었다.

밤의 촛불이 다 타버리자, 쾌청한 새 날이 안개 낀 산정 〈수리봉〉을 발끝으로 서도다.

우리들은 신들을 찬미하나니
우리들의 굽은 연기를 그들의 콧구멍까지 피워 올리세
우리들의 축복 받는 제단으로부터.

(셰익스피어 작 〈심벨린〉 최후의 장면)
: 〈V v. 435-442〉, (U 179)

미국 노벨상 수상 소설가 스타인백(Sreinbeck)의 유명한 작품인, 〈분노의 포도〉(Grapes of Wrath)에서 '오키들'(Okies)(현지의 소작인들)은 오클라호마의 지주들의 학살에 못 이겨 서부(캘리포니아)로 금광을 찾아 자신의 고향 땅을 탈출한다. 작품에는 그들의 험난하고 머나먼 대 장정(長征)에서 한 특별한 사건이 설술되고 있다. 한 임산부가 길가의 마구간에서 아기를 낳는 아픈 장면이다. 그 동안 허기와 굶주림으로 실성할 듯한 산모는 갓 태어난 아기에게 곁에 있는 처녀의 젖꼭지를 물리고 젖을 빨도록 요구한다. 그러나 그녀의 젖꼭지 역시 영양실조로 말라 붙어버렸다. 산모는 먼 산과 하늘을 향해 회심의 미소를 띠며 눈물짓는다. 이 미소의 의미를 어떻게 해석하느냐가 소설의 큰 주제들 중의 하나이다. 아마도 과거 지주의 압제에 저항함으로써 얻은 미래의 신을 향한 긍정의 빛나는 비전이리라.

그들 '오키들'은 중남미의 동부에서 남부 캘리포니아를 향해 장사진을 이루어, 개미의 행렬처럼, 걷고 있었다. 필자의 탈출은 그들과는 역(逆) 코스로서, 서부(LA)로부터 동부로의 전진이었다. 억압 받던 이스라엘 종족들과 그들의 지도자 모세가 이집트에서 이스라엘로의 대 엑서더스(출애굽)였다. 이스라엘의 번성에 불안을 느낀 애굽인들(Egyptians)의 저지(沮止)의 결과였다. 그러자 필자에게 저 유명한 오클라호마의 경쾌한 뮤지컬이 그의 뇌리를 날렵하게 스쳤다.

필자는 노래 도중 1972년 1월 2일에 그의 생의 일대 전환이라 할 유학의 희망찬 장도에 올랐으니, 그레이하운드 버스에 몸을 싣고, 캘리포니아를 떠나, 2박 3일의 남부 미 대륙을 횡단하는, 그에게는 일생일대의 대 장정을 결행하기에 이르렀던 것이다. LA 뒷산 꼭대기가 백설을 이고 광명을 발했는지라, 그의 고향의 〈수리봉〉이요, 희망봉 바로 그것이었다.

때는 한 겨울, 날씨는 그리 춥지 않았다. 로스앤젤레스에서는 한 겨울에도 눈을 보기 힘들다고 했다. 도시 중심에 있는 그레이하운드 버스 정거장에서 차에 오른 필자는 마치 미지의 세계를 개척하려는 탐험가처럼 가슴이 설레고 갈빗대 아래 심장이 마냥 고동치고 있었다. 이 여로는 그의 인생을 가름하는 중대한 이정표인 동시에, 필생의 야망인 필자-수리봉-조이스 문학을 탐험하는 시발점이기도 했다. 초창기 미국의 서부 개척자들은 동부에서 서부로, 마차에 몸을 싣고 고난을 감수하며 금광(金鑛)을 캐기 위하여 대륙을 횡단하지 않았던가! 필자-수리봉은 이러한 역사의 편력을 서부에서 동부로 기록하는 아이러니의 이야기를 방금 역으로 기록하는 것이다. "그의 보금자리로부터 배회하는 한 마리 새처럼, 고로 한 인간은 그의 오지(奧地)로부터 방랑하도다. 중국의 만리장성을 넘는 대 장정과도 같았다.

LA의 버스 정거장에서 1972년 정월 3일, 필자는 초라한 옷가지 및 생활필수품을 담은 성가신 트렁크는 버스의 짐칸에 실었다. 창 밖에는 김 화백(김창락)이 유일한 동료를 황송하고 있었다. 부디 행운을! 자리에 앉은 필자는 눈을 감았다. 하느님 저를 성공으로 인도하소서! 하느님은 모세가 젊은 혈기를 다 소진했을 때 그를 부르셨다. 모세가 할 일은 하느님의 명령에 전적으로 순종하는 것이었다. 장차 필자도 그럴 나이이다.

출발에 임하여 당시 필자는 나른한 졸림 속에 이울어지듯, 눈꺼풀은 마치 대지와 그의 목격자들의 장대한 주기적 운동을 느끼듯 떨었고, 어떤 새로운 세계의 이상한 빛을 느끼는 듯 깜박거렸다. 한 야성의 천사, 인간의 젊음과 야망의 천사, 생명의 미로(迷路) 같은 궁전으로부터 한 특사가 그의 앞에 갖가지 영광과 과오의 문을 활짝 여는 듯했다. 필자는 조이스의 글이 생각났다. "동으로! 동으로! 그는 저 멀리 새 아침의 평화와 침묵이 그의 피의 격동을 진정하도록 이제 다시 눈을 감았다."

우리의 교황의 권위에 의해 우리는, 가톨릭들에 의하여 이후 발견될 인디언들, 혹은 어떤 다른 사람들이야말로, 비록 그들이 크리스천이 아닐지라도, 그들의 자유 혹은 그들의 소유물을 결코 약탈당해서는 인됨을, 정의(定義)하고 선언하도다.

(교황 파울 III, 〈톨레도의 대주교〉)

나는 방금 D. M. P(더블린 수도 경찰청)의 트로이 영감과 그곳 아버 언덕의 모퉁이에서 인사를 서로 나누고 있었는데 젠

장 어떤 경칠 굴뚝청소부 녀석이 다가와서 그의 청소 도구를
내 눈 속에다 쑤셔 넣을 뻔했단 말이야. 내가 그 녀석에게 벌
컥 화를 내주려고 뒤를 돌아보았더니 그때 아니나 다를까 다
름 아닌 조하인즈가 스토니배터를 따라 터덜터덜 걸어오는
걸 보지 않았겠나. (U 240)

　로스앤젤레스를 출발한 그레이하운드 버스는 숨이 확확 막
히는 남가주의 사막을 횡단하여 이국의 식물인 악마의 방망
이 같은 선인장의 본고장 애리조나 주와 그의 정겨운 넓고 넓
은 초원, 그 한 복판 도시인 피닉스를 통과하고 있었다. 필자
여, 그대는 화염의 재(灰)에서 되살아 난 불사조(피닉스) 되리
라. 이 광대한 대륙을 달리는 여정은 사나이의 야망을 대변하
듯 장엄하고 스릴에 넘치는 장도였다.

　얼마 전 작고하신 고려대학 총장 김준엽 박사의 중국 대륙
의 대장정을 생각하라. 밤이 다가오자 필자는 버스 속에서 밤
을 지새워야 했으니, 도중의 모텔 같은 잠자리의 편이시설을
그에게 허락하지 않았다. 다음 날의 여로는 뉴멕시코 주, 그
의 수도 산타페, 인디언의 고향, 그들의 유물들이 사방의 붉
은 황토 가게와 함께 도열하면서 차 창가를 스쳐 지나갔다.
필자는 일찍이 맛보지 못한 이 낯선 아메리카 대륙과 그 황야
앞에 그리고 북을 치며 원색의 노래를 부르는 인디언들의 모
습에 침묵하면서, 그의 머리는 앞날 펼쳐질 운명의 가시밭길
을 도장(塗裝) 하고 있었다. 힘내라, 수루여, 그대 신체발부(身

224

體髮膚)를 몽땅!

　중국 홍군(紅軍)의 대장정(大長征)(The Long March)은 1934-1936년에 걸쳐 중국 공산당이 중국 대륙 동남부에서 서북부에 근거지를 옮기려고 강행한 행군으로, 역사 이래 인류가 단일 군사상 목적으로 감행한 기동(機動)으로는 세계 최대의 기록이다. 장정은 홍군이 국민당군(國民黨軍)의 포위망을 뚫고 370일간에 걸쳐 9,600km의 거리를 걸어서 탈출한 사건이다. 대서천(大西遷) 또는 대장정이라고도 불린다. 군사적으로는 실패의 패주였지만, 그 결과로 중국 전역에 홍군의 기세는 퍼졌다. 앞서 언급한데로, 우리나라에서도 고 고려대 총장(전출)을 지낸 김준엽 교수가 이 운동에 참여하고, 〈대장정〉이란 그의 저서를 출간한 것으로 유명하다.

　이 장정의 결과 공산당의 혁명 근거지는 중국 동남부에서 서북부로 옮겨졌으며, 마오쩌둥(毛澤東)이 확고부동한 지도자로 부상했다. 당시 홍군은 추적해 오는 장제스(蔣芥石)의 국민당 군과 계속 싸우면서 18개 산맥을 넘는 대장정을 감행했다. 여기 홍군은 그들의 승리로 일대 영광의 개가를 올린 셈이다.

　이제 필자가 이 중국의 동남부에서 서북부의 대장정을 여기 들먹임은 자신의 미래의 연구를 위해 캘리포니아의 LA에서 동쪽으로 미 대륙을 통과하여 오클라호마의 털사(Tulsa)로 그것을 감행함과 비교하기 위해서다. 이러한 필자의 학문적 대장정은 앞으로 수년의 힘든 시련일 것이다.

앞서 들먹인, 1930년대 미국 대공황 시기에 농민들은 가난에 심하게 쪼들리자, 풍요의 땅과 금광의 보고인 캘리포니아를 이주하기로 결단을 내린다. 그러나 "오키들"(Okies)의 새로운 아메리칸 드림(American Dream)으로 선택한 캘리포니아 대장정 역시 그들의 가난을 전혀 해소해 주지 못하고, 오히려 극심한 가난과 절박한 상황에 내쫓기고 만다. 당시 캘리포니아는 "조오드" 일가와 같은 이민들로 넘쳐나 일자리 수가 부족했다. 노동자들이 더 많아져 임금은 이미 바닥을 치는 치열한 상황이었다.

하지만 이들 이주자들은 다른 노동자들에게 일자리를 빼앗겠다는 그들의 탐욕보다는 자주들에게 대항해야 한다는 자의식이 더 크게 번지면서 생존을 위한 노동 투쟁을 버리게 된다. 또한, 들판의 후면 도로들인 미 대륙의 46. 56, 66번 도로에는 낡은 트럭들이 끝이 모를 정도로 꽉 차게 들어선 채 여로의 광경이 이를 입증한다.

당시 오클라호마의 "조오드" 일가도 형편없이 낡은 트럭에 헌 가재도구를 잔득 싣고, 그 트럭에 실려 길을 떠난다. 중도에 애리조나 사막과 로키산맥을 가로지르는 가혹한 유람 도중, 조부와 조모는 트럭에서 죽어가고 여동생의 배우자는 도망을 하지만, 남은 사람들은 그래도 약속의 땅을 꿈꾼다. 하지만 노동력 과잉의 농장 지대에서는 착취와 기아와 질병이 그들의 몸뚱이를 탐내어 침범한다. 20세기 미국의 소설가 스타인백의 소설 〈분노의 포도〉(Grapes of Wrath)는 이와 같은 서사(敍事)를 펼쳐 보인다.

이제 필자가 택한 미 대륙 남부의 쓰라린 여정 코스는 당시 그레이하운드 버스로 2박 3일을 요하는 존 번연(John Bunyan)(1628-1688)의 순례자의 진행에서 묘사된 바로 학문적 또는 하나님을 찾는 천로역정(天路歷程)(Pilgrim's Progress)이었다. 이는 필자의 심신을 아리는 쓰라린 모래바람을 타고 험한 토사를 밟는 미국 동서부의 피 흘리는 맨발의 대 역정이었다. 이러한 코스는 로스앤젤레스로부터 시작하여, 피닉스, 프라그스탭, 다시 남으로 피닉스, 로즈엘, 루복, 시크로, 번지나니, 중남미의 오클라호마 시티에서 털사까지의 미 대륙 절반을 정복하는 바로 그 역정을 의미했다

이러한 역정은 조이스의 〈초상〉 말미에서 청(소)년 필자-데덜러스가 추구하는 유럽 세계를 향한 장정이요, 구원의 추구였다, 이러한 추구는 〈경야〉 종말에서 작가가 믿는, "세계는 구원될 수 있으며, 혹은 인류의 양심은 창조적이요, 이 양심의 행사를 통해서 만이 재창조 된다."는 주제일 것이다. 이 주제야 말로 20세기 말의 모더니스트 작가들이 추구하는 구원의 시작이요, 시인, 하트 크레인(Hart Crane)의 정신적 콘크리트 화(化)로서, D. H 로렌스의 "피의 의식"(blood consciousness)이며, 독일 시인 릴케(Rilke)의 "창조적 심미론"(creative aestheticism)을 대변한다. 또한 이는 장차 필자의 밝은 장래의 조망일 것이다.

당시 필자가 출발하는 대 장정은 〈성서〉에서 모세의 대탈출(Exodus)이요, 중국 홍군의 대 장정(The Long March)을 상징한다 할 것이다. (이는 본 저서에서 재삼 강조하고픈 주제이기에 거듭 서술한다)

이제 시간은 흘러, 시속 65마일의 그레이하운드 급행 버스는 로키 산맥으로 진입했고, 시에라네바다와 산맥 사이에 펼쳐진 대 분지(盆地) 및 고원과 대 산지(山地)를 기어올랐다.

미국 남서 주의 최대 산업은 관광산업이요, 필자에게 잘 알려진 세계 최대의 도박의 도시 "라스베이거스"는 그것으로 얻는 세금 수익으로 주의 중요한 재원을 충당하고 있었다. 이 주의 주요 관광지들 중의 최고인, 이른바 "죽음의 계곡"(Death Valley)은 누구나 "언제 한번 꼭 가 봐야지"하는, 다짐의 현장이었지만, 오늘날 필자의 바람은 결실을 맺지 못한 아쉬움으로 남아 있었다. 멀리 육우(肉牛)와 유양(乳羊)의 방목지가, 관개(灌漑)를 기다리는 마른 농토와 함께 창밖을 스쳐 목마르게 지난다.

버스는 이미 애리조나의 주경을 넘어섰다. "애리조나 카우

보이"의 노래가 필자의 뇌리를 간질이기 시작했다. 순간, 자신 없는 노래 가사가 그에게, 자신 있는 민요 "오 대니보이"로 대신했다.

오 대니 보이, 골짜기에서, 산기슭까지 피리가 부른다.

여름은 가고, 장미는 모두 지는데,

너는 가야하고 나는 남아서 기다려야 하네,

하지만 너는 여름의 목장에,

아니면 골짜기가 눈으로 하얗게 침묵할 때,

돌아 올 거야, 나는 해가 빛날 때도,

흐릴 때도 여기 있을게.

오 대니보이, 나는 너를 사랑해.

"오, 대니보이!"는 1910년, 영국의 변호사요, 작사가인 프레드릭 웨덜리(1948-1929)가 작사한, 북 아일랜드의 런던 데리 지방의 민요로, 1915년 미국에서 녹음되어 새 세기의 가장 유명한 노래가 되었다. 이 노래는 모든 사람들에게, 전쟁으로 떠나간 아들에게 보내는 부모의 메시지, 혹은 떠나는 아일랜드의 디아스포라에게 보내는 메시지로 전한다.

이제 다시 필자의 버스는 드디어 도끼 자루 같이 생긴 오클라호마의 최남단 서부를 지나, 살벌한 그곳 수도 오클라호마 시티를 빠져나가고 있었다. 마침내 4, 5시간 뒤에 목적지인 털사 시티 한복판의 버스 정거장에 입성했다. 날씨는 한 겨울이라 사방에 하얀 눈이 나그네의 눈을 아리게 했으며, 옷깃 사이로 숨어드는 차가운 공기가 간담을 싸늘하게 했다. 그러나 간밤에 내린 비로 찬바람은 구슬을 조각하여 찰랑 찰랑 절간의 인경인양 곡(曲)을 달았다. 이제 고생은 시작되는구나! 그도 모르게 입을 꽉 다물었고 두 주먹을 불건 쥐어보았다. 그것이 당시 필자의 됨됨이요, 〈초상〉 제 5장에서 필자-데덜러스가 되뇌는 심미론의 클라리타(clarita), 현현(顯現)(epiphany)이었다. 마침내 동방박사 매기들은 마구간의 구루에서 아기 예수를 찾아낸 것이다.

이 됨됨이는 예수님의 계보를 짓나니.
아브라함과 다윗의 자손 예수 그리스도의 세계라.
아브라함이 이삭을 낳고
이삭은 유다와 그의 형제를 낳고
유다는 다말에서 베래스와 세라를 낳고.
야곱은 마리아의 남편 요셉을 낳았으니 마리아께서
그리스도라 칭하는 예수가 나시더라. (〈마태복음〉 1장)

필자는 이와 연관하여 가냘픈 휘파람을 불었으나, 그러나 버스 내의 다른 승객들을 기분 상하게 하지는 않았다. 노래는 이어졌다.

만일 누군가 나를 하느님으로 생각지 않는다면
내가 술을 빚더라도 공짜 술을 마시지 못하리.

그러나 물(尿)을 마셔야만 할지니 그리고 바라건대
만든 술도 분명히 다시 물이 되리라.

필자는 노래의 마감을 위해 헛기침을 몇 번 쳤다. "에헴, 에헴." 버스 창밖에는 몇 마리 새들이 날개를 파닥파닥 치면서, 하늘로 치솟았다.

안녕히, 이제, 안녕히! 내가 말한 모든 걸 적어서,
이놈 저놈 모두에게 알려요, 내가 부활했다는 것을
내가 공중으로 날 수 있는 것은 천성이라네.
감란 산의 산들바람…안녕히, 자, 안녕히!

필자는 이어 자신도 몰래 위의 콧노래에 종사하고 있었다. 노래의 경음(硬音)은 버스 안의 정적을 깨지 않았다.

조이스는 필자가 사랑하는 노래의 달인이었다. (밤하늘의 별들 인양, 초기의 작품들에는 30여 곡, 〈율리시스〉에는 100곡, 〈경야〉에는 40곡, 모두 합쳐 170여곡을 헤아린다.)

그러나 황야의 카우(소)들 및 카우보이들은 겨울철 때문인지 시야에는 없었다. 나무 높이만큼이나 자란 큰 수 천, 수만 구루의 선인장들의 번식지, 그 사이를 뛰노는 노루와 사슴, 퍽이나 이국적이요, 에덴동산과 같았다. 이름만 들어도 가슴이 설레는 땅, 아! 이국적 주도(州都)의 이름 피닉스(불사조)(아일랜드의 '피닉스 공원'과 연관하여), 필자는 오늘 이 기점을 통과함으로써, 앞으로 두서너 번 더 이곳을 여행하리라. 그가 공부를 마치고 귀국할 때 재차 밟을 땅, 이후 약 30여 년이 지나, 노령에 가족과 함께 세 번 머물었던 하얏트 호텔의 연고지였다. 근처의 산들은 불덩이였다. 그 불덩이에는 선인장만이 살아간다. 필자는 지리에 대한 호기심은 대단했으니, 그는 가시적(可視的) 시선을 최대한 동원했다. 북쪽은 유타 주 (주도는 솔트레이크시티, 그리고 필자가 훗날 통과하는 주 남동쪽의 모뉴먼쿠발리의 특이한 경관, 300미터가 넘는 적사암(赤沙岩)의 바위 탑이 솟아 있는 곳), 동쪽은 뉴멕시코 주, 그 남쪽은 멕시코, 서쪽은 콜로라도 강을 경계로 네바다 주 및 캘리포니아 주와 각기 접해 있다.

주의 북부는 높이 1,200헥타르 이상의 콜로라도 공원이 있다. 달빛 어린 콜로라도 강과 그 지류가 이 공원을 개석(開析)하여 그랜드캐니언과 페인티드 디저트(Painted Desert), 그 웅장한 협곡, 실오라기 같은 적벽(赤壁)을 가르며 흐르는 세류(細流), 그 하부의 웅장한 후버 댐과 바위산을 넘어 전력을 공급하는 전신주 탑들의 행렬들이 깊은 협곡을 점철하고 있었다. 강수량이 적은 남반부의 광대한 사막. 사이다 병 같이 원통으로 자란 선인장. 이곳 근처에 사는 10만 명에 달한다는 인디안 인구, 나바흐, 아파치 등속(等屬)의 주거지이다.

다시 필자의 그레이하운드는 뉴멕시코의 동쪽 변경을 넘는다. 필자는 자신이 관망하는 이 황홀한 도취가 행여나 그가 앞으로 매진할 조이스 학문에 대한 열기가 식지는 않을까 겁이 났다. 버스의 창밖을 보니 한 떨기 민들레꽃이 아스팔트 틈을 헤집고 만발했다. 필자가 지닌 내심의 목소리. "너는 한 송이 민들레다! 저 장애를 뚫는 인내를 보라!" 뉴멕시코 주는 그것의 서남부에 선인장이 산재하는 반 건조한 평원으로 펼쳐져 있다. 주도는 샌타페이, 1821년에 멕시코가 에스파냐로부터 독립하자, 그것의 일부가 되었으며, 1846의 멕시코 전쟁의 결과로 1848년에 미국 영토가 되었다 한다. 에스파냐인 들이 이곳으로 이주하기 전에는 리오그란데 강 유역에 푸에블로 인디언이 정주하고 있었다 한다. 고원의 건조한 기후가 오히려 건강에 좋기 때문에, 현재 앨버커키는 보양지(保養地)로서 알려져 있다. 멀리 남쪽으로 로키 산맥의 연장선에 희뿌연 하늘을 배경으로 아련하게 잠자는 고래등 성처럼 뻗어있다. 또한 여기에는 특이한 생활양식을 지닌 푸에블로 인디언의 보호구가 많고 에스파냐 시대의 사적이 풍부하며, 칼즈배드에 세계 최대의 석회굴이 있어 관광객이 많이 모여드는 곳이다. 1912년에 뉴멕시코는 미국의 47번째 주가 되었다.

버스는 피곤을 모르는 듯 달려, 서부의 펜 핸들 지역(프라이팬의 손잡이처럼 가늘고 긴)인, 텍사스 북부를 달린다. 필자의 버스가 통과하는 애머릴로 시티는 텍사스 주의 북단에 위치하고, 텍사스의 주도 오스틴은 유명한 텍사스 주립 대학이 있으며, 그곳의 '인문학 연구소'의 미래의 소장은 토머스 F. 스탤리로, 필자는 그의 초청으로 오클라호마로 향하고 있다. 석유 관련 사업으로 주종을 이루는 텍사스의 관활한 땅은 사방에 석유 시추기들이 방아를 찧고 있다. 주 남부의 최대 도시 휴스턴은 우주 센터가 있고, 목화와 석유 수출항으로 이름 높다.

> 암소들이 가장 많은, 그러나 우유가 가장 적게 나는 곳,
>
> 대부분의 강들과 최소한의 물이 그 속에 있는 곳,
>
> 거기 그대는 가장 멀리 볼 수 있으되, 가장 적게 보는 곳.
>
> (저자 미상)

드디어 근 30시간의 긴 여행 끝에, 필자는 오클라호마 주에 진입했다. 필자의 심장이 다시 고동치기 시작했다. 미국의 대표적인 뮤지컬로 유명한 〈오클라호마〉 가극(뮤지컬)은 세계적으로 알려져 있다. 작가 L. 릭즈의 희곡 〈초록이 불타는 라일락〉(1931)을 극단 "시어타 길드"가 곡화(曲化)한, 이 가무(歌舞)는 필자에게 너무나 친근한 곡으로, 그는 일찍이 그를 들었고, 영화 화면을 통해 이미 익숙하고 있었다. 개척시대의 오클라호마 농촌을 무대로, 목동, 농부, 처녀들이 엮어내는 사랑의 경쾌한 멜로드라마는 필자가 당장 추구하는 개척의 열세(熱勢)아래 너무나 부합했기에 그 감동을 즐기다 못해 아연하고 있었다.

이 가곡은 〈아름다운 아침〉, 〈사랑하는 사이〉, 〈장식이 달린 4륜 마차〉 등의 주옥같은 노래들과, A. 데밀의 안무에 의

한 독창적인 현대무용 등으로 향토색 짙은 작품으로서 지금도 만인의 사랑을 받는다. 2차 세계 대전 하에 있던 미 국민들에게 애향심과 애국심을 불러 일으켜, 1943년의 초연 이래 무려 2,000번 이상의 연속 공연을 기록한, 대 히트작, 전쟁에 지치고 피곤한 미 국민들에 새로운 희망을 안겨 준 일화가 값지다.

인생에서 이 보다 더 좋은 때는 없었다네,

때는 너무 일찍이도, 너무 늦지도 않아,

한 농부로서 깔깔 새 아내와 더불어 시작하네.

곧 그는 깔깔 새 세상에서 살아갈지라.

깔깔 새로운 상태, 그대를 위해

그대에게 보리, 당근, 감자를 가져다주리.

암소에게는 목장, 시금치 그리고 토마토

평원에는 꽃들이, 6월에는 벌레를 볼 수 있어요,

많은 공기, 많은 여가,

그네를 타는 많은 아씨들

많은 공기, 많은 여가,

오오오 - 클라 - 호마

바람은 평원을 굴러 내리고,

파도치는 들판, 달콤한 냄새,

바람이 불면 비가 쏟아지지요.

오오오 - 클라 - 호마

혼자 앉아 매가 공중을 나는 것을 보네

우리는 이 땅의 주인

우리들이 속하는 땅은 관활하네,

그리고 우리는 말하나니,

요-아이-입-아이-요-여기-아이!

우리는 단지 말하나니,

당신을 멋지게 오클라호마!

오쿨라-호마 OK!

　　이제 필자는 이 매력의 뮤지컬 "오클라호마"의 땅을 달리기 시작한다. 목장과 밀밭이 끊임없이 펼쳐지는 지평선과 천평선의 경계가 아련한 하느님의 경지, 넓고 개간의 손을 기다리는 무한한 황무지. 역시 주요 작물은 목화와 밀의 생산, 대 도시 주변에는 육우(肉牛), 유우(乳牛)의 사육이 행해지고, 매장된 다수의 광산자원 중 석유가 가장 중요하고 으뜸이다. 오클라호마에 진작 정착한 체로키 인디언 부족과 그 보전지로, 한때 필자가 그곳을 찾은 경험은 그의 가슴의 새장 속에 값지게 빈번히 찍찍거린다.

　　이제 주도 오클라호마 시티에 잠시 머문 필자의 버스는 그의 최후의 목적지인 주의 두 번째로 큰 도시 털사로 향한다. 필자가 조이스를 공부하기 시작한 이래 그토록 동경하던 지식의 근원지이요, 희망과 학구의 도시, 향후 만 6년을 두 개의 학위(석사와 박사)를 위해 불철주야 노력하고 고생할 노역의 도시 털사가 아니던가! 필자는 LA를 떠난 지 이틀에 걸쳐, 근 48시간 만에 오클라호마 주 북동부의 유전지대, 이 석유공업의 중심지에 곧 발을 디딘다, 스타인벡의 "오키들"의 발걸음으로! 인구 약 40만의 그리 작지도 크지도 않은 도시의 황홀한 도착. 아칸소 강과 시마론 강의 합류지점, 그들의 합류점 동쪽에 위치한 이 도시의 주 산업은 정유(精油)이다. 새벽이면 석유 냄새가 코를 찌른다. 대규모의 정유소와 석유화학 공장이 들어서 있는데다가, 석유 관련 회사와 연구가 엄청 많다. 중동 선유 국들의 부유한 유학생들이 매학기 1,000명 넘게 유학하는 이곳 털사 대학이다. 그곳 컴퍼스에 얽힌 일화 하나를 소개한다.

중동 산유국들의 많은 학생들이 석유 공학의 중심 연구센터인 털사 대학에 유학을 온다. 한 학기에 평균 700명으로 학교 당국은 추산한다. 이들 부유국가들의 유학생들은 학교 당국에 엄청난 금화를 쏟아 붓는다. 대학 당국은 그들을 마다할 리 만무하고 대환영이다. 이들 유학생들은 부의 상징인양 달러를 몸에 지니고 다닌다. 일예로, 한 팔에 고급 시계 몇 개식을 차고 다닌다거나, 매해마다 신형 고급차를 매입하여 미국 여학생들과 데이트를 즐긴다. 이러한 부의 과시에 현혹하는 자는 여학생들이다. 그러나 이를 못 마땅히 하는 자들은 미국 남학생들로, 그들은 이들 중동의 부를 혐오하고, 다음날 대학 캠퍼스에 "중동 학생 추방하라"라는 현수막들을 바람에 휘날린다. 덩달아 이에 반응하는 여학생들은 다음 날 "우리는 중동유학생을 사랑한다"라는 현수막, 난처한 것은 학교 당국이다. 그런대도 중동의 부(富)는 캠퍼스로 계속 흘러들어오고,

유학생 수도 결코 줄지 않는다.

1882년 철도의 개통에 의해 육우(肉牛)의 적출지(積出地)로
서, 1901년 주변지역에서 석유발견 뒤로, 급속히 발전한 이
도시의 특징 중의 또 다른 하나는 다수의 공원과 주도면밀하
게 계획된 아름다운 호반의 파크들이다. 이러한 석유 공업 지
대에서 필자가 전공하려는 조이스 문학을 찾다니, 마치 사막
의 오아시스를 찾는 느낌이었다. 그러나 여기 불모의 땅에 조
이스기 피어난 것은 한 사람의 부지런한 학자 때문이었다. 그
는 패기 넘치고 활발한 토머스 F. 스탤리 박사로서, 당시 그
는 유달리 키가 작은 재사(才士)요, 털사 대학의 대학 원장이
었다.

대학은 도시의 중심에서 약 4킬로 떨어진 아름다운 U자형
캠퍼스를 가졌다. 앞서 이미 언술한대로, 이 대학은 조이스
자료가 풍부한 도서관과 그의 세계적인 계간지(JJQ)가 발간
되고 있었다. 여기에다, 복 많게도, 필자에게는 가장 중요한
재학 시의 장학금이 이미 확정되어 있었다. 이제 필자가 지금
까지 재직했던 한국의 대학은 그에게 태평양 넘어 아득한 피
안의 제물(祭物)이었고, 그는 그로부터 급하게 멀어져 가고 있
었다.

238

미국 털사 대학원의 조이스 교과목과 교수진 회고

　마부는 좋든, 나쁘든 또한 쌀쌀하든, 한 마디의 말도 하지 않고, 등 낮은 마차에 앉아, 양쪽 다 까만 옷에, 한 사람은 뚱뚱하고, 한 사람은 여윈 채, 마허 신부(神父)가 부부(夫婦)로 맺어 준, 두 인물이 기차 철교를 향해 걸어가는 것을 바라보고 있을 뿐이었다. 두 사람은 걸어가면서도 자주 발걸음을 멈추었다가 다시 걸었고 남성의 이성(理性)의 적(敵)인, 바다의 요정에 관하여 그와 같은 부류의 수많은 다른 얘기들, 찬탈자들, 그와 같은 종류의 역사적인 사건에 관한 얘기를 섞어 가며, 그들의 '떼뜨-아-떼뜨'(환담)을 (물론, 마부는 그러한 환담에 전혀 가담하지 않았지만) 계속하면서 한편 청소차라고나 할지 아니면 침대차라 해도 좋을 그와 같은 것을 타고 있던 사나이, 두 사람이 너무나 멀리 떨어져 있는지라 아무튼 그들의 얘기를 듣지 못했을 그 사나이는 하부 가디너 가의 끝 가까이에서 마차의 자기 자리에 홀로 앉아 있었으니 "그리하여 그들의 등 낮은 마차를 배웅했도다."(U 543)

　여기 털사 대학(TU)에서 필자가 수업(修業)한 교수진들 가운데는 국제적으로 국내적으로 저명한 학자들이 많았다. 이 대학의 대학원 학생들을 위한 서머 프로그램은 특이한 것으로, 필자에게 어디서 그런 저명한 분들을 묘실 수 있으랴. 그 중에서도, 특히 5명의 저명한 조이스 학자들은 필자의 조이스 연구에 지대한 도움을 주었는지라, 그들 중 첫째로 네덜란드의 크누스(Knuth) 교수. 그의 첫 번째 강의 〈율리시스〉에서 난해(難解)한 구절인, "신성동질전질유대통합론"(contransmag nificanjewtantiality)(U 32)이란 언어유희의 분석을 위한 논문의 출처에 대해 필자의 즉답을 위시하여, 작품의 제 14장인, 〈태양의 황소들〉 장면 초두의 기다란 구절(U 314: 8-12)에 대한 작가 헨리 제임스(Henry James)의 문체의 유사성(특히, 그의 〈대사들〉에서)에 대한 그의 지적은, 교수가 물론 동급 학생들을 경악하게 하는 듯했다.

강의 시간이 끝나자 필자는 그들로부터 인사받기가 바빴다. 이어 크누스 교수의 두 번째 학기의 강의에서 필자에게 처음 강의를 선보인 〈경야〉의 어의적(語義的) 분석은 필자에게 미증유의 신지식(新知識)을 공급했는바, 작품의 소개는 훗날 그에게 조이스 걸작의 한국어 번역판 출간(2002년)의 기조(基調)가 되었다. 학기 도중 10여 명의 학생들이 공동 연구한 〈경야〉의 두 개의 구절(F 006.13-27; 007.1-19))에 대한 분석은 필자에게 훗날 영국 리드(Leed) 대학의 "국제 조이스 학회"의 주제가 되는 성과로 인정받아, 마땅했다. 필자는, 최근 고령으로 서거한 크누스(Knuth) 교수의 사거야말로 네덜란드의 국민적 슬픔으로 애도됨을 당연시 했다. 필자는 나중에 자신의 저서 〈경야〉를 고인에게 보냄으로서 같은 애도에 참여했다.

필자는 얼마 전 그 분이 타계하셨다는 비보를 접하고 가슴이 뭉클했거니와, 그 분은 그에게 조이스의 〈경야〉를 최초로 가르쳐 주신 분이다. 특히 그 분이 강의실에서 손에 들고 강의하신 작품의 원전(原典)을 보는 순간, 그것이 지닌 학구의 증표에 경악을 금치 못했다. 600쪽 이상에 달하는 방대한 양의 텍스트는 그분이 그 동안 공부한 깨알 같은 주석으로 까맣게 점철 되어 있었고, 책의 가장자리가 손때 묻은 흔적으로 거의 마멸되다 시피 했다. 그 분의 백발과 얼굴의 잔 줄음이 학구의 고희(古稀)를 입증하고 있었거니와, 그 동안 이 노학자는 저 책과 얼마나 씨름했기에 저토록 세월과 함께 몸과 마음 그리고 책이 함께 3위 1체로 합동한 것일까! 필자도 지난날 〈율리시스〉를 공부하고 번역하면서 텍스트 자체가 저와 비슷한 몰골을 드러냈으니, 학자들의 이심전심이 이들 고서(古書)들로서 서로 회우(會遇)하는 듯싶었다. 그 분의 덕택으로 훗날 필자는 〈경야〉의 제 8장인 〈아나 리비아 플루라벨〉을 번역할 수 있었고, 종국에는 작품 전체를 번역하는데 성공했다. 지금 돌이켜 보면 모든 것이 그 분의 덕택이요 은전이 아닐 수 없었다.

두 번째로 저명한 학자로 케너(Kenner) 교수가 있다. 그는 〈율리시스〉의 강의에서 작품의 첫 행을 호머의 〈오디세이〉의 첫 행의 시율(詩律)과 일치시키는 기발한 착상을 보였는데, 이는 필자의 조이스 연구에서 잊어지지 않는 기억으로 남았다. 후에 필자가 〈한국 영문학회〉 간부의 일원 자격으로, 그를 한국에 초청하다니, 커다란 영광이었고, 서울의 "아서원" 식당에서 그 분께 만찬을 대접하기도 했다. 당시 그가 처음으로 행사하는 젓가락질은 사람들의 웃음을 자아내게 했다. 〈조선 호텔〉에서 가진 환영회에서 필자는 앞서 크누스 교수의 〈경 야〉수업의 산물을 보이자, "영웅적!"(heroic)이라고 경탄했다. 필자는 미 대사관 관저에서 그와 저명 미국 학자들을 초청하 는 모임에 참석했고, 그와 기차로 경주 불국사 여행에 동행했 으며, 며칠 뒤 그를 필자의 집으로 초청하자, 필자는 그의 저 서 〈파운드 시대(이라)〉(Pound Era)에 사인을 받는 영광을 안 았다. 이 유명한 저서는 한자(漢字)의 어원적 요소들을 파운 드의 이미지즘(사상파)의 시형(詩型)에 적용하는 기발함을 보 여준다. 이는 훗날 필자에게 이러한 기법을 〈경야〉어의 번역 에 적용하고, 이를 1991년, 앞서 들먹인, 영국의 리즈 대학에 서 가진 국제회의에서 발표하는 대담성을 보였다. 나중에, 케 너의 "한국 탐방기"가 〈코리아 헤럴드〉지에 게재되기도 했다. 얼마 전 그의 서거는 〈조이스 계간지〉의 커버 사진으로 기념 되었고, 우리는 위대한 조이스 학자 한 사람을 세상에서 잃었 다. 그분의 단명을 애석해 했다.

그의 조이스의 엄청난 학구성은 세계 조이스 학계에 양대 학자들 중의 하나로 손꼽히거니와, 그의 네로 황제 같은 외모 와 거구는 외적으로 모두를 압도할 뿐만 아니라, 그에 못지 않은 비평(조이스, 엘리엇, 파운드 등의)은 남의 추종을 불허하는 지적 혜안(慧眼)을 겸비하고 있었다. 케너의 명저 〈파운드 시 대〉(Pound Era)는 모더니즘 문학 해석의 새로운 지평을 여는 비평서로 유명하거니와, 파운드는 물론, 그 속에 품은 조이스에 대한 고무적 지식은 필자에게 커다란 도움을 주었고, 지금도 주고 있다. 이를테면, 그는 파운드의 〈캔토스〉(Cantos) 시를 한자(漢字)를 써서 해명하는 과정에서 조이스의 유명한 "현현(顯現)"(epiphany)을 한자로 풀이하고 있었는데, 한자를 구성하는 획(劃)의 원리는 〈경야〉 어의 구성과 거의 일치한다. 필자는 이러한 원리를 케너에게서 배워, 그의 〈경야〉 번역에 이용했다. 단테의 〈신곡〉에 나오는 베르길리우스처럼 생긴 그의 외모는 학생들에게 그가 지닌 심오한 지식뿐만 아니라 숭고한 인상마저 품겼다. 그는 우리들에게 진정 괴테의 파우스트처럼 보였다.

세 번째는 스위스의 세계적 조이스 학자인, 플리츠 센(Senn)이 있다. 앞서 케너 교수와 함께, 세계 양대 조이스 학자들 중의 한 사람으로, 그가 창립한 〈취리히 조이스 재단〉(James Joyce Foundation in Zurich)은 그의 창립 행사에 아일랜드 대통령 매리 여사가 참석할 정도로 명성을 떨쳤다. 매년 서머스쿨이 거기서 열리는지라, 아마도 그 곳의 조이스 자료집은 세계의 으뜸이리라. 필자의 〈한국 조이스 전집〉 번역집도 거기에 소장되고 있다. 필자는 미국 유학 시절에 털사의 국제회의에서 그를 만났고, 훗날 그의 오자(誤字) 투성(고령으로 인한)이 타이핑 글씨의 편지를 받았다. 언젠가 더블린의 서머스쿨이 UCD에서 열렸는데, 건물의 벽면에 필자가 직접 찍은 〈율리시스〉 배경사진들을 첨부하는 광경을 그 분의 사진기(그는 국제회의에 사진기를 언제나 대동하는 사진사로도 유명하거니와)에 담고 있었다. 특히 그는 번역 이론에 정통했고, 필자의 번역에 많은 관심을 보였다.

마지막으로, 프린스턴 대학의 월턴 리츠(Litz) 교수가 있다. 그는 필자가 스탠리 댁의 〈율리시스〉 독회에서 처음 만났거니와, 그의 초기의 유명한 저서 〈조이스의 예술: '율리시스'와 '피네간의 경야'의 방법과 디자인〉(옥스퍼드 대학 Ph, D, 졸업 논문)은 조이스 작품들의 원고 발굴과 판본의 연구에 의해 양 작품들의 창작과정과 기원을 탐색하고 있었다. 뒤에, 필자는 이 저서를 한국어로 번역하여, 서울의 "탐구당" 출판사에 의해 발간하는 영광을 안았다. 필자는 그로부터 감사의 서한을 받았다. 2005년 필자는 가족들을 대동하고 뉴저지 주 소재의, 그가 재직하는 프린스턴 대학을 방문했으나, 그를 만나지는 못했다. 그는 얼마 전 서거했다. 위대한 서거였다. 프린스턴 교정의 위인들의 조각상들도 울음을 터트리고 있었으리라.

학기 도중 털사 대학은 퍽 다양한 조이스 강좌들을 개설하고 있었으며, 이웃 대학들(놀만의 오클라호마 주립 대학, 스틸워터의 오클라호마 주립대학 등)도 이를 탐내고 있었다. 예를 들면, 마더(Marder) 교수의 미국문학, 특히 그의 유명한 19세기 미국 소설 강좌로서, 그의 멜빌의 〈백경(白鯨)〉(Moby Dick),에서 필자는 삶의 철학을 터득할 수 있었으니, 작품 속의 아하브(Ahab) 선장이 드러내는 백경을 향한 편집광적 추적이 죽음을 초래하는 장면은 고무적이었다.

그리프스(Griffs) 교수의 18세기 영국문학, 특히 그의 〈걸리버 여행기〉(Gulliver's Travels)의 특강에서, 필자는 저자 스위프트의 작품 속에 담긴 그의 고유의 명찰(名札)이라 할 유명한 "해학성"(satire)을 맛보았고, 동시에 이 작품이 유치한 아동문학이란 오해를 불식시켜 주었으며, 박사 학위에 합당한 작품의 난해한 고전 성을 동시에 체험했던 것이다.

그리고 교수 T. F 스텔리(Staley) 박사는 그의 달변으로 이름난 현대문학 비평 강의를 비롯하여, 그의 신 바람나는 조이스 특강 (그는 가끔 자신의 집으로 학생들을 초빙하여, 케이크를 대접하며 강의에 임했거니와) 그리고 닥터 해이든(Hyden) 교수(지도 교수)의 자상한 19세기 영국 낭만 시 수업. 또한 W. 웨더(Weather) 교수의 유럽 문학 강좌 시간, 그는 독일 작가 릴케의 거작 시 〈두노의 비가〉(Duineser Elegien)를 열강 했고, 이 시집은 인간 조건의 무망(無望)을 노래하나니, 그 중에서도 인간의 완전하고 불할(不割)의 의식(意識)을 담은 이상(理想), 거기 의지와 수용력, 사고와 행동, 조망과 실현 등은 모두 하나로 귀일 되나니, 이는 인간이 형성할 수 있는 것이나, 그런데도 인간이 이 이상을 실현한다거나, 천사들처럼 이루어짐은 불가능하다.

또한 필자는 M. 존슨(Johnson) 교수의 버지니아 울프(Vir-

ginia Woolf) 작의 소설에 대한 그의 열강(熱講)을 빼놓을 수 없
다. 그는 학생들의 발표를 스스로 행하도록 권장했는지라, 필
자는 한 시간 내내 반 학생들 앞에서 자신의 연구 결과를 발
표하는 영예를 안았다. 교수는 필자의 발표 능력을 대견하는
듯했다. 집에서 연구한 노트를 현장에서 읽는 것쯤이야 타 학
생에 뒤질세라? 교수는 한 학기에 울프의 거의 모든 작품들
을 커버하는 열정을 보였는지라, 조이스와 동시대의 울프 (서
로 동갑내기 작가들이었다), 그들은 같은 모더니스트 작가들로
자신들의 작품상에 있어서 많은 유사점을 갖고 있었다. 그리
고 현대 미국문학 교수였던 젊은 패기의 J. 밀리챕 박사(Dr.
Millichap), 그는 미국의 대표적 문학 작품들을 당시 강의했던
M. 비비(Bebee) 교수의 "모더니즘"의 정의에 입각하여 작품들
을 분석했는데, 필자에게는 퍽 유익한 수업이었거니와, 뒤에
그의 졸업 논문을 쓰는데 커다란 바로미터를 안겼다.

그 밖에도, 닥터 웨더스(Weathers)는 필자에게 W. 블
레이크를 가러쳐 주었고, 특히 시인의 〈천국과 지옥의 결
혼〉(Marriage O Heaven & Hell)은 뒤에 필자에게 조이스의
〈경야〉의 주제인 "반대의 이원론"(opposite dualism)을 이해
하는데 크게 공헌했다. 웨더스의 또 다른 강의 "죽음과 변
용"(Death and Transfiguration)에서 독일의 릴케(Rilke) 작의
〈두노의 비가〉(Duineser Elegien) 와 스웨덴의 작가인 라게르
비스트의 〈바라바스〉(Barabbas)(1950)는 필자에게 엄청난 감
명을 주었다. 특히 후자의 경우, 방랑하는 현대인의 자세와

인간의 구원에의 희망을, 〈성서〉에 나오는 바라바의 반생과 그 최후를 소재로 그린 소설로서, 스웨덴에서의 베스트 셀러가 되었고, 이는 많은 나라들에서 번역되었다. 이는 또한 나중에 극화되었으며, 노벨 수상작이 되었다. 웨더스 교수는 학기 도중 자택 아파트(털사 다운타운 소재)로 수강생들을 초청하여 식사를 대접하는 사제(師弟)의 분에 넘치는 정을 보였다. 그 밖에도 그의 윌리엄 브레이크(Blake) 강좌는 퍽 인상적이요, 필자에게 참신한 것이었으니, 그는 수강생들에게 차를 대접하며, 장인(匠人)의 낭만 시를 흥겨워 강독했었다. 학생들에게 이전에 브레이크를 공부한 일이 있느냐는 질문에, 필자가 조이스의 〈율리시스〉 속의 시인의 인유를 공부했을 뿐이라고 대답하자, 참석자들은 폭소를 터뜨렸다. 필자는 지금도 그 웃음의 진의(眞意)를 알지 못한다. 기말 텀 페이퍼로 "블레이크의 〈율리시스〉에 끼친 영향"이란 논문을 제출했고, 이를 기말에 소극장에서 전체 영문과 학생들 앞에서 발표했는바, 이를 청취하던 낯선 젊은 부부가 필자에게 다가와, "영어를 어디서 배웠소?"하고 물었다. 물론 잘 한다는 칭찬이겠으나, 누군들 쓰인 영어를 그대로 읽는 것쯤이야, 굳이 칭찬 받을 게 뭐 있으랴!

많은 강의들 가운데, 필자에게 크게 도움을 주었거나 가장 인상적인 것은 J. 왓슨(Waston) 교수의 현대 미국 소설 코스였다. 왓슨 교수는 T. S 엘리엇 작 〈황무지〉의 현대 미국 문학에 끼친 영향"이란 강좌를 개설하고 있었는데, 이는, 특히 필자에게 퍽 유익하고 고무적인 것이었으니, 왜냐하면 엘리엇의 시와 조이스의 작품은 모더니즘의 선언(manifestation)이라 할 정도로 두 작품 모두가 너무나 유사점이 많았기 때문이요, 이로 인해 후자의 작품에 친숙한 필자는 그의 상의실에서 상당한 실력을 발휘할 기회를 가졌었기 때문이다. 또한 필자는 1996년에 발간된 자신의 〈율리시스 지지 연구〉(Topographical Study of Ulysses)(고려대 출판부)의 서장(序章)에서, "〈율리시스〉, 〈황무지〉 그리고 모더니즘" 이란 긴 논문에서 양대 작품을 비교, 특히 전자가 후자에 끼친 영향을 신랄하게 논한바 있다.

그리고, 예를 들면, H. 크레인(Crane) 작의 "다리"(Bridge)라는 시(詩)가 주제로서 떠오르자, 필자는 이 시 속의 인유들을 조이스의 작품의 그것들과 비교함으로써 교수와 학생들을 감탄시키곤 했다. 필자는 다른 강의 시간에 짧은 영어 실력 때문에 기를 펴지 못하고 평소 그들로부터 뭔가 열등의식을 떨쳐버리지 못했거니와, 이번 기회를 통해 그를 만회하는 당당한 복수의 현장으로 삼았다. 교수도 이 시간만큼 필자의 이름을 자주 들먹이며, 한국의 〈율리시스〉 번역자라 필자를 치켜세웠다. 이러한 상황은 영문과의 다른 교수들에게도 전달되어, 소문이 퍼져나갔고, 특히 이를 들은 필자의 지도 교수 스탤리 박사는 제자를 볼 때마다 빙그레 웃음을 띠곤 했다. 그분의 호의로 장학금을 지불 받고 있던 필자는 그 분에께 뭔가 보답하는 심정이어서 여간 흐뭇하지 않았다.

TU 캠퍼스 건물들 중 올리판트 홀(Oliphant Hall)은 문과 대학 건물인 셈으로, 필자가 공부하던 강의실과 영문과 교수실로 이루어져 있었다. 지도 교수인, 닥터 헤이든(Hyden)은 셰익스피어(그가 사옹(沙翁)의 작품 배경을 촬영한 슬라이드 전시는 훗날 필자에게 〈율리시스〉의 더블린 지형 배경을 위한 그의 동일 방식을 초래했거니와) 및 19세기 낭만시를 가르쳤다.

닥터 짐머먼(Zimmerman)은 노교수로, 철학자 풍의 용모에 어울리게도 스베덴보리(스웨덴의 종교적 신비철학자)에 대한 그의 강의는 필자에게 형이상학의 지식 기반을 닦아 주었다. 닥터 마더(Marder)는 영문과 학과장으로 미국 문학을 가르쳤다.

닥터 토니(Tourney) 교수, 그의 '수사학' 강의는 필자에게 빈약한 문학 이론을 보급해 주었다. 마지막 들먹이지만, 스탠리 교수의 '비평론' 수업에서 윌슨(Wilson)의 이론 〈7가지 유형의 모호성〉(Seven Types of Ambiguities)은 현대 무학을 이해하는 준칙 역을 했다. 그는 2007년 정년을 맞으려는 계기로, 그를 알리는 국제적 모임이 오스틴의 텍사스 대학 인문학 연구소에서 있었으며, 필자는 당시 그의 〈율리시스〉의 3정판을 그를 계기로 발간하고, 서두에 "당신의 필생의 조이스 연구를 축하하여, 이 책을 헌납하는지라, 필자는 그의 빚짐에 감사 한다"는 글을 실어 그를 축하했다. 당시 필자는 "조이스 문학의 한국어 번역"이란 논문을 발표함으로써,. 그의 영광을 빛내려고 노력했다.

참고서
제임스 조이스 연보

참고서

James S, 〈경야의 책〉(The Books at the Wake)(런던, 파이버 앤 파이버, 1959, 증쇄 1974)

Benstock, Bernard, 〈조이스-재차의 경야〉(Joyce-Again's Wake)(시애틀 및 런던 워싱턴 대학 출판, 1965)

Bishop, John, 〈조이스의 어둠의 책〉(Joyce's Book of the Dark)(매디슨 위스콘신 대학 출판, 1989)

Burgess, Anthony, 〈만인 도래(메인 도래)〉(Here Comes Every-body)(런던 파이버 앤 파이버, 1965)

Connolly Thomas E, 〈제임스 조이스의 잡기(雜記)〉(James Joyce's Scribbledehobble, The Ur-Workbook For 'Finnegans Wake')(에반스톤: 노드웨스턴 대학 출판, 1961)

Cope, Jackson I, 〈조이스의 시(市)들 영혼의 고고학〉(Joyce's Cities Archaeology oF the Soul)(볼티모어 및 런던 존스 홉킨스 대학 출판, 1981)

Echo, Umberto, 〈제임스 조이스의 중년 혼질서의 심미론〉(The Middle Ages oF James Joyce The Aesthetics oF Chaosmos)(E. 에스록 역)(런던 허친슨 라디어스, 1989)

Ellmann Richard, 〈제임스 조이스〉(James Joyce)(뉴욕 옥스퍼드 대학 출판, 1959)

Hart, Clive, 〈경야의 구조와 주제〉(Structure and Motif in 'Finnegans Wake')(런던 파이버 앤 파이버, 1962)

Hayman, David, 〈전환의 경야〉(The 'Wake' in Transit)(이타카
및 런던 코넬 대학 출판, 1990)

McHugh, Roland, 〈경야의 기호〉(The Sigla oF 'Finnegans
Wake')(런던 에드워드 아놀드, 1976)

Norris, Margot, 〈피네간의 경야의 탈 중심의 우주 구조주의
자의 분석〉(The Decentered Universe of 'Finnegans Wake' a
Strucuralist)(볼티모어 및 런던 존스 홉킨스 대학 출판, 1976)

Rose, Danis,(제임스 조이스의 〈색인 원고〉〈경야〉자필 문서 작업 본
V. I. B. 46〉(James Joyce's The Index Manuscript Finnegans
Wake)

Holograph Workbook VI. B. 46,(콜체스터: 〈웨이크 리터〉 Wake
Newslitter 출판, 1978)

Tindall, William, 〈피네간의 경야 안내〉(A Guide to Finnegans
Wake)(런던 템스 앤 허드슨 출판, 1959)

Verene, Donald Philip, 〈비코와 조이스〉(Vico and Joyce)(알바
니 뉴욕 주립 대학 출판, 1981)

제임스 조이스 연보

1882 02. 02.
이일랜드 수도 디블린에서 경제직으로 닉닉시 못한 수세리(收稅吏) 존 스태니슬라우스 조이스(John Stanislaus Joyce)와 메리 제인 조이스(Mary Jane Joyce) 사이에서 장남으로 태어남.

1888 09.
한 예수회의 기숙사제 학교인 클론고우즈 우드 칼리지(Clongowes Wood College) 초등학교에 입학, 1891년 6월까지(휴가를 제외하고) 그곳에 적(籍)을 둠.

1891 06.
경제적 어려움 때문에 부친인 존은 제임스를 클론고우즈 우드 칼리지 초등학교에서 퇴교 시킴.

10. 06.
파넬(Parnell)의 죽음은 아홉 살 난 소년에게 큰 충격을 주어, 파넬의 '배신자'를 규탄하는 〈힐리여, 너마저(Et Tu, Healy)〉란 시를 씀. 존 조이스는 이 시에 크게 만족하여 그것을 인쇄하게 했으나 현재는 단한 부(部)도 남아 있지 않음.

1893 04.
예수회 학교인 벨비디어 칼리지(Belvedere College) 중학교에 입학, 1898년까지 그곳에 적을 두었으며, 우수한 성적을 기록함.

1898 카디널 뉴먼(Cardinal Newman)이 설립한 예수회 학교인 더블린의 유니버시티 칼리지(University College)에 진학, 이때부터 기독교 및 편협한 애국심에 대한 그의 반항심이 움트기 시작함.

1899 05.
예이츠 작作 〈캐슬린 백작부인〉을 공격하는 동료 학생들의 항의문에 서명하기를 거부함.

1900	**문학적 활동의 해** **01.** 문학 및 역사학 학회에서 "연극과 인생(Drama and Life)"에 관한 논문을 발표함(《영웅 스티븐 히어로[Stephen Hero]》 참조). **04.** 논문 〈입센의 신극(Ibsen's New Drama)〉이 저명한 《포트나이틀리 리뷰(Fortnightly Review)》지에 게재됨.
1901	이 해 말에 아일랜드 극장의 지방성을 공격하는 수필 〈소요의 날(The Day of Rabblement)〉을 발표함(본래 대학 잡지에 게재할 의도였으나, 예수회의 지도교수에 의하여 거절당함).
1902	**02.** 아일랜드 시인인 제임스 클라렌스 맹건(James Clarence Mangan)에 관한 논문을 발표, 맹건이 편협한 민족주의의 제물이었음을 주장함. **10.** 학위를 받고 파리에서 의학을 공부하기로 결심함. 늦가을, 더블린을 떠나 런던의 예이츠를 방문하고, 그의 작품 판로(販路)의 가능성을 살피기 위해 얼마간 그곳에 머무름.
1903	파리에서 의학에 대한 홍미를 잃고 잇따라 더블린의 일간지에 서평을 쓰기 시작함. **04. 10.** "모(母)위독 귀가 부(父)"라는 전보를 받고 더블린으로 돌아옴. **08. 13.** 그의 어머니가 세상을 떠남.
1904	이 해 초에 〈예술가의 초상(A Portrait of the Artist)〉 단편을 시작으로 자서전적 소설 집필에 착수함. 나중에 〈스티븐 히어로〉로 발전하고 이를 다시 개작한 것이 〈젊은 예술가의 초상〉임. 어머니 메리 제인의 사망 후로 조이스 가의 처지는 악화되었으며, 조이스는 가족과 점차 멀어지기 시작함

03.

달키(Dalkey)의 한 초등학교 교사로 취직, 6월 말까지 그곳에 머무름.

06. 10.

조이스는 노라 바너클(Nora Barnacle)을 만나 사랑에 빠짐. 그는 결혼을 하나의 관습으로 보고 더블린에서 노라와 같이 살 수 없게 되자, 유럽으로 떠나기로 작정함.

10. 08.

노라와 더블린을 떠나 런던과 취리히를 거쳐 폴라(유고슬라비아 령)에 도착한 뒤, 그곳 베리츠 학교에서 영어를 가르치기 시작함.

1905

03.

트리에스트로 이주.

07. 27.

아들 조지오(Giorgio)가 탄생함. 3개월 뒤 동생인 스태니슬라우스가 트리에스트에서 그와 합세함. 이 해 말,《더블린 사람들》의 원고를 한 출판업자에게 양도했으나, 10여 년의 다툼 끝에 1914년에야 비로소 출판됨.

1906

07.

로마로 이주, 이듬해 3월까지 그곳 은행에서 일함. 그후 다시 트리에스트로 돌아와 계속 영어를 가르침.

1907

05.

런던의 한 출판업자가 그의 시집 〈실내악(Chamber Music)〉을 출판함.

07. 28.

딸 루시아 안나(Lucia Anna)가 탄생함.

1908

09.

〈영웅 스티븐〉를 개작하기 시작, 이듬해까지 이 작업을 계속함. 그러나 3장(章)을 끝마친 뒤 잠시 작업을 중단함.

1909	**08. 01.** 방문차 아일랜드로 건너감. 다음날 트리에스트로 되돌아왔다가 경제적 지원을 얻어 더블린으로 돌아가 그곳에서 한 극장을 개관함.
1910	**01.** 트리에스트로 되돌아옴으로써 극장 사업은 이내 무너짐. 더블린을 처음 방문했을 때, 조이스는 뒤에 그의 희곡 〈망명자들〉의 소재로 삼은 감정적 위기를 경험함.
1912	몇 해 동안 〈더블린 사람들〉에 대한 시비가 조이스에게 하나의 강박관념이 됨. **07.** 마지막으로 더블린을 방문했으나, 여전히 그 출판을 주선할 수 없었음. 조이스는 심한 비통 속에 더블린을 떠났으며, 트리에스트로 돌아오는 길에 〈분화구로부터의 가스(Gas from a Burner)〉란 격문(激文)을 씀.
1913	이 해 말에 에즈라 파운드(Ezra Pound)와 교신(交信)하기 시작함.
1914	**조이스의 "기적의 해(annus mirabilis)"** **02.** 〈젊은 예술가의 초상〉이 《에고이스트(Egoist)》지에 연재되기 시작, 이듬해 9월까지 계속됨. **05.** 〈율리시스(Ulysses)〉를 기초(起草)하기 시작했으나, 〈망명자들〉을 쓰기 위해 이내 중단함.
1915	**01.** 전쟁에도 불구하고 중립국인 스위스로 입국이 허용됨. 이 해 봄에 〈망명자들〉이 완성됨.
1916	**12. 29.** 〈젊은 예술가의 초상〉이 출판됨.
1917	이 해 최초로 눈 수술을 받음. 이 해 말까지 〈율리시스〉의 처음 3개의 에피소드 초고를 끝마침.

1918	**03.** 〈리틀 리뷰(Little Review)〉지(뉴욕)에 〈율리시스〉를 연재하기 시작함.
	05. 05 《망명자들》이 출판됨.
1919	**10.** 트리에스트로 귀환, 그곳에서 영어를 가르치며 〈율리시스〉를 다시 쓰기 시작함.
1920	**07.** 에즈라 파운드의 주장으로 파리로 이주함.
	10. "죄악 금지회(The Society for the Suppression of Vice)"의 고소로 《리틀 리뷰》지에서의 〈율리시스〉 연재가 중단됨. 제14장인 "태양신의 황소들(Oxen of the Sun)"의 초두가 그 마지막이었음.
1921	**02.** 〈율리시스〉의 마지막 남은 에피소드를 완성하고 작품 교정에 몰두함.
1922	**02. 02.** 조이스의 40번째 생일에 〈율리시스〉가 출판됨.
1923	**03. 10.** 〈경야(經夜)〉 첫 부분 몇 페이지를 씀(1939년에 출판될 때까지 〈진행 중의 작품(Work in Progress)〉으로 알려짐).
1924	〈경야〉의 단편 몇 개가 4월에 처음 출판됨. 이후 15년 동안 조이스는 〈경야〉의 대부분을 예비 판으로 출판할 계획이었음.
1927	**04.** 1929년 11월까지 〈경야〉 제1부와 제3부 초본(初本)을 실험 잡지인 《트랑지숑(Transition)》지에 게재함.

1931	**5.**
	아내와 함께 런던을 여행함.
	12. 29.
	아버지가 사망함.
1932	**02. 15.**
	손자 스티븐 조이스가 탄생함. 이 사실은 조이스를 깊이 감동시켰으며, 이때 〈보라, 저 아이를(Ecce Puer)〉이라는 시를 씀.
	03.
	딸 루시아가 정신분열증으로 고통을 받았음. 그녀는 이후 회복되지 못한 채 조이스의 여생을 암담하게 만들었음.
1933	이 해 말에 미국의 한 법원은 〈율리시스〉가 외설물이 아님을 판결함. 이 유명한 판결은 이듬해 2월, 이 작품에 대한 최초의 미국 판 출판을 가능하게 함(최초의 영국 판은 1936년에 출판됨).
1934	이 해의 대부분을 스위스에서 보냄. 그는 딸 루시아 곁에 있었음(그녀는 취리히 근처의 한 요양원에 수용됨). 1930년 이래 그의 고질적 눈병을 돌보았던 취리히의 의사와 상담함.
1935	수년 동안 집필해 오던 〈경야〉를 완성하기 위해 노력함.
1938	프랑스, 스위스 그리고 덴마크로의 잦은 여행으로 더 이상 파리에서 거주할 수 없게 됨.
1940	프랑스가 함락된 뒤 조이스 가는 취리히에 거주함.
1941	**01. 13.**
	장 궤양으로 복부 수술을 받은 후 취리히에서 사망함.

제임스 조이스 불법不法의 경야

불법이라 할Illicitable, 몽계획夢計劃dream-scheme인
〈경야〉의 언어유희 해설

초판 1쇄 발행일 2020년 12월 14일

지은이 김종건
펴낸이 박영희
편집 박은지
디자인 최소영
마케팅 김유미
인쇄·제본 제삼인쇄
펴낸곳 도서출판 어문학사
　　　　서울특별시 도봉구 해등로 357 나너울카운티 1층
　　　　대표전화: 02-998-0094/편집부1: 02-998-2267, 편집부2: 02-998-2269
　　　　홈페이지: www.amhbook.com
　　　　트위터: @with_amhbook
　　　　페이스북: www.facebook.com/amhbook
　　　　블로그: 네이버 http://blog.naver.com/amhbook
　　　　　　　　다음 http://blog.daum.net/amhbook
　　　　e-mail: am@amhbook.com
　　　　등록: 2004년 7월 26일 제2009-2호
ISBN 978-89-6184-990-6 (93840)
정가 16,000원

이 도서의 국립중앙도서관 출판예정도서목록(CIP)은 서지정보유통지원시스템 홈페이지
(http://seoji.nl.go.kr)와 국가자료종합목록 구축시스템(http://kolis-net.nl.go.kr)에서 이용
하실 수 있습니다. (CIP제어번호 : CIP2020050344)

※잘못 만들어진 책은 교환해 드립니다.